KB059027

흉기는 부서진 검정의 절규

코노 유타카

소미미디어
Somy Media

목차

흉기는 부서진 검정의 절규

코노 유타카

프롤로그

귀를 기울이고 있었다.

그의 목소리는 가늘고 약하다. 조심스럽게 취급하지 않으면 비눗방울처럼 쉽사리 튕겨 나가 버린다. 그래서 그는 숨을 죽이고 가만히 그의 목소리를 듣고 있었다. 불필요한 맞장구는 자제하고, 표정도 최대한 바꾸지 않았다. 그렇게 하는 건 힘들지 않았다. 그의 목소리는 맑고 투명했다. 하지만 슬픈 목소리였다. 그는 엄마에 대해 얘기하고 있었다.

아이하라 다이치는 초등학교 2학년 소년이다.

굳이 말한다면 과묵한 소년일 거라 생각한다. 그가 큰 소리를 내는 걸 본 적도 없고 소리 높여 웃은 적도 거의 없다. 하지만 내성적이라는 것과도 다르다. 상대의 말을 주의 깊게 듣는 귀와 짧은 말로 정확한 질문하게 질문하는 지성을 가지고 있다.

난 다이치가 마음에 들었다. 나이 차이는 많지만, 친구처럼 느끼고 있었다. 정말 10분만이라도 둘이 얘기해 보면 많은 사람들이 이 소년에게 호감을 가질 것이다. 하지만 예외도 있다. 난 그에게서 그 예외에 대해 얘기를 듣고 있었다.

"엄마는 내 목소리를 싫어했어."

다이치는 말했다.

그런 다음 고개를 숙이고 생각에 잠겼다. 그가 입을 닫고 있는 동안 초침이 움직이는 소리가 귀에 거슬렸다. 침대 머리맡에 있는 알람시계가 내는 소리였다.

우리는 계단섬이라 불리는 섬의, 삼월장(三月莊)이라는 이름의 기숙사에서 생활하고 있다. 최근 열흘 정도는 매일같이 저녁식사 후 다이치를 내 방으로 부르고 있다. 그의 얘기를 듣기 위해서다. 난 침대에 앉고 다이치는 책상 앞 의자에 앉아 있다. 고개를 떨어뜨린 채 그는 말을 잇는다.

"아닌가. 모르겠어. 하지만 다른 사람이 말하면 화내지 않을 일을 내가 말하면 화를 냈어. 안녕히 주무셨어요, 안녕히 주무세요, 같은 걸로."

난 이런 얘기를 듣고 싶지 않았다. 가능하다면 트럼프라도 하며 놀고 싶었다. 다이치 또한 얘기하고 싶지 않았을 것이다. 말 한 마디, 한 마디에 상처를 입고 있을 것이다. 하지만 난 그의 사정을 이해할 생각이었다. 그의 개인적이고 섬세한 영역에 발을 디뎌, 상처에서 또다시 피가 나온다 해도.

이렇게 하는 게 옳은 거라고는 절대 말할 수 없다. 지금도 여전히 반은 잘못하고 있다고 생각한다. 난 뭔가를 결의한 것도 정의감에 눈을 뜬 것도 아니다. 다만 포기했을 뿐이다. 이 소년에 대한 어떤 종류의 다정함을 포기했을 뿐이다. 그 단어를 딱히 듣기 좋은 말로 바꾸고 싶지는 않다.

난 묻는다.

"어째서 네 엄마는 네 목소리를 싫어했던 걸까?"

다이치는 다시 생각에 잠긴다. 적어도 그는 특별히 어휘가 풍부한 편은 아니다. 단어 하나하나는 그 나이에 어울리는 게 대부분이다. 하지만 지적인 소년이었다. 분명 대화가 성실하다. 즉흥적이며 반사적으로 튀어나온 것 같은 대답이 거의 없다. 한 마디, 한 마디 그 나름대로 깊게 생각한다. 예를 들면 그는 분명 내 질문에 '몰라.' 같은 말로 대답해도 좋을 것이다. 실제로 다이치는 그를 향한 엄마의 감정을 확실하게 이해하고 있는 건 아닐 것이다. 아무리 머리가 좋아도 초등학교 2학년이 이해할 수 있는 문제가 아닐 것이다. 하지만 다이치는 곰곰이 생각해 그 나름의 대답을 한다. 그리고 그 말 대부분이 요점을 벗어나지 않는다.

"엄마는, 어린아이 목소리를 싫어하는 걸지도 몰라."

다이치가 말했다.

그는 어린아이라는 말을, 어떤 의미로 사용한 걸까. 그저 나이를 가리키는 거였을까? 아니면 엄마와의 혈연관계를 가리키고 있는 걸까? 생각해 보면 당연히 전자다. 하지만 반드시 그럴 거라고도 단정할 수 없다. 지금까지도 몇 번이나 그의 말의 의미가 상상보다도 훨씬 깊었던 경험이 있으니까.

다이치는 얼굴을 들어 똑바로 날 본다.

"저기, 어떻게 하면 어른이 될 수 있어?"

굉장히 어려운 질문이다. 그건 정답이 없을 것 같은 질문이다. 일반론으로는 몇 가지 대답이 떠오른다. 경제적으로 자립했을 때, 라는 건 하나의 지침일 것이다. 단, 순진무구한 어린아이의 질문이라면, 앞으로 10년이 지나면, 같은 식으로 대답해도 된다. 상대와 상황에 따라 약간 다른 대답도 선택 가능하다. ──권리와 책임의 관계를 이해한다면. 자신이 있을 곳을 능동적으로 만들 수 있게 되면. 부모에게 어른이라고 인정받으면.

하지만 엄마에게 사랑받지 못한 초등학교 2학년 소년이 뚫어지게 처다볼 때는 이런 질문에 어떻게 대답해야 되는 걸까? 난 아직 고등학생이다. 어른에 대해 본질을 말할 수 있는 나이가 아니다. 복잡한 질문을 능숙한 거짓말로 해결할 수 있게 되면 어른이려나.

난 다이치와의 시간만은 가능한 성실하게 단어를 고르기로 결심했다. 그래서 가장 거짓말이 아닌 대답을 했다.

"나도 모르겠어. 둘이서 같이 생각해 보자."

"응."

"만약 엄마가 정말 네 목소리를 싫어했다 해도, 다이치는 왜 어른이 되면 좋겠다고 생각한 거지?"

"내가 어른이 되면 매일은 안 만나도 되니까."

"시간을 두는 게 중요하다는 뜻이야?"

다이치는 시간, 이라고 반복한다. 차분히 생각하고 신중하게 대답했다.

"그럴지도 몰라. 선택할 수 있다는 게 좋은 것 같아."

"뭘 선택할 수 있어 좋은 건데?"

"같이 있을 때. 따로따로 있을 때."

그렇구나, 하며 난 끄덕인다.

보고 싶을 때 보고, 보고 싶지 않을 때는 안 본다. 그건 어떤 의미에서는 건전한 관계다. 어린아이와 그 엄마라는 관계성을 배제하고 생각한다는 전제가 붙긴 하지만. 난 속으로는 이 대화가 본래의 의도에서 벗어났다는 사실을 자각하고 있었다. 건전한 부모 자식 간의 관계에 대해 생각하는데, 어린아이가 어른이 되면 좋겠다, 라고 말하는 건 본말전도다. 필요한 건 어른이 제대로 된 부모가 되는 것이다.

난 또다시 그에게 상처를 준다는 사실을 알고 있는 질문을 입 밖으로 꺼냈다.

"엄마는 언제부터 네 목소리를 싫어하게 된 거야?"

다이치가 얼굴을 찡그린다. 바로 후회했다. 좀 더 제대로 말할 수 있는 방법이 있었을 것이다. 같은 말이라도 좀 더 빙 둘러, 부드럽게 물어봤어야만 했다. 가령 엄마와의 즐거웠던 추억을 하나씩 물어보고, 그러다 보면 채워지지 않은 공백을 단서로 대답을 추측할 수도 있었을 텐데.

다이치는 입을 꽉 다물고 있었다. 나도 잠자코 그를 지켜보고 있었다. 또다시 초침 소리가 들린다.

이윽고 누군가 방문을 노크했다. 난 문을 향해 '들어오세요.'라고 대답한다. 삼월장의 관리인——하루 씨가 얼굴을 내밀고는 다이치를 향해 말했다.

"욕실 비었어. 같이 탕에 들어갈래?"

다이치가 날 보았다. 난 끄덕이며 "오늘은 이 정도로 하자."라고 말했다.

*

초등학교 2학년 소년한테 행복하다고는 할 수 없는 가정사를 캐묻는 것 같은 행동을 난 최대한 피하고 싶었다. 한편으로는 다이치가 언제까지고 이 계단섬에 있을 수는 없다는 것도, 일반론으로 생각하면 당연한 것이다. 어린아이는 부모 곁에서 성장해야만 한다는 이유만이 아니라 이 섬은 다이치 같은 소년이 생활할 만한 장소가 아니다.

계단섬은 버려진 사람들의 섬이다. 우리는 쓰레기통에 내던져지듯이 툭 버려져 이곳으로 왔다.

아무래도 우릴 버린 건 '자기 자신'인 듯하다. 마녀를 만나, 우리는 자신의 인격의 일부를 버렸다. 예를 들면 울보인 자신과 신경질적인 자신을 꾸깃꾸깃 구겨서 통째로 쓰레기통에 내던졌다. 그 버려진 쪽의 인격이 우리들이다. 뭔가 지어낸 이야기 같지만 이건 비유나 예시가 아닌, 거짓 없는 사실인 거라고 생각한다. 난 마녀와 아는 사이, 현실 쪽의──날 버린 쪽의──날 만났다. 마녀는 눈앞에서 맑은 밤하늘에서 눈이 내리는 걸 보여줬다. 나에게는 마녀와 마법이 실재하는 거라 믿는 근거는 있지만 부정할 근거는 없다.

그래서 계단섬은 슬픈 섬이다.

이곳에 있는 건 자기 자신에게 버려진 인격들인 거니까.

난 그 사실에 반드시 부정적이지는 않다. 불필요한 자신을 잘라 버리는 건 성장의 한 형태일 거라고 순순히 생각한다. 훨씬 어릴 적에 아무래도 난 히어로를 동경했던 것 같다. 유치원 졸업 앨범에 장래 희망란이 있었는데 난 거기에 당시 TV에서 방영 중이던 전대 히어로의 이름을 적었다. 지금은 믿을 수 없지만 그런 시절이 나에게도 있었다.

어릴 적에 소중하게 여기던 장난감을 갑자기 떠올라 그게 어디 갔는지 생각해 봤지만 모르겠다. 그런 사실이 누구에게든 있을 거라 생각한다. 마찬가지로 난 히어로가 되고 싶다는 자신을 잃어버렸다. 아무 자각 없이 당시 자신이었던 것의 일부를 버려 버렸다. 이건 분명 성장의 일부분일 것이다. 중학생, 고등학생이 되어서도 여전히 진심으로 전대 히어로를 동경하고 있다면 아무래도 유치하다는 말을 들을 것이다.

만약 불필요한 자신을 자각적으로, 능동적으로 버릴 수 있었다면 사람은 그걸 노력이라고 불러야만 한다. 멋지고, 행복하고, 옳은 일이라고 박수를 쳐야만 한다. 도중에 마녀의 힘을 빌렸다고는 해도, 난 그걸 부정할 수 없다. 운 좋게 멋진 선생님을 만나 공부를 싫어하는 자신을 버리는 것과 마녀의 마법으로 같은 걸 버리는 것에 큰 차이는 찾을 수 없다. 성장이란 건 대부분 본인의 노력만으로 성립하는 게 아니다. 주위 환경으로 결과가 바뀌는 게 당연하다.

하지만 한편으로 다이치에 관한 건 역시 문제라고 생각한다. 사실 어린 소년이 '자기 자신에 의해 버려졌다'는 건 역시 좀 너무 슬프다. 초등학교 2학년. 아직 히어로를 동경해도 좋을 나이다. 어째서 그 나이에 자기 자신을 부정하지 않으면 안 되는 거지?

가능하다면 그는 계단섬에서 나가야만 한다. 그렇다고는 해도 '이곳은 네가 있을 곳이 아냐.'라고 말하고는 소각 쓰레기에 섞여 있던 알루미늄 캔을 빼내듯이 그를 일방적으로 내보낼 수도 없다. 다이치가 지금 이 섬에 있다는 사실에는 분명 심각한 원인이 있을 것이다. 그걸 없애지 않으면 그를 내보낼 수 없다.

난 다이치가 '뭘 버린 거지?'에 대해 거의 정확한 대답을 알고 있다. 그는 엄마를 싫어하는 감정을 버렸다. 자기 자신이 조금씩 엄마가 싫어진다는 사실에 공포를 느껴 그걸 버렸다.

평범하지 않다.

대체 어떤 소년이 평범한 건지 난 잘 모르지만, 그래도 다이치의 상황은 특별하다. 특별히 그는 착하다. 엄마가 싫어해도 '안녕히 주무셨어요?'와 '안녕히 주무세요.'라는 말만으로 혼이 나도, 그래도 엄마를 싫어하는 감정을 버렸으니까.

만약 내 눈앞에 있는 버려진 다이치가 그의 '엄마를 싫어하는 감정'이라고 해도, 역시 최종적으로는 사라져 버려야만 할 것이다. 하지만 그러기 위해서는 하나씩 정당한 수순을 밟을 필요가 있다. 우선 현실의 다이치가 이 섬의 다이치를 되찾은 뒤 다시 한 번 더 확실하게 엄마를 싫어하는 자신을 손에 넣고, 그런 다음 일상생활 속에서 천천히 지워 버려야만 하는 것이다. 그의 노력이 아니라 자연스럽게. 그 자신이 아닌 주위 환경이 그렇게 되도록 정리하지 않으면 안 된다.

내가 현실 속 그의 환경을 바꾸는 일을 할 수 있을까?

솔직히 거의 불가능하다고 생각한다. 왜냐면 나도 자신에게 버려져, 이 계단섬에서 나갈 수 없기 때문이다. 그 일을 해낼 수 없다는 걸 알고 있다면 역시 그한테서 사정을 캐묻는 그런 짓은 절대 해서는 안 될지도 모른다. 쓸데없이 그의 상처를 더 크게 만들 뿐일지도 모른다. 한편으로, 다이치의 문제에 대해 계속 무관심하게 있으면 그것으로 사태가 호전될 거라고도 믿지 않았다.

결국 내 생각은 어느 쪽을 그만둘 건지, 라는 곳에 도달한다. 다이치를 상처 입히고 있는 행동을 그만둘 건지, 그의 문제에 정면으로 맞서는 걸 그만둘 건지. 나 혼자라면 후자를 선택했을 것이다. 내가 아닌 누군가에게 기대하며, 다이치와는 재미있게 트럼프를 하며 놀았을 것이다.

하지만 실제로는 난 거의 불가능하다는 걸 알면서도 그의 문제에 맞서기로 결심했다.

만약 그렇게 한 것에 이유가 있다면, 그건 분명 내가 사랑하는 별이 지금도 여전히 밤하늘 어딘가에서 빛나고 있기 때문일 것이다.

*

　하루 씨, 다이치와 함께 1층으로 내려가 우리는 식당에서
각자 컵에 우유를 부어 마셨다. 하루 씨와 다이치는 욕실로
향하고, 난 부엌에서 세 사람 몫의 컵을 씻어 엎어 놓았다.
　식당에는 나 말고는 아무도 없었다. 내 방으로 돌아가기
위해 불을 끄자마자 바로 전화기 울리는 소리가 들렸다. 식
당 한구석에는 핑크색 공중전화가 놓여 있다. 그게 울린 것
같았다.
　어둠 속에서 울리는 전화 소리는 떼 지어 우는 까마귀 소
리처럼 불길하다. 난 묵직한 수화기를 들어 귀에 대며 달빛
이 들어오는 창으로 눈을 돌렸다.
　목소리가 들린다.
　"안녕하세요. 달이 아름다운 밤이네요."
　여자 목소리다. 그건 틀림없다. 하지만 이상한 목소리였
다. 아직 어린 아이처럼도 늙은 사람처럼도 들린다. 누구도
될 수 있고, 또한 그래서 그 누구도 될 수 없을 것 같은, 실
체를 제대로 상상할 수 없는 목소리였다.
　전에 딱 한 번 같은 목소리를 들은 적이 있다.

——이건 마녀 목소리다.

그때도 전화기 너머였다. 이 목소리의 주인공을 난 모른다. 마녀의 정체라면 알고 있다. 나와 같은 반 친구다. 하지만 그 과묵한 소녀와 이 목소리는 도저히 연결되지 않는다.

마녀는 한 명이 아닌 걸까?

알 수 없다. 난 늘 전화를 받을 때와 똑같이 대응한다.

"어느 분한테 용건이 있으신 거죠?"

"당신과 얘기하고 싶어서 전화를 걸었습니다."

"어째서죠?"

"전해 두고 싶은 말이 있습니다."

수화기 너머에서 마녀는 웃는 것 같았다. 웃음 소리가 들린 건 아니다. 하지만 숨결일까, 어쩌면 이것도 마법의 일종인 걸까? 어쨌든 난 그녀가 웃었다는 걸 알 수 있었다.

마녀는 말했다.

"이대로라면 이제 곧 계단섬이 붕괴해요."

적어도 그건 마녀다운 대사였다. 불길한 예언 같았으니 말이다.

"무슨 소리인지 이해가 안 되는데요. 좀 더 구체적으로 가르쳐 주세요."

"어떤 소녀가 마법을 빼앗을 겁니다."

무슨 소린지 모르겠는데요, 라고 말하면 됐다. 하지만 난 마녀의 말에 짐작 가는 게 있었다.

"마법이란 게 그렇게 쉽게 뺏을 수 있는 건가요?"

"간단하지는 않아요. 하지만 경우에 따라서는. 마녀로 있기 위해서는 자격이 필요하답니다."

자격.

"그건, 무슨?"

"행복하다는 겁니다."

의외의 대답이란 생각이 먼저 들었다. 뭔가 그녀의 말을 예상한 건 아니었지만 그래도. 왠지 너무 막연한 대답이다.

그녀는 말을 이었다.

"마녀는 행복에 의해 저주받고 있죠. 자유롭고 제멋대로고 행복하다는 게 마법을 쓰기 위한 조건이에요."

"불행해지면 마녀로 존재할 수 없다는 뜻인가요?"

"네. 잘 생각해 보세요. 그녀의 행복을."

"그녀라고 하면 누굴 말하는 거죠?"

"굳이 말할 것도 없잖아요. 당신이 아주 잘 알고 있는 마녀입니다."

난 한숨을 내쉬었다. 대체 무슨 일이 일어나고 있는 거지?

"만나서 얘기해요."

"아뇨. 그 예정은 없습니다."

"왜죠? 그 아이를 돕고 싶어서 전화하신 거 아닌가요?"

"아닙니다. 누가 마법을 쓰든 저하고는 관계없는 일입니다."

어떻게 된 거지? 이 '마녀'는 무슨 생각을 하고 있는 거야?

다시 또 웃으며 그녀는 말했다.

"전 그저 알고 싶을 뿐입니다. 당신이 어떤 생각으로 어떻게 행동할 것인지. 무엇을 버리고 무엇을 버리지 않을 것인지. 객석에서 무대를 보듯이 그저 지켜보고 싶을 뿐입니다."

나는 여전히 몇 가지 묻고 싶은 게 있다. 모르는 것투성이다.

"멋진 이야기를 보여 주시면 박수를 쳐 드리죠."

그럼 이만 안녕히 주무세요, 라는 말을 남기고 마녀는 전화를 끊어버렸다.

난 수화기를 꽉 쥔 채로 한동안 창문으로 쏟아져 들어오는 달빛을 바라보고 있었다. 귓가에 단순한 전자음이 반복되어 들려온다.

마녀, 마법, 계단섬.

대체 누가, 무엇을 원하고 있는 걸까?

아무리 고민해도 그걸 내가 알아낼 수는 없을 것이다. 난 자신이 원하고 있는 것조차 잘 모르니까. 수화기를 전화에 돌려놓고 창가로 걸어갔다. 계단섬의 겨울은 아직 끝나지 않았다. 밤하늘을 올려다봐도 내가 정말 좋아하는 별의 모습은 보이질 않는다.

1화, 두 개의 별

1 나나쿠사 3월 4일 (목요일)

　3월에 접어들었어도 햇볕은 따뜻하게 느껴지지 않았다. 화창하게 갠 하늘은 연한 물빛으로 얼어붙은 호수처럼 맑고 깨끗했다. 100만 번 산 고양이는 학교 건물 난간에 기댄 채 언제나처럼 종이팩에 든 토마토 주스를 마시고 있었다. 난 그 옆에서 따뜻한 캔 커피의 뚜껑을 땄다.

　"그녀를 지금도 여전히 생각해."

　100만 번 산 고양이는 말했다. 그는 물론 고양이가 아니다. 키가 큰 청년이다. 하지만 내 앞에서는 그 그림책의 주인공으로 행동한다. 꼬리도 수염도 없지만 자신은 고양이라고 우기고 있다. 그는 자기 자신인 채로는 자신에 대해 제대로 말하지 못하는 것 같았다.

　100만 번 산 고양이가 말하는 '그녀'도 같은 그림책에 등장한다. 한 마리의 아름다운 하얀 고양이다. 만약 그가 주인공을 맡은 이야기가 미스터리였다면 분명 그 하얀 고양이가 바로 범인 역할이었을 것이다. 물론 실제로는 그가 등장하는 그림책은 미스터리가 아니다. 그림책까지 일부러 장르 같은 답답한 짜임새에 끼워 맞출 필요도 없다.

100만 번 산 고양이는 말을 계속한다.

"그녀는 내가 옆에 있는 걸 허락해 줬어. 하지만 말이야, 그 이유를 알지 못했지. 동정이었을지도 몰라. 변덕이었을지도 모르고. 마음속으로는 나 같은 거한테는 무관심해, 그래서 어디에 있든 알 바 아니었던 걸지도 몰라."

그의 목소리는 오히려 그걸 즐기고 있다는 느낌까지 주었다.

난 시험 삼아 말해 본다.

"어쩌면 널 정말 사랑했던 걸지도 모르지."

그럴 일은 없어, 라며 100만 번 산 고양이는 고개를 젓는다.

"그 무렵의 난 굉장히 재수 없는 고양이였으니까 말이야. 나만이 특별했지. 이 세상 모든 게 다 바보처럼 보였으니까. 그런 고양이한테 반할 정도로 그녀는 어리석지 않아."

"과연 그럴까? 호의를 가진 상대의 선택 같은 건 지성하고는 별로 관계가 없는 것 같은데. 게다가 옛날의 너도 의외로 나쁘지 않았을지도 몰라."

"그렇지 않아."

100만 번 산 고양이는 날 설득하려는 듯 또다시 고개를 저었다. 구체적인 말은 없었지만 난 동작으로 설득당한 것처럼 보여줬다. 이야기를 계속한다.

"넌 그녀를 사랑했어?"

"글쎄다. 아직 모르겠어. 그녀가 소중했어. 그건 틀림없어. 다른 그 무엇보다도 소중했어."

"그런데 사랑했는지는 모르겠다?"

"응. 맞아."

"어째서 모르는 걸까?"

"난 고양이니까."

"고양이는 사랑을 알 수 없는 거야?"

"당연. 고양이와 인간은 알 수 없어. 둘 다 호기심이 너무 강해. 모르는 게 있을 때 고양이는 바로 얼굴을 가져가고, 인간은 돋보기를 사용하지. 하지만 사랑 같은 건 가까이에서 자세하게 들여다볼수록 더 알 수 없게 되는 거라구."

"흐음. 왜 그렇지?"

"논리적으로는 설명할 수 없어. 내 생각에 사랑이라는 건 실체가 없는 공백 같은 거야. 그걸 세분화하면 다른 여러 가지 감정을 찾을 수 있어. 동정, 집착, 호기심. 초조와 악의 같은 것도 섞여 있을지 몰라. 많은 감정이 여기저기 흩어져 있는데, 그걸 감싸고 있는 공백의 이름이 사랑이야. 하지만 우리는 좀처럼 공백과 직면하지 못한다는 거지. 호기심은 형태가 있는 것에만 이끌리니까."

그렇군, 그럴지도 모르겠어. 라고 말했다.

우리는 사랑에 대해 서로 얘기하고 있었다. 상당히 거칠게 요약해 버리면 그렇게 된다. 기분이 별로다. 그래서 다른 요약의 방법을 고른다면, 우리는 다이치에 대해 얘기하고 있었다.

난 묻는다.

"다시 말해 다이치가 엄마한테 사랑받는 걸 목표로 설정한다는 건 어렵다는 뜻이지?"

100만 번 산 고양이는 토마토 주스의 스트로를 입에 대고 끄덕인다.

"그건 너도 알고 있었지?"

"뭐, 대충."

나도 따뜻한 캔 커피를 마신다. 설탕의 달콤함이 따뜻함과 함께 입안에 퍼졌다.

"사랑 같은 말로 결론을 내지 않아도 난 사람의 감정을 이것저것 조작하는 걸 목표로 삼고 싶지는 않아."

"왜지? 현실적으로 어려워서? 아니면 네 가치관이 이유냐?"

"양쪽 다야."

어렵고 내가 좋아하는 사고방식도 아니다. 감정 같은 것 중에서 내가 내 마음대로 손에 넣어도 되는 건 자기 자신의 것만이다. 하지만, 하고 난 말을 잇는다.

"그래도 그걸 피하면 해결되지 않는 문제니까. 그래서 고민하는 거잖아."

다이치의 환경을 바꾸는 방법은 몇 가지가 떠오른다. 가령 초등학교나 아동 상담소처럼, 사회적인 조직의 힘을 빌리는 게 원래대로라면 적절할 것이다. 하지만 그 결과, 현실에 있는 다이치에게는 과연 어떤 일이 일어날까? 엄마와의 간단한 대화의 자리가 마련될 뿐일지도 모르고, 구체적인 문제를 찾으면 그는 부모와 떨어져 생활하게 될지도 모른다. 양쪽 다 그가 품고 있는 문제를 해결할 가능성은 있다. 하지만 완전하고 이상적인 결말과는 거리가 멀다.

이상을 좇다 보면 결국은 사랑 얘기가 된다. 다이치의 엄마가 그를 사랑하는 것 말고 다른 결말로는 모두 다 부족하다.

100만 번 산 고양이는 고개를 갸웃거린다.

"하지만 넌 이미 구체적인 방법을 생각하고 있잖아?"

"딱히 구체적이진 않아. 어쨌든 나 혼자서 대단한 일을 할 수 없다는 건 확실하게 알고 있으니까 말이야. 어른 협력자가 필요하다고 생각해."

──어떻게 하면 어른이 될 수 있어?

라고 다이치는 말했다. 그 대답은 난 모르겠다.

하지만 이 경우 어른은 정의하기가 간단하다. 다이치의 엄마가, 어른이라고 판단하는 인물이면 된다. 나이와 입장에 설득력이 있는 누군가의 협력이 필요하다.

"넌 어떻게 협력자를 손에 넣을 생각인 거지?"

"후보는 몇 명 있어. 조건은 다이치의 엄마가 제대로 얘기를 들어줄 마음이 생기는 직업에 종사하고 있을 것과 믿을 만한 인격을 갖춘 사람일 것. 하지만 나에게 사람을 보는 눈이 있을 리 없으니 인격 쪽은 그다지 판단의 재료가 될 수 없을 것 같아. 제일 조건에 들어맞는 건 토쿠메 선생님이야. 그녀는 그쪽 전문은 아니어도 교사한테는 이런 문제와 관련된 인맥이 있을지도 모르니까. 동료로 끌어들이면 나쁘진 않을 거야."

토쿠메 선생님은 우리 반 담임교사다. 과거 어떤 일로 트라우마가 있는 듯 본명을 밝히지 않고, 학생들 앞에서는 가면도 벗지 않는 기묘한 선생님이지만, 진지하고 성실한 사람이라고 생각한다.

"잘 이해가 안 가는데."

100만 번 산 고양이는 오른손을 턱에 댔다. 왼손으론 토마토 주스를 잡고 있다.

"다이치의 엄마는 섬 밖에 있잖아? 그렇다면 계단섬에 있는 사람을 협력자로 삼는 건 아무 의미 없어. 우리는 이 섬에서 나갈 수 없으니까."

계단섬은 버려진 사람들의 섬이다. 이 사실은 주민이라면 누구든 다 알고 있다. 하지만 한편으로 '누구한테 버려졌는지?'에 대해서는 명확하게 밝혀지지 않았다. 마녀가 그걸 비밀로 감추고 있기 때문일 것이다. 내가 알고 있는 마녀는 착한 아이다. 그래서 "당신은 자기 자신에게 버려졌답니다." 같은 심한 말을 일부러 전하지 않는 것이다.

섬 밖에도 분명 토쿠메 선생님은 있을 것이다. 이 섬의 토쿠메 선생님을 버린 그녀가. 하지만 계단섬 밖에 '자신을 버린 자신'이 있고, 지금도 여전히 일상생활을 하고 있어── 같은 소릴 100만 번 산 고양이에게 설명할 생각은 없다.

난 애매하게 고개를 젓는다.

"섬 바깥과 연락을 취할 방법은 생각하는 중이야. 어떻게든 될 거라 생각해."

100만 번 산 고양이는 웃는다.

"정말 너답지 않은 대사네. 어떻게든 될 거라니. 희망에 가득 차 있어."

"그렇지도 않아."

그저 아는 사람 중에 착한 마녀가 있을 뿐이다. 그녀에게 부탁하면 분명 '섬 밖의 자신'과도 대화할 수 있을 것이다. 나 또한 날 만났다. 아마도 토쿠메 선생님도 현실 쪽의 그녀를 만날 수 있을 것이다. 현실 쪽 토쿠메 선생님에게 사정을 설명해 그녀가 우리 편이 되어 준다면 다이치의 문제는 분명 다소나마 진전될 것이다.

난 100만 번 산 고양이에게 본론을 꺼낸다.

"너한테는 따로 부탁할 게 있어."

"평범한 고양이한테 뭘 시키겠다는 거냐?"

"어떤 여자아이와 친해졌으면 해."

"부탁할 상대를 잘못 골랐어."

"그런가? 전문가잖아. 넌 100만 번 살았고, 100만 명에게 사랑받았잖아."

"아주 쉽게 말하는구나."

100만 번 산 고양이는 인상을 찌그린다.

"뭐, 좋아. 근데 내가 어떤 여자랑 친해지면 되는 거지?"

"우리 반 친구인 호리라는 아이야. 키가 큰 여자아이. 굉장히 과묵하고 눈매가 날카로워서 첫인상은 별로 안 좋을지도 몰라. 하지만 착한 아이야."

"그녀라면 알고 있어. 얘기한 적은 없지만 말이야."

"편지라도 보내 봐. 아마 답장을 할 거야. 친해지면 둘이서 같이 밥이라도 먹으면 좋고."

"이유를 모르겠군. 그렇게 하는 것에 무슨 의미가 있다는 거지?"

"그녀에게는 분명 나한테 말할 수 없는 비밀이 있어. 그걸 알아내 줬으면 해."

"그녀의 비밀이 다이치라는 소년의 일과 관련되어 있는 거냐?"

"아마도."

다이치만이 아니다. 호리의 비밀은 분명 이 섬에 있는 모두와 관련되어 있을 것이다.

호리는 마녀다. 계단섬에 있어 가장 중요하고, 가장 힘을 가진 인물이다. 적어도 지금 현재는.

100만 번 산 고양이는 다시 또 웃는다.

"오늘 넌 생각지도 않았던 소리만 하는군."

"그래?"

"어. 이 정도로 의외라면 오히려 너다울 수도. 뭔가 귀찮은 일을 생각하고 있는 것 같아. 넌 일단 목적이 정해지면 그 어떤 의외인 일도 하니까."

그렇지는 않다. 내 눈앞에 두 개의 문제가 있고, 그 양쪽 다 구체적인 대처법은 찾지 못했다. 그래서 단서대로 떠오르는 걸 실행하고 있다.

100만 번 산 고양이가 스트로를 빨아들이자, 토마토 주스의 종이팩이 약간 쪼그라들었다.

"그래서? 그 호리 씨라는 친구한테, 어째서 내가 선택된 거지?"

난 대답한다.

"말에 성실하니까, 이려나."

"내가? 성실? 황당해서 농담으로도 안 들려."

"물론 농담 아냐."

호리는 분명 상처받기 쉬운 소녀다. 그녀는 극단적으로 주의 깊게 말을 선택한다. 그래서 늘 말이 없다.

말하는 게 서툰 호리와, 자신을 속이지 않으면 본심을 말하지 못하는 100만 번 산 고양이는 정말 가치관이 비슷하다. 사이즈는 달라도 말을 한다는 것에 대해 같은 종류의 성실함을 가지고 있는 게 아닌가 하고 생각한다.

"나나쿠사. 넌 호리 씨 친구 아니냐?"

"글쎄. 난 친구라고 생각하지만."

"그렇다면 그녀의 비밀은 네가 알아내면 되잖아. 나보다 네가 더 적임자이지 않나?"

"그렇지 않아."

어렵긴 하지만 어떻게든 대답할 말을 찾는다.

"그녀의 비밀은 나에게는 절대 말할 수 없는 것 같아. 확실하게 확인한 건 아니지만 그런 분위기였어. 너한테라면 의외로 순순히 털어놓을 수 있을지도 몰라."

"이해가 잘 안 되는데."

"나도 잘 몰라. 뭐, 너무 깊게 생각하지 않아도 돼. 호리한테 친구가 한 명 늘어나는 것만으로도 나로서는 고마우니까."

"그녀가 상당히 소중한가 보군."

"착한 아이야. 너무 슬퍼하지 않았으면 해서."

100만 번 산 고양이는 하늘을 올려다보며 한동안 생각에 잠겨 있었다. 하늘에는 작은 하얀 새가 한 마리 날고 있었다. 똑바로 남쪽 방향으로 날아간다. 물색의 하늘에 그 하얀이 사라져 갈 때쯤 그가 말했다.

"좋아. 해보지."

"덕분에 살았어."

"하지만 방법은 내가 정해. 그래도 되지?"

"물론."

그는 비어 있는 종이팩을 구기면서 날 봤다.

"난 말이야, 네가 다른 여자애 이름을 말할 줄 알았어."

"뭐어, 누구?"

떠오른 건 마나베 유우였다. 하지만 100만 번 산 고양이는 다른 이름을 꺼냈다.

"지난주에 막 전학 온 빨간 안경테를 낀 소녀 말이야. 이름이 뭐더라, 아다치?"

"어──."

아다치는 신경이 쓰인다.

아니, 보다 확실하게 말하면 난 그녀를 경계하고 있다.

"아다치와는 토요일에 같이 밥 먹기로 약속했어."

기숙사로 전화를 건, 호리가 아닌 '마녀'는 말했다.

──어떤 소녀가, 마법을 빼앗아 갈 겁니다.

그리고 아다치를 처음 만났을 때, 난 그녀가 계단섬에 온 이유에 대해 물었다. 그녀는 대답했다.

──뺏기 위해서, 이려나.

아다치는 분명 호리의 적이다.

100만 번 산 고양이가 갑자기 웃는다.

"이런. 이게 바로 호랑이도 제 말 하면~, 이란 건가."

그는 옥상 펜스 너머를 가리켰다. 학교에서 마을로 내려가는 계단 바로 앞이다. 우리에게 등을 돌리고 아다치가 뛰고 있었다.

그녀가 이름을 불러, 그 앞쪽에 있던 소녀가 뒤돌아본다. 매끄럽고 곧은 검정 머리의 소녀다.

마나베 유우. 그녀는 똑바로 정면으로 아다치와 마주 봤다.

2 마나베 같은 날

깊은 생각에 잠겨 학교를 나와 마을로 내려가는 긴 계단에 접어들어 난간에 손을 대려 했다. 마나베 유우의 이름이 불린 건 바로 그때였다.

뒤돌아보자 눈앞에 빨간 안경테의 안경을 쓴 소녀가 있었다. 목에는 파란 유리구슬 펜던트를 걸고 있다. 지난주 목요일에 이 카시하라 제2고교로 전학을 와 같은 반 친구가 됐다. 특별히 친하게 얘기한 적은 없다. 마나베는 묻는다.

"무슨 일이야?"

아다치는 차오른 숨을 고르며 말했다.

"잠깐 상담하고 싶은 게 있어. 괜찮겠어?"

"어, 좋아."

마나베는 끄덕이고는 그녀의 다음 말을 기다린다. 아다치는 고개를 갸웃거린다.

"복잡한 얘기야. 조용한 데에서 하고 싶어."

"알았어. 교실로 돌아갈까?"

"근처에 아는 사람이 없는 곳이 좋아. 그럴 만한 곳이 있을까?"

계단섬은 좁은 섬이다. 정말 몇 군데 안 되는 음식점에는 반 친구들이 올지도 모른다.

"그럼 내 방으로 갈래?"

"괜찮겠어?"

"물론."

마나베는 나츠메장이라는 기숙사에서 생활하고 있다. 나나쿠사와 다이치가 있는 삼월장의 바로 맞은편이다.

"그럼 잘됐네."

아다치가 웃는다.

"다이치 군을 소개해줘."

어째서 그녀가 다이치에 대해 알고 있는 거지? 이유는 모르겠지만 아다치는 교실에서도 나나쿠사와 곧잘 얘기를 나눈다. 그한테서 다이치에 대해서 들은 걸지도 모른다.

다이치에게 친구가 늘어난다는 건 기쁜 일이다. 계단섬에는 그 말고는 초등학생이 없다. 그가 이 섬에서의 생활을 어떻게 생각하고 있는지 마나베는 알 수 없지만, 역시 외롭다고 느낄 때가 많을 것이다.

마나베 유우는 끄덕였다.

*

아다치가 말을 걸기 직전, 마나베가 생각하고 있던 것도 마침 다이치에 대해서였다.

다이치를 처음 만난 건 마나베가 계단섬에 온 날이었다. 작년 11월이다. 그는 밤길에 가로등 밑에서 울고 있었다. 그런 다음 울다 지쳐 잠이 들어 버렸다. 그도 마나베와 같은 날에 계단섬에 온 듯했다.

그 뒤 계속 다이치를 생각하고 있다. 물론 다른 여러 가지에 생각이 향했던 적도 있지만 사고의 한쪽에는 늘 그 소년이 있다. 그는 문제를 품고 있다. 그 문제의 해결법도 분명 알고 있다. 다이치의 엄마가 그를 사랑하지 않으면 안 된다. 그리고 그는 이 섬을 나가야만 한다. 원래 세계의 다이치와 하나가 되는 것이다. 지금 현재는 다른 대답은 없다. 하지만 어떻게 하면 그게 가능할지 알 수 없다.

다이치 가까이에는 나나쿠사가 있으니 약간 안심은 된다. 나나쿠사는 믿을 수 있는 인간이다, 라고 돌려 말하는 걸 마나베는 좋아하지 않는다. 왜냐면 도대체 이 세계 어디에 믿을 수 없는 사람이 있다는 것인가. 물론 거짓말쟁이도 악인도 실재한다는 사실은 알고 있다. 하지만 믿거나 믿지 않는 건 상대의 문제가 아니다. 이쪽의 문제다. 마나베는 상대가 제아무리 거짓말쟁이나 악인이라 해도, 일단 믿고 시작하고 싶어 한다. 거짓말쟁이가 마음을 고쳐먹고 처음 말한 진실을 아무도 받아들이지 않는다면 정말 너무나도 비극이니까. 모든 말을 믿고, 그때마다 배신당하는 편이 낫다. 그래도 나나쿠사에 대해서만은 특별한 감정이 있다.

나나쿠사는 착하다.

지금까지 만났던 그 누구보다도 그는 착하다. 그 사실이 제일 중요하다. 착함이야말로 모든 문제를 해결하는 근본인 거라고 마나베는 생각한다. 왜냐면 착한 세상과 행복한 세계는 완전히 같은 거니까. 누구에게든 계속 착할 수 있다면 그 사람은 틀림없다. 언제까지나 계속 착할 수 있다면 그 사람은 단념하지 않는다. 만약 나나쿠사가 착하게 대하지 않는 상대가 있다면 그건 자기 자신 정도일 것이다.

한편 마나베 유우는 착하지 않다. 착함과 행복보다도 올바름을 우선한다. 마나베 자신에게 있어서의 올바름을. 마나베는 자신을 정말 착한 사람을 위한 부속품이라고 생각한다. 처음부터 그렇게 생각하며 살았던 건 아니지만, 초등학생 때 나나쿠사와 함께하는 동안 깨닫게 됐다.

착함에는 오직 딱 하나 문제가 있다. 그건 첫발을 내딛지 않는다는 것이다. 왜냐하면 착한 사람은 누군가를 상처 주는 행동을 두려워하기 때문이다.

어딘가에 울고 있는 사람이 있다. 그 눈물의 원인이 된 누군가가 있다. 그럴 때 나나쿠사는 대부분 '상대에게도 사정이 있을지 모르니까'라는 식으로 말한다. 실제로 그럴 거라고 생각한다. 악인의 사정까지 상상하는 게 착한 세계이자 행복한 세계다. 하지만 마나베의 가치관에 있어 그건 옳지 않다.

울고 있는 사람이 있다면 일단 그의 편이 되어야만 한다. 거기에서부터 시작해야만 하는 것이다. 첫발은 둔감해도 좋다. 악인한테 달려가 소리를 지를 때까지는 바보 같아도 좋다. 그에 앞서 상대의 말을 듣는 귀만 있으면 된다. 어쩌면 악인은 악인이 아닐지도 모른다. 동정할 만한 사정이 있을지도 모른다. 그래도. 일단 이쪽의 감정을 공감하지 못하면 상대의 감정을 알 수 없다. 내가 말을 걸지 않으면 상대의 목소리는 들을 수 없다.

무작정이라도 달리면 길이 보인다. 그 길을 만드는 게 내 역할인 것이다, 라고 마나베는 생각한다. 그래서 난 착하지 않아도 돼, 라고까지 말해 버리면 너무 막무가내인 것 같긴 하지만, 그래도. 정말 착한 사람 곁에서, 예를 들면 나나쿠사 옆에서 바보로 있는 게 필요한 것이다. 있는 힘을 다해 SOS를 치면 세계는 그걸 무시하지 않는다. 무시하지 못할 거라고 믿고 있다. 울고 있는 누군가와 세계를 이어 주는 길만 있으면 어떤 문제든 해결할 수 있다.

세계는 충분히 착하고 어딘가 좁은 장소에 틀어박혀 있는 사람만이 불행한 채로 있다. 문을 박차고 나와 자물쇠를 풀고 벽을 부수는 게 필요한 것이다. 그게 마나베 유우가 본 현실이고 가치관의 전부였다.

아이하라 다이치는 울었다. 마나베에게 있어 중요한 건 그 사실 하나다. 그리고 그 울음소리는 이미 나나쿠사에게 닿아 있다. 그렇다면 다음으로 필요한 건 그 원인의 근원에 게――아마도 그건 그의 엄마한테 달려가 사실을 말하고, 감정을 드러내는 일일 것이다. 상대의 말을 끌어내고, 감정을 끌어내는 것이다. 마나베 유우는 자신이 확성기가 되길 원한다. 다이치의 목소리와 그 엄마의 목소리가 착한 사람에게 닿으면 된다. 하지만 이 계단섬에 그냥 이대로 있는 상태로는 다이치의 엄마한테까지 달려갈 수 없다.

그래서 마나베는 계단섬이 싫다. 그 진짜 모습을 기분 나쁘게 느끼고 있었다. 그도 그럴 것이 세계와 분리되어 있으니까. 이 섬의 SOS는 바깥 세계에는 닿지 않는다.

마나베는 이 섬 밖에 자신을 버린 자신과, 나나쿠사를 버린 나나쿠사가 있다는 사실을 알고 있다. 계단 위에서 자신을 만나 다이치에 대해 전했다. 또 다른 한 사람인 건너편 마나베 유우는 이미 다이치를 알고 있는 듯했다. 그로부터 벌써 3개월이 넘게 지났다. 버린 쪽의 마나베와 나나쿠사가 다이치의 문제를 해결해 줬다면 좋았겠지만, 이렇게 오래 기다렸음에도 진전되지 않는다면 역시 이쪽에서도 행동하지 않으면 안 되는 것이다.

──계단섬에 있는 우리가 할 수 있는 일이 있을까?

포인트는 마녀인 것이다, 라고 마나베는 생각한다. 확실하게는 모르지만, 마녀는 이 섬과 바깥 세계를 이을 수 있는 거 아닐까?

어떻게 하면 마녀를 만날 수 있는 걸까. 마녀는 산 중턱에 있는 학교에서 더욱 정상으로 이어지는 계단 끝에 있다고들 한다. 마나베는 전에 그 계단을 오르려 했지만 거길 올라가는 건 불가능했다. 첫 번째는 안개가 너무 진했는데 정신을 차리고 보니 계단 아래에 있었다. 아무래도 도중에 잠이 들어 버렸던 것 같다. 두 번째는 나나쿠사와 같이 올랐다. 도중에 나나쿠사는 없어졌고, 대신 또 다른 자신을 만났다. 얘기를 나눈 뒤 나나쿠사를 쫓아 계단을 달려 내려와 버렸다.

다시 한 번 나나쿠사와 함께 그 계단을 오르면 마녀를 만날 수 있을까? 아니면 다른 방법이 필요한 건가? 어쨌든 마녀와 얘기를 해 계단섬과 바깥 세계를 잇는 게 중요하다.

그런 걸 생각하던 중에 아다치가 말을 걸었다.

*

계단섬의 학생은 기본적으로 모두 기숙사에서 생활하고 있다. 산 중턱에 있는 학교로 이어지는 긴 계단 아래에는 작은 기숙사 몇 개가 흩어져 있다. 나츠메장은 그중에서도 특히 작은 것 중 하나로, 학생용 방은 일곱 개밖에 없다. 1층은 식당과 욕실 등 공용 공간, 2층에 관리인 방과 학생용 방이 세 개, 3층에 네 개다. 마나베의 방은 3층으로, 계단을 올라 오른쪽에 있다. 3평 정도의 마룻바닥인 방으로, 관리인이 겨울에는 추우니 카펫을 까는 게 좋을 거라고 권해 줬다. 마나베 자신은 이 섬에 오래 있을 생각은 아니었기에 일부러 카펫까지 구입할 필요는 없을 거라는 생각으로 지냈지만, 하지만 이것저것 신경 쓰다 보니 벌써 겨울이 다 지나가고 있다. 역시 카펫을 사 두는 편이 나았을지도 모르겠다.

아다치는 방 안을 대충 훑어보며 말했다.

"살풍경한 방이네."

확실히 그럴지도 모른다. 몇 개의 소품을 제외하면 방은 마나베가 처음 이 방에 왔을 때와 비교해 거의 달라지지 않았다. 침대와 책상은 원래 방에 구비되어 있던 것이다. 마나베는 옷을 정리하기 위해 컬러 박스를 두 개 구입했지만 그것들은 옷장 안에 들어가 있다.

마나베가 의자를 권하기 전에 아다치는 창가로 걸어갔다. 창문은 바깥쪽으로 나 있는 형태로 아다치는 그 창문 난간 공간에 앉는다. 그녀는 창밖으로 시선을 향했다.

"삼월장은 안 보이는구나."

마나베는 끄덕인다. 나나쿠사의 기숙사는 이 방 반대쪽이다.

"그런데 할 얘기란 게?"

"좀 복잡해. 어디부터 얘기하면 좋을지 어렵긴 한데――."

아다치는 체인을 목에 건 채 파란 유리구슬 펜던트를 잡았다.

"이거, 나나쿠사 군이 사 줬어."

마나베는 가만히 그 파란 유리구슬을 바라봤다. 크기도 모양도 메추라기 알 같다. 진한 파랑이지만 안에는 몇 개의 작은 기포가 들어가 있고, 그 기포가 창문으로 들어오는 빛을 받아, 연한 색으로 반짝이고 있다.

아다치는 펜던트에서 손을 뗀다. 그러자 펜던트는 중력에 이끌려 떨어져, 그녀의 가슴 부근에서 작은 원을 그리며 흔들린다.

"특별히 비싼 건 아니지만 말이야. 나나쿠사 군이 작년 크리스마스에 사 준 거야. 그런 다음 같이 팬케이크를 먹었어. 우린 그 정도로 사이가 좋았어."

그녀는 중요한 사실을 말하고 있다. 나나쿠사는 작년 8월에 계단섬에 왔다. 그런 반면 아다치는 정확한 시기는 모르지만 이 섬에 온 지 아직 몇 주밖에 되지 않았을 것이다. 마나베는 생각한 걸 그대로 입에 담는다.

"다시 말해 넌 섬 밖의 나나쿠사를 알고 있다는 뜻?"

이 섬의 나나쿠사를 버린 뒤인 나나쿠사를.

아다치는 끄덕인다.

"너에 대해서도 알고 있고, 다이치 군에 대해서도 알고 있어. 우린 섬 밖에서 이미 서로 알고 있어. 하지만 잊어버렸지? 처음 만난 거라 생각했지?"

아다치의 이야기에 모순은 없었다. 마나베가 이 섬에 온건 11월이지만, 그 직전 3개월의 기억이 없다. 행운이다. 아다치는 생각지도 않은 단서를 가지고 있는 걸지도 모른다.

"저쪽의 다이치는 어떻게 됐어?"

"어떻게고 뭐고도 없어. 그 아이는 가출을 하려 했어. 2월에 실행했지. 하지만 곧바로 너와 나나쿠사 군이 발견하고는 엄마가 있는 맨션으로 돌려보냈어. 내가 알고 있는 건 거기까지야."

"다이치는 왜 가출을 한 거야? 난 어째서 그를 데리고 돌아간 거고?"

"그것까진 몰라. 난 너와 나나쿠사 군 정도로 다이치 군이랑 친한 건 아니니까. 하지만 그 아이의 문제는 해결되지 않았고, 저쪽의 너희들은 이제 뭘 해보겠다는 의지도 없는 게 아닌가 싶은데."

"어째서? 문제가 해결되지 않았잖아."

"물론 해결되지 않았지. 하지만 말이야, 난 포기한다는 게 비정하다고는 생각하지 않아. 저쪽의 너희는 확실하게 다이치 군의 친구이고, 그게 다소나마 그 아이의——."

그녀의 얘기는 계속 이어졌지만 마나베 유우는 자리에서 일어선다.

"미안해. 갑자기 급한 볼일이 생겨서, 그다음 이야기는 내일 들어도 되지?"

아다치는 고개를 살짝 기울인다.

"특별히 오늘이 아니면 안 되는 건 아니지만, 볼일이란 게 뭔데?"

"저쪽의 날 만날 거야. 그래서 사정을 묻겠어."

"어째서?"

"다이치에게 필요한 건 친구가 아냐. 필요 없다는 건 아니지만 첫 번째는 아냐. 그에게 필요한 건 엄마야."

"정말 넌 샛길을 싫어하는구나."

아다치는 웃는다.

"하지만 말이야, 이 세상 모든 아이들이 엄마한테 사랑받고 있는 건 아냐. 그리고 엄마의 사랑이 없다고 그 아이들이 반드시 행복해질 수 없는 것도 아니고. 딱 하나의 정답밖에 없다고 생각한다면 넌 세상을 우습게 여기고 있는 거야. 이 세계의, 그 정답을 손에 넣을 수 없었던 모두와 그 모두의 노력과 감정을 업신여기는 거지. 다이치 군이 엄마의 애정을 갖지 못해도 분명 그것과 동등한 걸 그 아이에게 쏟아 주는 건 가능할 거야. 다른 종류라도 같은 만큼의 것을. 그게 잘못된 일이라는 걸 어떻게 네가 결정할 수 있는 거지?"

마나베는 이미 아다치에게 등을 돌리고 있었다. 당장이라도 이 방을 나가 긴 계단을 향할 생각이었다. 아직 뛰쳐나가지 않은 건 아다치의 말이 마치 나나쿠사가 하는 말 같았기 때문이다. 그녀는 나나쿠사와 닮았다. 적어도 나나쿠사와 비슷한 시점을 가지고 있다. 그걸 알았기에 마나베는 발걸음을 멈췄다. 하지만 뒤돌아볼 정도는 아니었다.

"이 섬에 있는 다이치는, 그래서는 안 되는 거야."

등을 돌린 채 대답한다.

"계단섬의 다이치가 없다면 네가 하는 말이 맞을지도 몰라. 이해는 안 되지만 완전 엉뚱한 말을 하는 건 아니라고 생각해. 하지만 여기 있는 다이치를 구하기 위해서는 저쪽의 다이치가 그걸 받아들이지 않으면 안 되는 거야. 엄마의 문제에서 눈을 돌린 채로는 그건 불가능해."

"다시 말해 마녀의 마법이 바람직하지 않다는 뜻?"

"바람직하지 않다는 게 아냐. 하지만 충분하지 않아."

"그렇군. 그럴지도."

마나베는 손잡이를 잡았다.

아다치는 말했다.

"난 마녀를 설득할 방법을 알고 있어."

이번에야말로 마나베는 뒤돌아본다.

창가에서 역광을 받으며 아다치는 여전히 미소를 짓고 있다.

"널 비교적 좋아해. 금방이라도 부서질 것 같아서 말이야. 그러니까 도와줘. 섬 밖의 너와 얘기하는 것보다도 우선은 마녀부터 쓰러뜨리는 게 효율적이라고 생각하지 않아?"

이 소녀는 대체 뭘 알고 있는 거지?

"자, 의자에 앉아."라고 아다치는 말했다.

마나베는 자리로 돌아와 앉았다.

"마녀에 대해 얼마나 알고 있는 거야?"

"대답하기 어려운데. 하지만 뭐, 이 섬에 있는 대부분의 사람들보다는 좀 더 자세하지 않을까? 소꿉친구라고 하던가? 뭔가 딱 들어맞지는 않지만 그렇게 불러도 틀린 건 아니라고 생각해."

"어떻게 하면 마녀를 만날 수 있지?"

"굉장히 간단해. 하지만 맞다. 지금부터 하는 얘기는 비밀로 해줬으면 해. 그 누구한테도 말 안 하겠다고 약속해 주면 내가 알고 있는 걸 전부 가르쳐 줄게."

"그렇다면 됐어."

마나베는 아다치의 눈동자를 쳐다본다. 특별히 뭘 생각하는 건 아니다. 아다치에게 불신감이 있는 것도, 더욱이 흥정을 하는 것도 아니다. 그저 직감으로 거부했다.

"난 약속 못 해. 비밀이 아닌 사실만 가르쳐 줘."

"어째서지? 마녀에 대해 알고 싶지 않아?"

"알고 싶어, 물론. 하지만 필요하다고 생각되면 난 누구에게든 무슨 얘기든 하니까. 사정을 들은 뒤 비밀로 해야만 한다는 생각이 들면 그렇게 할게. 하지만 듣기 전에 약속할 수는 없어."

"흐음. 의외로 언페어한데."

이해가 안 된다. 마나베는 인상을 찡그린다.

턱에 손을 대면서 아다치는 말을 이었다.

"현실에서는 말이야, 넌 비밀을 약속했어. 상대는 다이치 군이었고. 그걸 확실하게 지켰어. 상대에 따라 가능하기도 하고 가능하지 않기도 하는구나."

확실히 그 말대로야, 라고 마나베는 생각한다.

현실의 자신이, 다이치와 어떤 약속을 했는지는 알지 못한다. 하지만 마나베 자신도 내용을 모른 채 비밀을 약속한 적이 있다. 상대는 나나쿠사였다. 작년 11월 23일에 가로등 아래에서 일어난 일을 그 누구에게도 말하지 않겠다고 맹세했다. 그 태도는 모든 사람에게 평등한 건 아닐 것이다. 난 언페어하다는 사실을 받아들이자고 마나베는 생각한다. 감정을 무시하고 모든 걸 페어하게 맞추는 건 불가능하다.

"그래서?"

마나베는 다음 얘기를 재촉한다.

"내가 언페어하면 아무것도 가르쳐 주지 않는 거야?"

아다치는 고개를 젓는다.

"아니. 난 널 돕고 싶어. 그냥, 말이지. 비밀로 해줄 수 없다면 뭐든 다 말할 수는 없으니──."

그녀는 턱에 손을 댄 자세 그대로, 뭔가를 골똘히 생각하는 모양이다. 마나베는 다음 말을 조용히 기다린다. 이윽고 아다치가 말했다.

"그렇다면 이렇게 하자. 난 중요한 걸 거짓말할지도 몰라. 넌 내가 말하는 걸 완전히 다 믿어서는 안 돼. 그래도 좋다면 가능한 얘기해 줄게."

알았어, 라고 마나베는 대답했다. 일부러 이런 걸 선언하는 걸 보니 아다치는 성실한 사람인 것 같다고 생각했다.

"그럼 첫 번째."

아다치가 마녀에 대해 얘기하기 시작한다.

"마녀의 정체는 나로서는 밝힐 수 없어. 하지만 나나쿠사 군이 알고 있어."

3 나나쿠사 같은 날

서둘러 옥상에서 뛰어 내려가 봤지만, 이미 계단 앞에 마나베와 아다치의 모습은 없었다.

난 심호흡을 했다. 숨이 차지는 않았지만 한숨을 내쉬었기 때문일 것이다. 둘 다 크게 다르지 않다.

아다치가 마나베에게 접촉하는 건 왠지 좀 위험하다는 예감이 든다. 하지만 어떻게 위험한지는 모르겠다. ──마녀로 있기 위해서는 뭔가 자격이 필요한 듯하다. 아다치가 노리는 건 호리한테서 그 자격을 뺏는 거려나? 자격이란 건 뭐지? 행복한 것, 이라고 그 전화의 '마녀'는 말했다. 그럼 호리가 불행해지면 그녀는 마녀가 아니게 된다는 걸까?

얘기가 너무나도 막연하다. 현실감이 없어 구체적으로 상상하는 것조차 불가능하다. 호리는 아마도 마녀의 룰을 알고 있을 것이다. 하지만 그녀는 아다치 건에 날 끌어들이고 싶지 않은 모양이다.

요즘 난 매주 토요일 밤에 호리를 만나고 있다. 일요일 아침에는 그녀한테서 장문의 편지가 도착하는 게 습관이었기에 그 전날 밤에 만나 직접 편지를 받기로 했다.

지난번 2월 27일 토요일에 호리를 만났을 때 그녀는 아주 조금 아다치에 대해 얘기했다.

토요일 오후 정각 9시에 난 호리를 만나러 간다. 코트를 입고, 삼월장 방을 나와 복도를 걸어 1층으로 내려가 현관에서 신발을 신는다. 주머니에서 장갑을 꺼내 양손에 끼고 문을 열고 밤길에 발을 내딛는다. 고개 숙이고 선 가로등 빛에 비친 숨결은 하얗다. 바다를 향해 복잡하게 꺾어진 골목길을 빠져나간다.

그러는 사이에 누군가를 만나는 일은 없다. 아직 취침할 시간도 아닌데 기숙사 안에서도 그 누구 하나 내 시야에 들어오지 않는다. 벽 너머로 소음과 말소리가 들릴 뿐이다. 처음에는 신경 쓰지도 않았지만 매주 반복돼도 똑같은 걸 보니, 분명 호리가 의도해 그렇게 만드는 모양이다.

파도를 막기 위해 돌로 쌓아 놓은 벽을 따라 걸어가면 이윽고 손바닥으로 가려질 것 같을 정도로 좁은 모래사장으로 내려가는 계단이 보인다. 호리는 늘 그 계단 한구석에 서 있다. 그레이 체스터 코트를 입고 연한 핑크색 머플러로 입가를 완벽하게 감추고 있다. "안녕." 하고 난 말한다. 그런 다음 그녀의 대답을 기다린다. 호리는 대화가 서툴다. 그건 분명 그녀가 말을 지나치게 소중하게 여기기 때문일 것이다. 만약 러브레터를 쓴 적이 있는 사람이라면 조금은 그녀의 마음을 이해할지도 모른다. 공교롭게도 나에게는 그런 경험이 없지만, 분명 쓰기 시작하면 고민해, 단순한 한 마디도 상당히 오랫동안 깊게 생각할 것이다. 호리는 일상의 사소한 대화에도 그 수준과 같을 정도로 말을 고른다. 그래서 늘 주위의 난잡한 속도에 뒤처진다. 하지만 지금 이곳에는 그녀와 나밖에 없다. 바다를 봐도 거리를 봐도, 다른 그 누구도 찾을 수 없다. 그래서 원하는 만큼 고민해도 된다. 난 언제까지든 그녀의 말을 기다린다. 그녀는 이윽고 머플러에 살짝 손을 댄다. 보물처럼 나타난 입술을 움직여, 아름답지는 않지만 성실한 목소리로 "안녕하세요."라고 대답해 준다. 아니, 그녀의 살짝 꺼칠한, 장난감 트랜시버를 통해 희미하게 들리는 것 같은 목소리를 아름답다고 정해 버려도 좋을 것이다. 그걸 정할 수 있다는 게 단둘이서 만나는 것의 의미일지도 모른다.

우리는 계단에 나란히 앉아 한 시간 정도 얘기했다. 원래는 계단섬과 마녀에 대한 걸 내가 알기 위한 시간이다. 하지만 당황할 일은 없다.

"오늘 밤은 한결 더 춥네."

내가 말했다.

호리는 또 오랜 시간 뜸을 들이다 드디어 끄덕이고, 그런 다음 살짝 고개를 기울인다.

"약간, 따뜻하게 할까요?"

분명 섬의 기온을 바꾸는 정도는 그녀는 쉽게 해 보일 수 있을 것이다. 호리는 마녀다. 계단섬은 마녀에 의해 착하게 지배되고 있다. 크리스마스 밤에 별이 가득한 하늘에서 눈을 내릴 수 있는 마법을 그녀는 사용한다.

난 고개를 저었다.

"추운 건 싫어하지 않아. 왠지 좀 경치가 아름다워 보이잖아. 하지만 네가 감기에 걸리지 않을까 걱정이야."

"마녀는 감기에 걸리지 않아요."

"그래?"

"이 섬에서는. 걸리려고 마음먹으면 걸리지만——."

후반은 소리가 작아서 잘 듣지 못했다. 하지만 이 밤의 교류를 시작한 뒤 그녀는 정말 말은 잘하게 됐다. 여전히 머뭇거리는 건 있지만 내가 일방적으로 계속 말하는 일은 없어졌다. 마녀의 정체가 호리라는 걸 내가 알았던 게 다행이었던 건지 모른다. 비밀을 계속 지키는 건 역시 부담스러울 것이다.

난 철저하게 조금씩 마녀를 이해했다. 오늘은 마녀가 감기에 걸리지 않는다는 사실을 알았다. 게다가 그녀는 '이 섬에서는'이라고 주석을 달았다. 지금까지의 이야기로도 마녀는 계단섬에 있는 동안만, 특별한 힘을 갖는다는 뉘앙스가 포함되어 있다.

이 속도가 좋다. 천천히, 일상적인 대화의 흐름으로 마녀에 대해 이해하면 된다. 호리와의 대화에서 알기 위해 묻는다는 건 왠지 아닌 것 같다는 기분이 들었다. 작정하고 뛰어드는 게 아니라, 그저 같이 있기 때문에 자연스럽게 상대를 이해해 가는, 그런 관계가 바람직하다고 생각하고 있다.

하지만 그날 밤은 꼭 물어보고 싶었던 게 있었다.

"그제 우리 반에 전학생이 왔잖아."

2월 25일 목요일. 일반적으로 생각하면 전학생이 오기에는 위화감이 있는 타이밍이다. 하지만 계단섬에 있어서는 특별히 이상한 얘기가 아니다. 부모의 전근으로 인해 이 섬에 오는 사람은 없다. 자신에게 버려져 오는 것이다. 그래서 시간은 문제가 아니다.

"아다치를 넌 얼마나 알고 있어?"

말을 꺼내 놓고는 질문의 방법이 나빴나, 하고 난 생각한다. 조금 더 구체적인 걸 차례로 묻는 편이 호리가 대답하기 더 쉬웠을지도 모른다. 하지만 한편으로 이걸로 됐다고도 생각됐다. 무엇을 대답하고, 무엇을 대답하지 않을지를 결정하는 건 호리다.

그녀는 오랫동안 침묵하고 있었다. 파도 소리밖에 들리지 않는 이곳에서는 시간이 어떻게 흘러가는지도 잘 모른다. 난 가만히 밤하늘을 올려다보고 있었다. 섬의 밤은 마치 얼어붙은 것처럼 고요하다. 이곳보다도 더 조용하고 차가운 우주를 빠져나온 별빛이 몇 개 비치고 있었다. 따뜻함은 느껴지지 않는다. 하지만 밝은 빛이다. 난 장갑을 낀 두 손으로 내 뺨을 가볍게 문지른다. 호리 목소리가 들린다.

"친구일 겁니다, 아마도."

분명 이게 그녀가 보내오는 긴 편지라면 그다음에 몇 줄이나 주석이 달렸을 거라 생각한다. 친구라는 말의 의미를 그녀 나름대로 해석해 어째서 그 표현을 선택했는지, 정확하게 전달하려 했을 것이다. 하지만 지금은 그다음을 기대하는 건 불가능하다. 좀 더 밤이 깊어져 날이 샐 때까지라도 내가 가만히 그녀의 말을 기다리고 있으면 어쩌면 계속 이어 들을 수 있을지도 모른다. 하지만 아무 말 없이 기다리는 것도 경우에 따라서는 비난처럼 느껴질 수 있다. 난 호리를 추궁하고 싶지 않다.

호리처럼 겁을 잔뜩 먹고 고민한 뒤, 나는 긴 얘기를 하기로 결심했다.

"넌 이미 알고 있을지도 모르나, 아마도 아다치가 계단섬에 와서 처음 만난 건 나일 거라 생각해. 2월 11일 이른 아침에 저기 해안을 걷는데 그녀가 말을 걸었어. 아다치는 이 섬에 대해 아주 잘 이해하고 있는 것 같았어. 이곳이 자기 자신에 의해 버려진 사람들의 섬이라는 것도 알고 있었어. 게다가 그녀는 기억을 잃지 않았어. 너무 변칙투성이야."

보통, 이 섬에 막 온 사람들은 자신이 어째서 계단섬에 있는지 알지 못한다. 그리고 현실에서 마녀를 찾기 시작한 뒤 이 섬을 방문할 때까지의 기억을 잃고 있다. 아다치는 그 어느 쪽도 아니었다. 난 말을 계속한다.

"분명 그녀는 특별할 거야. 너의 친구라고 한다면 이해되지 않는 건 아냐. 넌 아다치한테서는 기억을 빼앗지 않고, 이 섬에 대해 정확하게 전달했을지도 모르니까. 아니, 전달할 것도 없이 아다치는 모든 걸 알고 있었을지도 몰라. 굳이 말한다면 난 후자 아니었나 싶어. 왜냐면 그녀는 이 섬에 온 이유를 '뺏기 위해서'라고 말했어. 아무것도 모른다면 뭔가를 손에 넣고 싶다고는 생각하지 않잖아. 어쨌든 너와 아다치의 관계는 나에게는 중요하지 않아. 네가 말해 준다면 기쁘겠지만, 아무 말도 하고 싶지 않다면 그래도 돼. 나는 상상도 할 수 없는 이유가 분명 너에게는 있을 거라 생각하니까. 이건 특별히 마녀라 그렇다는 얘기가 아니라, 타인의 사정 따위 모든 걸 다 알려고 하는 쪽이 이상한 거지. 숨길 게 있는 건 당연해. 나에게 있어 중요한 건 네가 아다치를 어떻게 생각하고 있는지야."

여기까지 얘기하고 난 한숨을 내쉰다.

호리는 여전히 입을 다문 채 나를 지그시 보고 있다. 호리의 눈은 가늘고, 약간 올라가 있어 왠지 좀 차가워 보인다. 하지만 그 안의 눈동자는 깨끗하다. 상처 입기 쉬운 밤하늘처럼 깨끗하다.

난 말을 계속한다.

"아다치가 뭘 뺏으려고 하는지, 난 정확히는 몰라. 하지만 계단섬에서 뭔가를 뺏으려 한다는 거라면 상대는 네가 아닐까. 왜냐면 이 섬은 너의 것이니까. 있잖아, 호리. 만약 네가 곤란한 상황이라면 난 널 돕고 싶어. 왜냐면 이 섬을 관리하는 마녀는 너였으면 하니까 말이야. 내가 뭘 할 수 있는 건 아니지만, 같이 고생하거나 고민하는 건 가능해. 혼자서 고생하는 것보다 둘이서 고생하는 게 상황은 훨씬 낫다고 생각해. 그래서 지금이 아니어도 괜찮아. 편지로 써서 줘도 되고, 다른 그 어떤 방법이든 상관없어. 만약 아다치 때문에 무슨 일이 생기면, 가능하면 말해 줬으면 해."

호리에게 전하고 싶었던 말은 이게 전부다.

이 정도로 일방적으로 계속 말한 건 오랜만이라 왠지 피곤해졌다. 모처럼의 마음 편한 밤이 아주 약간 탁해진 것처럼 느껴졌다. 착각이라고 해도, 별들의 빛마저 내가 말하기 시작하기 전과 후로, 그 사정이 달라진 것 같았다. 역시 호리와의 대화는 좀 더 조용한 편이 좋다. 한 마디씩 조심스럽게 망설이는 편이 좋다.

이번은 호리답지 않게 틈을 두지 않고 대답해 줬다.

"나나쿠사 군한테 말하고 싶은 건 있어. 많이. 하지만."

그녀는 거기에서 한번 입을 다물었다. 말을 고르고 있었다기보다는 어떤 표정을 지어야 할지를 고민하고 있는 것처럼 보였다. 그녀는 미간에 주름을 잔뜩 잡고는 희한한, 쓴웃음 같은 미소를 지었다.

"룰 위반, 그래서. 당신에게는 비밀로 하고 싶어요."

대체, 무슨? 룰 위반이라는 말을, 전에도 호리한테 들은 적이 있는 것 같다. ──아니, 다르다. 그녀는 직접 그 말을 입 밖으로 꺼낸 게 아니었다. 내가 멋대로 그런 인상을 받은 것이다. 그건 분명 작년 11월이었다. 호리가 학교를 쉬어 내가 그녀의 집을 방문했다. 그녀는 내 심정을 멋대로 상상해, 마나베에게 얘기해 버렸기 때문에 그 사실을 후회하고 있었다. 그렇다. 그래서 난 호리와 마나베가 닮았다고 느꼈던 것이다. 전혀 다른 것 같지만 심지는 비슷하다. 두 사람 다 강력한 룰을 가지고 있고, 그걸 벗어나는 걸 극단적으로 싫어한다. 그런 식으로 느껴졌다.

그 기억을 떠올리면서 난 물었다.

"그건 마녀의 룰인 거야? 아니면 아다치와의 사이에 뭔가 약속 같은 게 있어?"

호리는 긴 시간, 가만히 날 바라보고 있었다.

곧 고개를 젓는다.

"제 개인적인 룰이에요."

그렇게 대답해 버리면 나에게는 그 어떤 질문도 더는 떠오르지 않았다.

*

계단을 내려가면서 생각했다.

그때 호리는 "당신한테는 비밀로 하고 싶어요."라고 말했다. 그녀의 말은 언제든 엄밀하게 교정되고 있다. 그래서 '당신한테는'이라고 일부러 한정했다는 사실의 의미를 생각하지 않을 수 없었다. 내가 아닌 누군가라면 호리의 비밀을 캐내는 게 가능한 거 아닌가 하고 간단하게 생각했고, 그래서 그녀와 친해지길 바란다고 100만 번 산 고양이에게 부탁했다. 그저 호리가 비밀을 공유할 수 있는 누군가가 한 사람이라도 있으면 좋겠다고 생각한 것이다. 분명 그녀는 강하고 부서지기 쉽다. 강하고 부서지기 쉬운 사람에게는 옆에 서 있을 누군가가 필요하다.

호리가 말한 룰과 그 '마녀'한테서 전화로 들은 '자격'이라는 말은, 무슨 관계가 있는 걸까? 연결되는 것 같기도 하지만, 한편으로 미묘하게 뉘앙스에 차이가 있다. 마녀는 마녀의 자격에 대해 말했다. 호리는 어디까지나 그녀 자신의 룰이라고 말했다. 마녀에게는 자격이 있고, 호리에게는 룰이 있다. 지금은 그 말 그대로 그렇게 생각해 두는 편이 좋을 것 같다.

난 지배자가 호리인 한 계단섬의 선성(善性)을 믿을 수 있다. 예를 들어 다이치에게 있어 이곳은 분명 싫은 곳은 아닐 것이다. 결과적으로 잘못되어 버리는 경우가 있다 해도, 분명 호리도 다이치의 행복을 빌었을 것이다. 그렇다면 잘못됐다 해도 다시 고치는 게 가능하다. 언젠가 바르게 될 때까지 반복해 수정할 수 있다. 하지만 아다치가 호리한테서 마녀의 마법을 빼앗는다면 난 이 섬을 지금처럼 믿을 수 있을까? 난 아직 아다치의 사심을 모른다. 모르기에 의심하는 것부터 시작하지 않을 수 없다.

──어째서 아다치는 마나베와 접촉한 걸까?

계단섬과 마녀 이야기에 마나베는 분명 관계가 없을 것이다. 그녀는 단순한 주민에 지나지 않는 것이다. 그런데도 두 사람의 접촉에는 이상하게 가슴이 술렁였다. 그녀들을 뒤쫓아 가려 했지만, 계단을 내려다봐도 두 사람의 모습은 보이지 않았다. 애초에 반 친구들끼리의 대화를 계속 저지한다는 것도 불가능하다.

자세한 건 나중에 마나베에게 들으면 된다. 그렇게 결정하고 난 처음 예정대로 우체국으로 향하기로 했다.

계단섬에는 딱 하나뿐인 작은 우체국이 있다.

그 우체국은 섬의 동쪽 끝 항구에 등대와 인접해 서 있다. 우체국 직원은 딱 한 사람으로, 토키토라는 이름의 여성이다. 정확한 나이는 모르지만 20대 중반이나 후반 정도일 거라 생각한다. 그녀는 하루의 반절 정도를 우편배달을 위해 오토바이를 타고 섬 안을 돌아다니며 보낸다. 계단섬에는 휴대전화의 전파도 들어오지 않기 때문에 아직도 편지가 현역인 것이다. 하지만 우편배달은 점심 넘어서는 끝나는 듯, 방과 후에 우체국을 찾아가면 대부분 그녀를 만날 수 있다.

오후 5시 30분, 하늘은 이미 어두워져 있다. 난 옆에서 과묵하게 바다를 비추는 등대로 눈을 향하며 우체국 문을 잡아당겨 열었다.

우체국에 손님은 없는 것 같다. 카운터 너머에서 토키토 씨가 상으로 돈을 주는 크로스 워드 퍼즐 잡지를 보고 있었다. 그녀는 잡지에서 눈을 떼고 얼굴을 들며 웃는다.

"여어, 나나쿠사 군이잖아. 우표?"

난 고개를 젓는다.

"아뇨. 잠깐 묻고 싶은 게 있어서요."

"그건 우체국 일과 관련되어 있는 거야?"

"아닙니다."

"그래? 그럼 문에 걸린 간판, 뒤집고 와."

난 그녀가 시킨 대로 방금 들어온 문을 열고 그곳에 걸려 있는 '영업 중'이라고 쓰인 간판을 뒤집는다. 뒤에는 '준비 중'이라고 쓰여 있다. 다시 문을 닫고 난 물었다.

"이 우체국은 몇 시까지 영업하세요?"

"규정으로는 오후 5시. 하지만 불이 켜져 있으면 다들 그냥 들어와."

"야근비는?"

"청구하면 나올지도 모르지만, 딱히 계속 일을 하는 것도 아니라서. 그렇게 돈 받는 건 좀 교활한 느낌이지 않나?"

토키토 씨는 손에 들고 있던 크로스 워드 퍼즐 잡지를 가볍게 들어 올린다.

"일하면서도 땡땡이칠 땐 맘껏 땡땡이치고, 시간 외라고 해도 필요하면 일해. 내 안에서는 그렇게 밸런스를 잡고 있지."

"문 잠가도 돼요?"

하고 물었다.

"상당히 대담한 소릴 하네."

하며 토키토 씨는 웃었다.

거부하는 것도 아니어서 난 출입문을 잠갔다. 그런 다음 토키토 씨를 바라보고는 카운터로 다가간다.

"아다치는 여기 왔어요?"

"몇 번인가. 그건 왜?"

"무슨 용건으로요?"

"네가 상상하는 대로라고 생각하는데."

토키토 씨는 연필을 잡고는 크로스 워드 퍼즐을 쳐다봤다.

"100입방 센티미터의 체적을 바꾸면 뭐야? 네 글자인데."

"데시리터."

"그런 말이 있었어?"

"리터의 10분의 1이에요. 아다치는 당신한테 마녀 얘기를 들으러 왔나요?"

"대충 그런 느낌이었어. 그럼 세계 최고의 국립공원은?"

"몰라요. 당신과 마녀의 관계는?"

"친구, 이려나. 저쪽이 어떻게 생각하는지는 모르지만 말이야. 첫 글자가 옐이고, 세 번째 글자가 스. 네 글자로 마지막에는 '국립공원'이 붙는 것 같아."

"지리는 전반적으로 약해요."

"공원 이름이 지리야?"

"잘은 모르지만, 뭐 그렇지 않을까요?"

난 카운터에 오른손을 올려놨다. 크로스 워드 퍼즐은 싫어하지는 않지만 시대에 뒤처진 거라는 생각도 든다. 인터넷으로 찾아보면 대부분의 답은 나오기 때문이다. 그건 그렇고, 토키토 씨와 퍼즐을 풀며 놀기 위해 학교에서 먼 거리를 걸어 이 우체국까지 온 게 아니다.

"저도 마녀의 친구라고 생각하고 있어요."

"그래? 다행이네."

"어떻게 당신은 마녀의 정체를 알고 있는 거죠?"

지금까지 내가 마녀 앞으로 보낸 편지는 확실하게 호리에게 갔다. 토키토 씨만은 나보다도 먼저 마녀의 정체를 알고 있었다.

그녀는 크로스 워드 퍼즐에서 얼굴을 들고는 고개를 갸웃거린다.

"말할 수 없어, 그런 건. 굉장히 개인적인 거잖아."

"우리 말고 마녀의 정체를 알고 있는 사람이 또 있나요?"

"나와 나나쿠사 군이랑, 아다치 씨 말고?"

"네."

"글쎄. 없지 않을까?"

"그렇다면 저한테 전화를 건 마녀는 당신인가요?"

그 전화의 '마녀'는 분명 호리가 마녀라는 걸 알고 있다. 난 작년 11월——아다치가 이 섬에 나타나기 전에 한번 그

'마녀'와 얘기했다. 토키토 씨 말고 해당되는 인물은 없다.

토키토 씨는 웃는다. 그것은 지금까지의 순수한 미소가 아니다. 정말 마녀처럼 그녀는 차갑게 웃는다.

"누가 됐든 상관없잖아, 그딴 거. 나나쿠사 군은 정말 그걸 알고 싶은 거야?"

난 잠시 토키토 씨의 그 웃음을 쳐다보았다. 말문이 막힌 것도 아니고, 뭔가 주저하고 있던 것도 아니다. 당황하고 있었다고 표현하는 게 그나마 제일 가까울 것이다. 지금 나 자신이 처해진 입장도, 토키토 씨의 입장도 잘 모르겠다.

"내가 정말 알고 싶은 걸 알 수 있나요?"

"글쎄? 마녀의 자격이라는 거?"

"아뇨. 그런 건 뭐가 됐든 상관없어요. 마녀도 계단섬의 진실도, 뭐가 됐든 상관없어요. 전 그저 조용히, 평온하게 생활할 수 있으면 그걸로 충분하니까요."

"그래서 뭘 알고 싶은 거지?"

대답은 정해져 있었다. 하지만 그걸 입 밖으로 꺼내는 게 싫었다.

지금만은 정말 약간, 옆에 마나베 유우가 있었으면 좋겠다. 그녀라면 이런 걸로 주저하지 않을 테니까. 가능하다면 피하고 싶은 질문으로부터 그녀는 절대 도망치지 않으니까.

――포기하자.

라고 난 마음속으로 중얼거렸다. 뭘? 호리에 대한 성의를. 포기하는 건 특기다. 하지만 나 나름대로 최선을 다해 입을 열었다.

"호리의 불행이란 건 뭐죠? 그걸 알고 싶어요."

다른 건 아무래도 좋다. 아다치가 호리한테서 마법을 빼앗는 방법이 그녀를 불행하게 만든다면, 그것만은 무시할 수 없다. 내가 아무리 힘이 없다 해도, 무의미하다 해도 행동하지 않으면 안 된다.

토키토 씨는 말했다.

"결국 넌 누구 편인 거야?"

그녀는 변함없이 웃고 있지만, 방금 전처럼 차갑게 느껴지지는 않았다. 날 놀리는 듯한 익숙해진 순진무구한 미소였다.

"마녀? 마나베? 아니면 좀 더 막연한 정의 같은 거야?"

난 의미 없이 고개를 젓는다.

"그걸 결정하지 않으면 안 되는 건가요?"

"잘 모르겠지만 말이야. 하지만 계속 고민만 하는 건 좀 곤란하잖아? 빨리 결정하는 편이 낫지 않나 생각하는데."

"당신은 누구 편이세요?"

"넌 금방 그런 식으로 도망쳐."

토키토 씨는 이 대화에 흥미를 잃은 듯 크로스 워드 퍼즐을 들여다봤다.

"내가 말할 수 있는 건 특별히 아무것도 없어. 이건 개인적인 얘기니까 말이야. 마녀도, 마나베도 아다치 씨도 아니니까. 어디까지나 나나쿠사 군의 문제니까 내가 해줄 수 있는 말은 없어. 그저 네가 혼자서 고민하는 수밖에."

이해가 안 된다. 난 호리 문제에 대해 얘기할 생각이었다. 혹은 호리와 아다치의 문제에 대해. 그게 어째서 내 개인적인 문제가 되는 거지?

"뭘 고민하는 거죠?"

"그건 생각하고 말 것도 없잖아. 지금 네가 고민하는 거 말이야."

생크림을 끓인 거, 라는 의미의 이탈리아에서 만들어진 과자는? 하고 토키토 씨는 말했다.

난 판나코타라고 대답했다.

모든 답이 이런 식으로 간단하게 나오면 좋은데. 알고만 있으면 답을 바로 알 수 있는 문제만 있다면 뭐든 어려울 게 없는데. 현실적인 문제는 좀 더 복잡하고, 하나로 답을 낼 때마다 자기 자신이 깎여 나가는 것 같은 기분이 든다. 자신의 일부를 쓰레기통에 내던지는 듯한 기분이다. 다시 각오를 다지고 입을 연다.

"제 우선순위는 정해져 있어요. 먼저 다이치. 그다음에 호리. 그 순서로 중요합니다."

"마나베는? 어떻게 되든 괜찮아?"

어떻게 되든 괜찮은 건 아니다. 물론. 하지만.

"마나베와는 늘 맞지 않아요. 제 가치관과 그녀의 가치관은 달라도 너무 다르니까요."

"그럼 네 자신은?"

질문의 의미를 잘 이해할 수 없어 난 "네?" 하고 되물었다.

끝까지 크로스 워드 퍼즐을 쳐다보는 채로 토키토 씨는 말했다.

"우선순위 말이야. 나나쿠사 군에게 있어 나나쿠사 군 자신은 어떠냐고? 예를 들면 네가 편을 들어 주는 두 사람과 너의 가치관이 완전 다르다면 어떻게 할 거지?"

"제 가치관 같은 건 중요한 게 아니에요. 방해가 된다면 내던져 버리면 돼요."

"그건 완전 모순 아냐? 네 가치관과 다르기 때문에 마나베의 우선순위는 낮잖아?"

"아뇨. 모순 아니에요."

이것만은 자신 있게 대답할 수 있다.

"마나베에 대한 취급만은 이제 와서 고민할 이유도 없어요."

토키토 씨는 인상을 찡그리며 연필을 흔든다.

"이해가 잘 안 되는데."

"어딘가에서 답이 틀린 거 아닌가요?"

"크로스 워드 얘기가 아냐. 뭐, 됐어."

그렇게 말하면서 그녀는 칸을 세고 있다.

"어쨌든 내가 할 수 있는 말은 이게 전부. 모두 나나쿠사 군의 문제니까 네 맘대로 생각하면 돼."

"냉정하네요. 같이 생각해 주세요."

"무리야. 크로스 워드가 아니니까."

그럼 이만, 하며 토키토 씨는 연필을 쥔 채 손을 흔든다.

하지만 이렇게 돌아갈 순 없다.

"마지막으로 하나만 가르쳐 주세요."

"집요하면 미움 받는다?"

"계단섬이 붕괴한다는 건 무슨 의미죠?"

전화의 마녀가 한 말이다. 어떤 소녀가 마법을 빼앗는 걸 그렇게 표현했다.

토키토 씨는 크게 한숨을 내쉰다.

"뭘 기대하는지는 몰라도, 난 방관자라구."

그건 전화를 건 마녀의 표현과 비슷하다. ──객석에서 무대를 보듯이 그저 지켜보고 싶을 뿐입니다. 그래도 난 고개를 젓는다.

"토키토 씨는 그저 보고 있기만 하는 건 아니잖아요?"

"어째서?"

"왜냐면 당신은 편지를 전하잖아요. 섬 안을 돌아다니며 누군가한테서 누군가에게로 말을 전하는 당신을 방관자로 볼 수는 없습니다."

토키토 씨는 그제야 겨우 크로스 워드 퍼즐에서 얼굴을 들었다.

"역시 넌, 나나쿠사 군이야."

의미를 모르겠다. 당연하죠, 라고밖에 대답할 말이 없다.

그녀는 말했다.

"계단섬의 붕괴에 대한 구체적인 내용은 나도 잘 몰라. 계단섬이 그대로 사라져 버리는 걸지도 모르지. 어쩌면 옆에서 보기에는 아무런 변화도 없을지 몰라. 어떻게 되는지는 마법을 빼앗은 누군가의 맘대로야. 하지만 마법이 그 아이의 것이 아니게 된다면 확실히 이 섬의 이상(理想)은 잃어버릴 거야."

이상, 이라는 단어를 마음속에서 반복한다.

분명 그렇게 될 것이다. 들을 필요도 없이 알고 있던 사실이다. 지금의 계단섬에는 철학이 있고 이상이 있다.

"방금 전 좀 재미있는 대사였어, 나나쿠사 군. 그래서 힌트를 줄게. 이 섬의 이상을 말로 해봐."

난 생각한다. 토키토 씨는 곰곰이 날 지켜보고 있다. 더는 크로스 워드 퍼즐에는 시선을 주지 않는다. 가까스로 단어를 그러모아 난 대답한다.

"자기 자신에게조차 버려진 사람들을, 착하게 지키는 것."

토키토 씨는 고개를 젓는다.

"그것도 틀린 건 아냐. 하지만 본질로는 부족해. 박수는 칠 수 없어."

"그렇다면──."

"오늘은 여기까지. 이제 끝."

토키토 씨는 손에 든 잡지를 소리를 내며 덮었다.

"네가 뭐라 부르든 난 관객이야. 재미없으면 자리를 박차고 나갈 권리를 가지고 있어. 그래서 오늘은 여기까지. 그다음은 혼자 생각해."

계단섬의 이상이란 뭘까? 그걸 제대로 말한다면 토키토 씨는 좀 더 구체적인 얘기를 해줄지도 모른다. 어쩌면 그녀의 입으로 들을 것도 없이, 중요한 사실을 알아차릴 수 있을지도 모른다. 하지만 그럴 만한 말은 나오지 않는다.

대신 난 말했다.

"우표를 살 수 있을까요? 그리고 편지지 세트도. 가능한 귀여운 걸로요."

토키토 씨는 입가에 미소를 짓는다. 아마도 노리고 그렇게 했을 것이다. 사무적으로 보이는 미소다.

"362엔입니다."

라고 그녀는 말했다.

우체국을 나와 난 한동안 등대 불빛을 올려다보고 있었다. 토키토 씨는 분명 나에게 힌트를 준 것 같다.

계단섬의 이상. 그곳으로 눈을 돌린 건 분명 옳다.

난 딱 하나, 토키토 씨한테 거짓말을 했다. ──제 가치관 같은 건 중요한 게 아니에요. 방해가 된다면 내던져 버리면 돼요.

그건 내 자신에게 역시 의외의 일이었지만, 난 좀처럼 내 자신의 가치관을 버리지 않을 것 같다. 지금도 여전히 겁내며 고민하고 있다. 앞이 잘 보이지 않는 이 상황에서 호리의 사정에 어디까지 끼어들어야 할 것인지. 실은 역시, 그저 방관해야만 하는 거 아닐까. 그녀의 불행이나 아다치와의 대립 같은 걸 다짜고짜 묻는다는 것에 저항감이 있다.

그래서 토키토 씨의 질문은 굉장히 좋다. 그거라면 말로 할 수 있다. 호리의 깊은 곳으로 이어져 있다 해도, 그곳에 발을 내딛고 싶다고 생각할 수 있다.

난 가방 안 필통에서 펜을 꺼내, 우체국 앞에 설치된 우체통 위에서 방금 막 산 편지지 세트를 펼쳤다.

봉투의 수신인에 '마녀님'이라 썼다. 뒤쪽에는 '나나쿠사'라고 썼다. 그리고 편지지에는 정말 짧은 질문을 썼다.

——계단섬에 담겨진 이상이란 건 뭔가요? 당돌한 질문이라 죄송합니다. 하지만 만약 괜찮다면 가르쳐 주세요.

봉투를 닫고 우표를 붙인다. 그대로 우체통에 넣었다.

호리는 대답해줄 것이다. 어쩌면 질문에 대한 답은 못 들을지도 모른다. 그래도 분명 성실한 그녀의 말을 나에게 전해줄 것이다.

이 편지를 전하는 토키토 씨는 역시 방관자일 수 없다.

*

삼월장으로 돌아오자 곧 저녁식사가 시작됐다. 메뉴는 크림 스튜, 참치를 이용한 샐러드와 롤빵이었다. 크림 스튜에는 고구마도 들어 있다. 다이치가 좋아하기 때문이다.

난 하루 씨한테 저녁에 늦은 걸 사과했다. 하루 씨는 "가능한 조심해."라고 말했지만 딱히 사정을 묻지도 않았다. 대신 다른 말을 덧붙였다.

"방금 전에 너한테 전화 왔어."

"누구한테서요?"

"건너편의 마나베 양. 저녁 먹은 뒤에 다시 전화하겠대."

알겠습니다, 라고 대답했다. 그녀에게는 내가 먼저 연락해야겠다고 생각하고 있었기 때문에 마침 잘됐다. 아다치와 마나베가 무슨 얘기를 했는지 확인해 두고 싶었다. 그럼 아다치가 뭘 노리는지도 어느 정도 보일지 모른다.

기숙사 식당에는 앉는 순서는 없지만 대부분 늘 같은 의자에 앉는다. 나도 평소처럼 다이치 옆에서, 하루 씨가 만든 크림 스튜를 먹었다. 다이치는 아무래도 브로콜리가 싫은 모양이었다. 스푼으로 떠낸 그걸 가만히 쳐다보다 눈을 감고 입안에 밀어 넣었다. 난 편식하면 안 된다고 생각하는 사람은 아니다. 그 식재료가 아니고선 섭취할 수 없는 영양 따위 거의 없으니까 말이다. 싫어하는 거 대신 좋아하는 식재료로 부족한 영양을 취하는 방법을 배우는 편이 효율적이지 않나 싶다. 하지만 한편으로 '편식은 절대 안 돼'라고 말하는 어른을 싫어하는 것도 아니다.

다이치는 접시 안에 세 개 들어 있던 브로콜리를 모두 입안에 넣고는 우유를 마셔 그걸 삼켰다. 그런 다음 씨익 웃고는 아껴 뒀어, 라는 분위기로 기쁜 듯이 고구마를 먹었다. "안 남기고 먹다니 대단한데."라고 하루 씨가 말한다. 다이치는 "전부 맛있어."라고 대답한다. 이런 대화가 성립하니, 역시 '편식은 절대 안 돼'라는 주장에도 가치는 있을 것이다.

먼저 식사를 마친 학생들이 하나 둘 자리를 뜨기 시작했을 때 고풍스런 전화벨 소리가 들렸다. 핑크색의 전화기로 향하던 학생에게 "내가 받을게."라고 말하고는 자리에서 일어섰다. 수화기에서 들려온 건 역시 마나베의 목소리였다.

"나츠메장의 마나베라고 합니다. 나나쿠사 군 있나요?"

마나베에게 '나나쿠사 군'이라 불리면 왠지 이상하게 부끄러운 기분이 든다.

"나야. 무슨 일이야?"

"묻고 싶은 거랑 상담하고 싶은 게 있어. 지금, 괜찮아?"

"아직 식사 중. 짧게 끝나는 거라면 말해."

"짧을지 길지는 모르겠어."

"일단 말해 봐."

"마녀의 정체는 누구야?"

난 한숨을 내쉬었다. 그런 얘기, 짧게 끝날 수 있는 게 아니잖아.

"30분 뒤에 기숙사 앞에서 만나자. 괜찮겠어?"

"어. 알았어."

"그럼 이만." 하고 난 수화기를 내려놓는다.

아무래도 마나베와 아다치의 대화는 나에게 있어 평온한 게 아니었던 것 같다.

크림 스튜와 고구마는 확실히 잘 어울린다. 둘 다 단맛이 부드러웠다.

난 다이치에게 오늘 밤 '이야기'를 중지하고 싶다고 전했다. 그는 굳이 말한다면 나와 얘기하지 않아도 된다는 사실에 안심하고 있는 듯했다. 역시 그한테서 사정을 캐물으려 하는 건 옳지 않은 거 아닐까, 라고 또다시 생각한다. 난 같은 것만 고민하고 있다.

식사를 마치고 빈 그릇을 싱크대 개수대에 넣고는 바로 다시 코트를 입고 기숙사를 나왔다. 약속 시간 5분 전이었다.

마나베는 이미 그곳에 있었다. 진한 군청색의 피코트(엉덩이 길이의 직선형 여밈 코트_옮긴이)를 입고 새하얀 머플러를 목에 두르고 있었다. 그녀는 내가 기숙사 문을 열려 했을 때에는 이미 똑바로 나를 보고 있었다. 문이 닫히기도 전에 먼저 "안녕." 하는 목소리가 들렸다.

나도 "안녕."하고 대답한다. 그런 다음 "춥지 않아?"라고 물어봤다. 마나베는 고개를 젓는다.

"나나쿠사는 마녀의 정체를 알고 있다고 들었어. 누구지?"

난 한숨을 내쉬었다. 한숨은 하얗고 탁했고, 천천히 퍼져 맑은 겨울 밤 공기에 녹아 간다.

"아다치한테서 그 얘기를 들었어?"

"응."

"내가 모른다고 하면 넌 믿을래?"

"물론."

"그렇다면 몰라."

이 정도로 얘기를 마무리해도 좋았다. 좀 더 계속하려고 마음먹은 건 마나베에 대한 성의가 이유가 아니라, 아다치를 경계하고 있었기 때문이다.

"당분간 모르는 걸로 해 두고 싶어. 너한테 말해야만 한다고 생각하면 그렇게 하겠지만, 나 혼자서 간단하게 결정해 버려도 되는 게 아니라서 말이야. 마녀는 그녀 나름대로 날 믿어 주는 것 같은데, 그걸 배신하고 싶지는 않으니까."

"다시 말해 마녀는 정체를 숨기고 있다는 소리?"

"그거야 그렇겠지. 남들 앞에는 모습을 드러내지 않으니까 말이야."

"그런가. 뭐, 그렇겠네."

마나베는 오른손 손가락 끝을 가는 턱에 댔다.

"하지만 난 마녀와 얘기하고 싶어. 어떻게 하면 되지?"

"편지를 쓰면 돼."

"전에 쓴 적 있어. 하지만 답장은 못 받았어."

그건 몰랐다. 호리한테서도 못 들었다. 그녀는 마나베와 관련된 화제를 피하는 것 같으니 새삼스럽지도 않지만.

"마녀와 어떤 얘기를 할 생각인데?"

"다이치에 대해서야. 난 저쪽의 다이치를 만나고 싶어. 다이치의 엄마도 만나고 싶어. 분명 꼭 해야만 되는 말들이 있어."

"그 마음은 이해돼."

난 끄덕인다.

"하지만 말이야, 현실 쪽 우리는 아마도 실패했을 거라 생각해. 이만큼 기다렸는데도 다이치는 아직 계단섬에 있으니 그렇게 생각하는 게 자연스러워."

"응. 나도 그렇게 생각해."

"그리고 저쪽의 우리도 못 했던 일을 이쪽의 우리가 할 수 있을 리 없잖아."

"하지만 저쪽의 우리와 이쪽의 우리는 역시 다른 사람이잖아?"

"같은 사람이야."

"원래는 같았을지 모르지만, 그래도 지금은 이미 다르잖아. 어쩌면 저쪽에서는 불가능했던 일이 우리라면 가능할지도 몰라."

"리스크가 너무 커. 타인의 가정사에 끼어든다는 건 간단한 일이 아니라구. 좀 더 문제가 커질 가능성이 있어."

"커지면 다른 사람 눈에 띄기 쉬워."

"하지만 다이치가 슬퍼할 거야. 지금보다 더 슬퍼할걸."

"응, 그럴지도 모르지. 다이치가 울게 될지도 몰라. 하지만 안 다음에 좀 더 행복해지면 되잖아."

이 정도까지는 대충 내가 상정한 대로다. 너무나도 마나베 유우적인 사고로, 내 꿈속에서도 완전히 같은 대화가 가능할 것이다.

"하지만 최대한 슬퍼하지 않고 행복해지는 편이 좋아. 좀 더 잘할 수 있는 사람의 도움을 받도록 하자. 난 토쿠메 선생님이 좋을 거라 생각해."

이건 100만 번 산 고양이한테도 했던 말이다.

난 계속한다.

"다이치의 엄마와 얘기를 하는 건 어린아이보다 어른이 좋아. 고등학생보다 전문가가 좋지. 난 토쿠메 선생님한테 도움을 받아 저쪽에 있는 그녀에게 의지할 생각을 하고 있어. 다이치에 대한 일은 일단 나한테 맡겨 주지 않을래?"

마나베는 날 가만히 보고 있었다. 이럴 때 그녀가 무슨 생각을 하고 있는지, 난 알지 못한다. 뭔가를 판단할 때, 마나베는 마치 감정 없는 차가운 기계처럼 보인다.

곧 그녀는 끄덕였다.

"알았어. 그럼 지금은 맡길게."

"응, 고마워."

마나베는 날 가만히 보고 있었다. 이럴 때 그녀가 무슨 생각을 하고 있는지 난 알지 못한다. 뭔가를 판단할 때 마나베는 마치 감정 없는 차가운 기계처럼 보였다.

곧 그녀는 끄덕였다.

"알았어. 그럼 지금은 맡길게."

"응, 고마워."

"하지만 역시 마녀는 만나고 싶어. 다이치에 관한 건 별개로 쳐도, 여러 가지 얘기를 나누고 싶으니까. 이 섬에 관한 거라든가."

"섬의 뭘 얘기하고 싶은 건데?"

"난 이 섬을 좋아할 수 없어."

분명 어떻게 말해야 할지 망설이고 있는 것이리라. 마나베는 얼굴을 잔뜩 찡그린다.

"여기 온 지 벌써 100일이 지났어. 그동안 계속 생각했던 건데, 역시 난 이 섬이 싫어. 마녀가 이곳을 옳다고 생각하고 있는 거라면 얘기해 보고 싶어. 지금보다도 더 좋은 계단섬이 분명 있을 거라고 말하고 싶어."

그건 그럴 거라고 난 생각한다.

마나베 유우가 이 섬에 분명 긍정적일 리 없다. 그리고 그렇기 때문에 난 그녀에게 마녀의 정체를 알려서는 안 된다. 무의미하게 싸우는 걸 바라지 않으니까.

"알고 있어. 네가, 자신을 버린다는 사실 따위 분명 수긍할 리 없을 거야."

라고 난 말했다. 재빨리 이 이야기를 마무리 짓고 다른 얘기를 하고 싶었다.

하지만 마나베는 고개를 젓는다.

"그건 그렇지만, 그래도 제일 싫은 건 그런 게 아니야. 난 이 섬에 있는 투명한 벽을 용납할 수 없어."

기억해 낸다. 그녀는 계단섬으로 처음 왔던 그날에도 같은 말을 했었다. ——강제적으로 섬에 갇혀, 이곳에서의 생활을 강요받았어. 이런 환경이니 당연히 적이 없을 리 없잖아? 하지만 그게 흐리멍덩해.

마나베는 온도가 없는 목소리로 계속한다.

"이 섬에는 깨부숴야만 하는 벽이 보이지 않아. 깨부수면 밖으로 나갈 수 있는 적이 없다고. 처음에는 어떻게 된 일인지 알지 못했어. 하지만 100일이나 이곳에 있다 보니 알게 되더군. 우리는 지켜지고 있어. 우리를 노리는 게 적은 아니기에 적을 찾아도 찾을 수 없었던 거겠지."

"굉장한 거 아냐?"

난 그녀의 말에 끼어든다.

"적이 없다는 건 굉장한 거 아냐? 도대체 뭐가 문제인 거지?"

마나베는 다시 또 고개를 저었다.

"부드럽게 지켜지고 있다는 게 문제야. 알의 껍데기는 언젠가 반드시 깨져야 하는 거잖아? 아무리 바깥 세계가 위험하다고 해도 껍데기를 강철로 만들어서는 안 되잖아? 만약 애정만이 이유라고 해도, 의사를 가진 인간을 격리시켜 가뒀다면 그런 건 잘못된 거야. 타인의 인생을 멋대로 잘라 내 본래보다도 앞에 도착점을 놔둬 버리는 건 미래를 빼앗는 거랑 같은 거라구."

"그걸――."

네가, 말하지 마. 그렇게 소리칠 뻔했다. 타인의 행복을 멋대로 정의 내리는 것에 주저하지 않는 네가 그런 소릴 하면 안 되지, 라고 소리칠 뻔했다. 하지만 집어삼킨다. 이런 말은 요점을 벗어난다는 걸 알고 있다. 윤리관도 아니고, 의견의 정당성도 없고, 마나베 유우는 그녀 자신의 약함에 의해 공평하다는 게 담보되어 있다. 마나베는 무력한 고등학생으로, 아무리 소리치든 아무리 애쓰든 타인의 행복을 정말 정해 버린다는 것 따윈 할 수 없다. 그녀의 말은 룰이 아니다. 강제력도 가지고 있지 않은, 받아들이기에 부족한 하나의 의견이다. 마음에 들지 않으면 흘려들어 버리면 되는 잡음 같은 것이다. 하지만 마녀는 다르다. 마녀의 의견은 그대로, 이 섬의 룰이 된다.

아, 역시 호리는 불쌍하다.

──마녀는 행복에 의해 저주받고 있죠.

라고, 그 전화의 마녀는 말했다.

그 말의 의미는 아직 모르겠다. 하지만 마찬가지로 마녀는 힘에 의해 저주받고 있다. 호리는 분명 생각한 대로 이 섬을 지배할 수 있게 되어 버린다. 그건 누가 뭐라 해도 거북한 일일 것이다. 만약 발언 하나로 주위 환경을 모두 바꿔 버릴 수 있다면, 마치 지금의 그녀처럼 나 또한 입을 다물고 살 텐데.

마나베는 한참 동안 내 말을 기다리고 있었다. 하지만 내가 아무 말도 못 하고 있으니 곧 입을 열었다.

"넌 아마도 마녀 입장까지 생각하고 있겠지. 마녀의 성의라고 해야 되나, 착함 같은 것까지. 그런 걸 바로 상상할 수 있는 건 굉장히 멋지다고 나도 생각해. 하지만 옳지는 않아. 왜냐면 마녀도 분명 이 섬에 만족하고 있지 않으니까 말이야."

난 나도 모르게 그만 웃는다.

당연한 거 아냐? 마녀가 만족할 리 없잖아. 그런 건 마녀의 정체가 호리라는 걸 알기 전부터 알고 있었다. 이 섬의 마녀는 과하게 주민에게 최선을 다하고 있다. 최선을 다하는 걸로 무작정 부족함을 메우려 하고 있다. 가령 진정으로 계단섬에 만족하고 있다면 크리스마스마다 밤하늘에 눈을 뿌리는 그런 짓은 안 한다. 착한 마법은 왠지 비장해서, 그렇기에 더욱 나에게는 아름답게 보인다.

"우리 의견은 언제든 같은 걸로 대립하는 것 같아."

라고 나는 말했다.

마나베는 고개를 갸웃거린다.

"같은, 이라니?"

"난 포기하는 게 반드시 나쁜 거라고는 생각하지 않아. 그야 포기하지 않는 게 좋은 것도 있지만 포기해 버리면 모든 게 부드럽게 진행되는 경우도 자주 있어. 하지만 넌 누구에게도, 그 무엇도 포기하게 놔두지 않아. 다이치에게도, 마녀에게도 강하게 어떤 걸 강요하잖아."

마나베도 입가에 아주 약간 미소를 짓는다.

"난 네가 뭔가를 포기했던 거, 하나도 알지 못하는데."

절대 그럴 리 없다. 보라구, 이 순간도. 마나베와 더 이상 의견을 나누는 걸 포기했다. 난 마나베의 주의와 주장도, 마녀의 감정도 무시하고 물었다.

"오늘, 아다치와는 무슨 얘길 했어?"

"아다치 양는 마녀를 설득할 방법을 알고 있다고 말했어."

설득, 이라고 난 마음속으로 반복한다. 왠지 위험한 냄새를 풍기는 단어다.

"그녀는 어떤 식으로 마녀를 설득할 생각이래?"

"마녀와 얘기를 할 수 있는 건 일부 사람뿐이래. 그중에도 특별히 소중한 친구가 마녀에게는 있는데, 그 사람을 끌어들이는 게 제일 좋을 거라고 말했어."

"이름이, 뭐래?"

"몰라. 안 가르쳐 줬어."

마녀의 친구. 호리는 아다치를 자신의 친구라 말했다. 토키토 씨도 마녀의 친구라고 말했고, 나도 호리를 친구라고 부르는 것에 저항감은 없다. 그 외에는? 학교에도 호리와 친한 반 친구는 몇 명 있지만 그들은 분명 마녀의 정체가 호리라는 사실을 모를 것이다.

내가 곰곰이 생각하고 있자 마나베가 말했다.

"아다치 양이 파란 유리구슬 펜던트를 하고 있는 거, 알고 있어?"

"응. 그건 왜?"

"섬 밖의 네가 아다치 양에게 준 것 같아. 작년 크리스마스에. 저쪽의 나나쿠사도 나도 아다치 양과는 아는 사이 같아."

"뭐어?"

그 얘기는 진짜일까? 어째서 내가 아다치에게 크리스마스 선물을 줘야만 했을까. 아다치는 '버린 쪽'의 우리와 어떤 관계였던 걸까?

"어쨌든 아다치는 저쪽의 우리를 잘 알고 있어."

"응. 다이치에 대해서도 알고 있었어. 그녀한테 얘기를 들으면 여러 사정을 알 수 있을지도 모르겠다."

기분이 나쁘다. 이쪽은 아다치를 모르는데, 아다치만이 이쪽을 알고 있다.

"그리고 또 하나."

마나베는 말했다.

"아다치 양이 다이치를 위해 동아리를 만들고 싶대."

"동아리?"

"내일 방과 후 자세한 얘기를 하겠다고 말했어."

나나쿠사도 참석해야 돼, 라며 그녀는 고개를 기울인다.

난 끄덕인다. 아다치의 목적은 아직 모른다. 그래서 그녀한테서 눈을 뗄 수 없다.

휘잉 소리를 내며 바람이 불었다. 작은 물방울이 섞인 듯한, 뺨 표면이 얼얼한 바람이었다. 3월이 되었지만 계단섬의 밤은 자주 춥다. 마나베는 펄럭이는 머플러 위치를 고치며 말했다.

"아다치 양은 분명 착한 아이일 거라 생각해."

그건 정말 의외의 말이다.

"어째서?"

"왜냐면 말이 착했어."

나한테는, 그런 인상은 없다. 무엇보다 나와 마나베는 사물에 대해 느끼는 방식이 상당히 다르다. 게다가 아다치가 마나베 앞에서 능숙하게 연기했을지도 모른다.

"말로만 판단하는 건 위험해. 반드시 본심이라고 할 수는 없어. 얼마든지 바꿀 수 있는 거잖아."

"가령 본심이 아니었다 해도 착한 일을 말할 수 있는 건 착한 시점을 가지고 있기 때문이야. 착한 시점을 가지고 있는데, 그걸 모두 무시할 수 있는 사람이 과연 있을까?"

"글쎄. 있다 해도 이상하진 않지."

아다치의 선악을 생각한 적은 없다. 생각해도 그다지 의미 없는 일이다.

아다치는 호리와 대립하고 있다고 가정한다. 호리는 선이라고 가정한다. 그렇게 되면 아다치가 선이든 악이든 대답은 다르지 않다. 선과 악의 싸움이든, 선과 또 다른 선의 싸움이든 반드시 승부를 내야만 한다면 역시 그녀는 적이다.

"어찌 됐든 아다치는 너에게 협력해 마녀를 설득하려 하고 있네."

"응. 도와준다고 말했어. 그리고 다이치에 대해서도 걱정하고 있어."

"그런데 넌, 마녀의 무엇을 설득할 생각인 건데?"

마나베가 살짝 고개를 갸웃거리며 "무엇을?"이라고 반복한다.

"뭔가 마음에 들지 않는 점이 있어 그걸 변화시키기 위해 마녀를 설득하려는 거잖아? 뭐가 마음에 안 드는데?"

이번에는 납득한 분위기로 마나베는 끄덕인다.

"난 이 섬이, 밖과 연결되어 있지 않은 게 싫어. 그래서 마녀를 설득해 섬과 밖을 연결하게 만들고 싶어."

그건 전부터 그녀가 주장하고 있는 거였다.

하지만 이해가 잘 안 된다. 내 머리로는 제대로 상상도 안된다.

"우리가 섬 밖으로 나갈 수 있게 한다는 거야? 하지만 그런 거 불가능해. 왜냐면 밖에는 우리가 있으니까. 같은 사람이 두 명이 되잖아?"

"나도 몰라. 마녀가 뭘 할 수 있고 뭘 할 수 없는지도 몰라. 하지만 우리 의견을 섬 밖으로 발신하는 건 분명 가능할거야. 왜냐면 나도 그렇고 너도 저쪽의 우리를 만났으니까 말이야. 일단은 전화를 거는 것 정도로 간단하게, 저쪽의 우리와 얘기할 수 있게 되면 좋겠어."

그냥 마나베가 그렇게 얘기하는 것뿐이라면 내가 알 바아니다. 어차피 아무것도 가능하지 않을 테니, 너무 과하게 행동하지 않도록 하면서 지켜보는 것만으로 충분하다. 그런 건 나에게 있어 전혀 수고도 아닌 그저 일상이다.

하지만 아다치에 의해 마나베가 마녀와 대등하게 되어 버리면 얘기가 달라진다. 그녀의 말이 결정력을 가져 버리게 된다면 달리 밸런스를 잡을 방법이 필요해진다.

"그건 안 돼. 이 섬의 존재 방법이 완전히 달라져 버려."

"난 그걸 바꾸겠다고 말하는 거잖아."

"네가 말하는 대로 된다면 이 섬의 모두가 자기 자신에게 버려졌다는 걸 자각하게 된다고. 자신을 버린 자신에게 원망의 말을 전할 기회가 생기게 되어 버려. 그런 거, 그 누구도 행복할 수 없어. 섬 밖에 있는 우리도 버려진 자신의 목소리 같은 건 분명 듣고 싶지 않을 거야."

"응."

마나베는 평소처럼 올곧은 눈으로 날 쳐다보면서 끄덕인다.

"우리가 빼앗긴 건 그거야. 자신을 버리고 앞으로 나아가는 게 분명 괴롭지 않을 리 없어. 자신에게 버려졌어도 아직 같은 가치관을 갖고 있다니, 분명 괴롭지 않을 리 없어. 분명 우리는 서로 괴로워할 거야. 섬 안도 밖도 똑같이. 하지만 그 괴로움을, 이 섬의 투명한 벽이 없애 버렸어. 굉장히 착하지만, 그걸 그냥 어물쩍 넘어가서는 안 돼. 버려진 나와 버린 나는, 아프더라도 진지하게 싸우지 않으면 안 돼. 그 고통도, 나니까."

그녀의 말에 마음 깊은 곳에서 초조해졌다. 마음 깊은 곳에서 이 소녀가 아름답다고 느끼고 있었다. 마나베 유우는 이래야 된다. 이런 식으로 날 초조하게 만드는 말만 해주면 된다. 자기 자신과 싸워야만 한다는 말을 소리 높여 주장하는, 옳음을 위해서라면 괴로움도 슬픔도 두려워하지 않는 그녀로 있어 준다면, 난 밤하늘 너머의 빛이 닿지 않는 별을 믿고 살 수 있다. 그녀가 이대로 완벽하게 있어 줄 수 있다면 난 마나베 유우와 진심으로 적이 되는 것도 가능하다.

마나베의 취급만은 새삼스럽게 고민할 일도 아니다. 마나베 유우가 마나베 유우로 있는 거라면 그것 말고는 내가 바라는 건 아무것도 없다. 그래서.

"마나베."

너무나도 당연해서 그래서 지금까지 말로 하지 않았던 사실을 난 말로 한다.

"난 널 부정하지 않아."

그녀는 당당하게 끄덕인다. 인간미도 느끼지 못할 정도로 표정 하나 변하지 않고 대답한다.

"응. 넌 언제든 내가 하고 싶은 말을 이해해줘."

마나베 유우는 홀로 깜깜한 우주를 나아가는 빛처럼 고상하고 차갑게. 그렇기에 진정한 의미로 그 옆에 있기 위해서는 온도가 없는 각오가 필요하다.

"하지만 난 너보다 마녀를 따를 거야."

물론 마나베는 아무런 저항 없이 수긍한다.

"응. 넌 언제든 마치 이 섬처럼 착해."

난 숨을 들이마신다. 깊게 마시고, 밤의 어둠을 생각한다. 아무것도 없는, 우주와 같은 어둠을. 한 줄기 빛을 믿고 따르는 거라면 난 그러지 않으면 안 된다.

결심했다.

결말까지 이미 알고 있는 대화를 그대로 진행한다.

"하지만 그래도 돼? 난 네 생각을 모두 긍정하는 것도 가능해. 언제든 네 편일 거라고 약속하는 것도 가능해. 정말 가능하다고."

"그건 굉장히 기쁘지만, 하지만 나나쿠사는 그렇게 하지 않을 거잖아."

"그럼 넌 내가 어떻게 하길 원하는데?"

"나나쿠사로 있길 원해."

그녀는 입 끝으로만 아주 살짝 웃는다. 왠지 수줍어하는 것처럼도 보인다.

"가능하다면 너인 채로 나한테서 눈을 떼지 않길 원해. 내 목소리가 닿는 곳에 네가 있고, 네 목소리가 닿는 곳에 내가 있어. 그게 중요해. 네 본심이 아무리 나와 정반대라 해도 그걸 전해 준다면 난 하나도 불안하지 않아."

난 아직 계단섬의 이상을 제대로 말로 표현할 수 없다. 하지만 마나베 유우의 이상이라면 알고 있다. 아주 옛날부터 알고 있다.

아다치의 사심으로 이 섬이 변한다면. 만약 마나베 유우와 호리가 그 가치관과 윤리, 철학 등 지금까지 자라 온 인격 모든 걸로 대립하는 거라면. 먼 우주에서 빛나는 별의 이상과 쓰레기통 안의 이상이 대립하는 거라면 내가 선택할 쪽은 정해져 있다.

이 얼마나 잔혹한 소녀인가. 마나베 유우를 믿고 있다면 난 마나베 유우를 부정하는 것조차 주저해서는 안 된다.

꽤 오랫동안 얘기한 탓에 코트 너머로도 몸이 차가워져 있었다. 마나베가 아주 작은, 나비가 펄럭이는 것 같은 재채기를 해서 나는 웃었다.

"오늘 밤은 이 정도로 하자."

"응."

"그럼 잘 자."

"너도."

나와는 전혀 마음이 맞지 않는 그녀가 푹 잘 수 있도록. 정반대의 가치관을 가진 그녀가 감기 따위 걸리지 않도록. 그렇게 기도하며 난 그녀에게 등을 돌렸다.

4 마나베 3월 5일 (금요일)

마나베 유우는 아다치가 착한 아이라고 생각한다.

그렇지 않으면 다이치를 위해 부를 만들려는 생각 같은 건 할 수 없다. 그녀는 눈앞에 있는 어린아이에게 미소를 보여 주기만 하는 게 아니다. 침착하게 나름대로의 노력으로 먼저 솔선해 그가 있을 곳을 만들어 주려 하고 있다.

그래서 방과 후에 부 활동 일로 얘기하고 싶다는 말을 아다치에게 들었을 때, 마나베는 주저 없이 바로 승낙했다. 아다치가 그녀 외에 얘기한 사람은 나나쿠사, 미즈타니, 사사오카, 호리, 이 네 명 같다. 교실에는 그들이 모두 남아 있었다.

그들은 각자 교탁 근처 자리에 앉는다. 미즈타니만이 칠판 앞에 서서 말했다.

"우리 학교 규정으로는 세 명부터 부 활동을 신청할 수 있어요. 다만 선생님 한 분이 고문을 맡아 주실 필요가 있습니다. 모든 선생님이 이미 부 활동의 고문을 맡고 계시기 때문에 꽤 어려울지도 모릅니다."

미즈타니는 반의 반장도 맡고 있어 궂은일도 도맡아 한다. 이런 상황에서 진행자 역할을 맡는 건 대부분 그녀다. 그 적극성을 마나베는 좋아한다.

머리 뒤로 손을 깍지 끼고 있던 사사오카가 대답한다.

"그래도 1주일에 한 번 활동을 한다든지, 편한 부도 있을 거야. 착한 선생님한테 맡아 달라고 하지 뭐. 우리도 엄청 열심히 하려는 건 아니잖아?"

그는 한쪽 귀에 늘 이어폰을 끼고 있다. 아무래도 게임 음악을 듣고 있는 것 같다. 마나베에게는 음악을 듣는 습관이 없기에 잘 모르지만, 그는 게임 음악이 귓가에 들리지 않으면 마음이 안정되지 않는다고 말한다.

"모르겠어요. 전 아다치 양에게 도와 달라는 말을 들었을 뿐이고."

두 사람은 거의 동시에 제안자인 아다치를 쳐다본다.

미즈타니가 말했다.

"어떤 부를 만들 생각인데요?"

아다치는 책상에 한쪽 팔꿈치를 대고 스마트폰을 만지고 있었다. 계단섬에서는 휴대전화의 전파는 닿지 않고 메시지의 발신도 불가능하지만 음악을 듣거나 사진을 찍거나, 다운로드한 어플로 놀거나 하는 건 가능하다. 그녀는 스마트폰 화면에서 얼굴을 들어 대답한다.

"신문부가 좋겠어."

신문부? 하고 사사오카가 반복한다.

끄덕이며 아다치는 말을 계속한다.

"달리 하고 싶은 게 있다면 바꿔도 괜찮지만 말이야. 중요한 건 딱 하나, 다이치 군도 참가할 수 있는 내용이어야 한다는 거야. 정해진 시간을, 그 아이와 같이 보낸다. 내 목적은 그거 하나. 그래도 신문부라면 조사를 하거나, 그림을 그리는 등 다이치 군도 참여하기 쉽지 않을까?"

미즈타니가 살짝 인상을 찡그린다.

"우리 학교의 부 활동에 참가해도 되는 건 재학생만으로 규정되어 있습니다."

곧바로 사사오카가 대답한다.

"하지만 야구부는 마을의 동네 야구팀과 시합하고 있잖아. 딱히 정식 부원이 아닌 다이치가 끼어도 아무도 뭐라 안 할 거야."

하지만 아다치는 고개를 저었다.

"그럼 안 돼. 어떻게든 다이치 군을, 정식 부원으로 하고 싶어."

"이해가 안 되네."

나나쿠사가 조용히 아다치를 쳐다본다. 마나베는 그가 언짢아하는 것처럼 느껴졌다. 표정은 평소 그대로지만, 목소리가 약간 낮은 것 같다. 나나쿠사는 말을 잇는다.

"확실히 신문부는 좋아. 운동부 등과 달리 나이 차가 나도 표도 안 나고, 적당히 타인과 커뮤니케이션을 하는 것도 좋지. 공부도 되고. 하지만 그런 건 굳이 부 같은 걸 만들지 않아도 가능해. 우리 기숙사에 모여 신문을 만들면 돼."

나나쿠사와는 대조적으로 아다치는 기쁜 듯이 고개를 끄덕인다.

"그 말대로야. 하지만 말이야, 다이치 군을 만나 보니 좀 걱정이 됐어. 그 아이, 자신에 대해 거의 말하지 않잖아. 다시 말해 마음을 열지 않고 있다는 거야. 그 누구한테도."

"다이치는 평범하다고 생각해. 특별히 활동적이지는 않지만, 소극적인 것하고도 달라. 고등학생한테 뭐든 다 얘기하는 초등학생은 별로 없을걸."

"맞아. 초등학교 2학년이라면 반 친구들이랑 놀고, 부모님이랑 얘기하고, 그 외에 관련된 어른이라고 하면 학교 선생님 정도. 대부분 그렇잖아. 하지만 이 섬에는 그런 당연한 게 없어. 그렇다면 대신할 걸 준비해야만 하지 않을까?"

"즉, 눈에 보이는 형태로 다이치가 있을 곳을 만들고 싶다는 뜻이야?"

"어."

아다치는 다시 시선을 손에 쥔 스마트폰으로 떨어뜨렸다. 손끝으로 화면을 튕기면서 대답한다.

"그저 모이는 게 아니라, 좀 더 확실한 골격을 준비하고 싶어. 가정을 대신해 삼월장이 있잖아. 관리인도 좋은 사람

같고. 그렇다면 필요한 건 학교 대신으로, 그건 그저 모이는 것만으로는 안 돼. 꼭 '내일 봐.' 같은 말이 없어도 내일도 만난다는 걸 알고 있어야 돼. 강제력이 있는 인간관계가 필요한 거라고. 반 친구라는 건 말이야, 최소한 자유롭지 않으니까 좋은 거 아냐? 무슨 일이 있어도 내일도 얼굴을 봐야만 하잖아. 그래서 싸움도, 화해도 가능한 거라고."

마나베는 어제 같은 말을 아다치한테서 들었다. 그녀의 의견에는 전적으로 찬성이라 특별히 발언할 이유도 없다. 나나쿠사도 반대하지 않을 것이다. 그렇게 생각해 그에게로 시선을 돌리자 아주 짧은 순간 눈이 마주쳤다. 그는 곧바로 아다치를 다시 쳐다본다.

"멋지다고 생각해. 굉장히 공감할 수 있어. 하지만 역시 이 학교에 다이치도 소속 가능한 부를 만든다는 건 어려울지도 모르겠어."

"그럴지도. 하지만 해 보자."

아다치는 여전히 스마트폰을 노려보고 있다.

"우선은 우리의 요구를 그대로 학교에 내도록 하자. 타협하는 건 안 된다는 소릴 들은 이후에 하면 돼. 다이치 군을 걱정하고 있는 사람은 분명 많이 있을 거야. 의외로 쉽게 얘기가 통할지도 몰라."

나나쿠사는 턱에 손을 댄다. 어째선지 진지한 표정으로

뭔가 생각에 잠겨 있다. 그가 뭘 생각하고 있는지 마나베는 상상할 수 없다.

그러는 동안에도 아다치가 얘기를 진행한다.

"부장은 내가 할게. 일단 제안자니까 말이야. 최소한으로 필요한 건 이제 두 명이야. 마나베 씨와 호리 씨는 꼭 입부해 줬으면 해. 미즈타니 씨한테도 기대하고 있지만 아르바이트가 많지?"

미즈타니는 미안한 듯이 끄덕인다.

"네. 1주일에 4일 정도는 아르바이트가 있어서 매일 참가하기에는……."

나나쿠사가 고개를 저었다.

"마나베는 맞지 않아. 나와 사사오카가 들어갈게. 다이치와는 같은 기숙사에서 생활하고 있으니까, 우리가 있는 편이 그도 분명 마음 편할 거야."

아니, 나도 의외로 바쁘거든? 하고 사사오카가 말한다.

그 말에는 신경 쓰지 않고 아다치가 대답한다.

"아니. 나나쿠사 군이랑 사사오카 군은 어드바이스를 얻기 위해 불렀을 뿐이야. 두 사람은 삼월장에 있으니 다이치 군의 가족 같은 존재잖아? 반 친구 대신을 만들어 준다는 얘기니까 두 사람이 이쪽에까지 들어오면 이상해져. 매일 가족이 참가하는 학교는 싫잖아. 가족에게는 가족의, 반 친

p o s t c a r d

구들에게는 반 친구들의 거리감을 만드는 게 좋아."

마나베는 입을 연다. 특별히 망설일 만한 일도 아니라고 느낀다.

"난 참가할게. 하는 게 나을 것 같아."

다이치는 이 섬을 나가야만 하지만 곧바로 나갈 수는 없을 것 같다. 그렇다면 일시적이긴 하지만 이 섬에서의 인간관계를 견고하게 하는 것에는 의미가 있다고 생각한다.

아다치가 마나베를 향해 고마워, 하고 미소를 지었다. 그런 다음 방긋 웃는 얼굴로 호리를 본다.

"너는? 아무 말이라도 해봐."

평소처럼 호리는 대답하지 않는다. 그녀는 힐끔 나나쿠사를 본 것 같았다.

긴 침묵 뒤 아다치는 다시 스마트폰으로 시선을 향했다.

"자기 의견이 없어? 아니면 다이치 군이 어찌 되든 알 바 아냐? 마음속으로 우습다고 생각하는 거야?"

호리의 표정에 변화는 없었다. 대신 미즈타니가 불쾌한 듯이 입을 연다.

"그녀는 말하는 게 서툴잖아요. 실은 성실하고 착한 아이 예요. 당신은 전학 온 지 얼마 안 돼서 모를 거라 생각하지만——."

"알아."

아다치는 어딘가 기계적인 담담한 손동작으로 스마트폰을 만지작거리며 말했다.

"옛날에 근처에 살았으니까. 친구였어."

미즈타니는 깜짝 놀라는 것 같았다. 사사오카도. 두 사람은 동시에 호리를 본다. 마나베에게도 의외의 말이었지만 호리보다도 아다치보다도 나나쿠사에게 더 신경이 쓰였다. 그가 인상을 잔뜩 찡그리고 있다. 이 정도로 노골적으로 표정을 바꾸는 건 그답지 않다.

아다치는 계속 말한다.

"호리 씨는 말이지, 옛날부터 말이 없는 편이었지만 지금보다는 좀 더 자신의 의견을 가지고 있었어. 무슨 일이 있었던 거지? 너무 응석을 다 받아준 건가? 잠자코 있어도 주위에 있는 누군가가 늘 도와주는 거겠지."

미즈타니가 교탁에 두 손을 짚었다. 둔탁한 소리가 울린다.

"말이 너무 지나쳐요. 누구든 잘 못 하는 거 한두 개는 있는 겁니다."

"봐."

아다치는 또다시 따분하다는 듯이 스마트폰을 노려보고 있다.

"언제든 이런 식으로 누군가가 비호해 주잖아. 하지만 말이야. 난 옛날의 호리 씨를 알고 있으니 역시 걱정이 되는 거야. 물론 서툰 건 어쩔 수 없어. 제대로 말 못 한다고 비웃는 녀석은 최악이지. 하지만 말이야. 대화가 서툴다고 이야기를 거절하며 무시하는 것도 문제야. 대답을 하려고만 해준다면 난 언제까지든 기다릴 수 있어. 화를 내며 말하든, 요점을 벗어난 대답을 하든 뭐든 좋아. 내가 문제로 삼고 있는 건 결과가 아니라 자세니까 말이야."

그녀는 갑자기 이쪽으로 얼굴을 돌렸다.

"저기, 마나베 씨. 너라면 이해할 것 같은데?"

살짝 망설인다. 아다치의 의견에 대해서 큰 틀 안에서는 찬성한다. 하지만 한편으로 그녀의 지적에는 몇 가지 오류가 있다. 지금까지 마나베가 보기에 호리는 자신의 의견을 가지고 있지 않은 게 아니다. 오히려 확고한 생각을 가지고 있다는 인상이다. 게다가 분명 호리는 말하는 게 서툴지만, 항상 아무 말도 안 하는 건 아니다. 마나베는 그녀와 논의한 경험마저 있다. 나나쿠사의 말에 의하면 주말에는 친구에게 긴 편지를 보내는 듯, 목소리를 사용하지는 않아도 의사소통을 포기한 건 아니다.

그래도 마나베는 아주 약간 호리가 말을 하길 원했다. 그녀의 목소리를 듣고 싶다.

그 말들을 정리해 입을 열려 했다.

하지만 그보다 먼저 나나쿠사가 말했다.

"호리는 대답하려고 했어. 아다치가 말하는 대로 그녀는 노력하고 있었어. 방금 건 네가, 약간 먼저 나갔을 뿐이라고."

아다치는 나나쿠사를 다시 쳐다보며 웃었다.

"호리 씨에 대해 상당히 자세히 아는 것 같은데?"

나나쿠사도 입가에 미소를 지으며 대답한다.

"네가 언제, 얼마나 호리와 함께 있었는지는 몰라. 하지만 최근 몇 개월의 호리에 대해서는 우리가 더 잘 알지 않을까?"

"그럴지도. 그런데 난 말이야, 마나베 씨한테 질문했는데?"

"미안. 하지만 꼭 말해 두고 싶은 게 있어."

"나중에 해. 중요한 얘기를 하는 중이니까."

"아니, 그렇게는 안 돼. 이게 더 중요해."

그는 즐거운 듯 미소를 유지하고 있었다. 이것 또한 불쾌했을 때의 나나쿠사의 표정인데, 라고 마나베는 생각했다. 어떤 의미로든 그는 아다치에게 적의를 가지고 있다.

천천히, 그리고 확실하게 나나쿠사는 말했다.

"네가 만드는 신문부에 다이치를 넣을 수는 없어. 그 앞에서 이런 식으로 언쟁하는 건 곤란하니까 말이야. 그에게 있어 행복한 곳이 아니게 된다면 의미가 없어."

"꽤 멋대로인 주장이네. 하지만 말이야. 너한테 다이치 군에 관한 일을 결정할 권리는 없어."

"아니, 있어. 네가 말했잖아. 난 다이치의 가족 같은 존재라고."

나나쿠사와 아다치는 여전히 서로 미소를 띤 채 마주 보고 있다. 나나쿠사는 뭔가를 지키려 하고 있는 거라고 마나베는 생각한다. 뭐가 어떻다고는 말 못 한다. 하지만 그럴 때의 그로 보인다. 다른 뭔가를 비호하며, 주위의 눈을 자신에게 향하게 만들려고 할 때의.

마나베에게는 나나쿠사와 아다치, 둘 중 한 사람의 편을 들어 줄 마음도 없었다. 지금 여기에서 벌어지고 있는 건 건전한 논의의 범주이고, 그렇기에 그걸 계속 추진하기 위해서 생각했던 말을 입 밖으로 꺼냈다.

"그건 논점이 빗나간 거 아냐? 아다치 씨는 삼월장과는 다른 인간관계를 다이치에게 만들어 주겠다고 말하는 거니까. 그쪽에까지 나나쿠사가 참견하면 전제가 무너진다고."

미즈타니가 작은 목소리로 '마나베 씨' 하고 이쪽 이름을 불렀다. 그녀도 사사오카도, 왠지 걱정스런 표정을 짓고 있다. 나나쿠사가 고개를 저었다.

"너야말로 전제를 무시하고 있어. 다이치를 진짜 초등학교 반에 넣겠다는 얘기라면 특별히 반 친구를 가릴 생각은 없어. 하지만 우리는 고등학생이고 다이치는 초등학생이야. 전혀 사람을 고르지 않고 오늘부터 친구가 되라고 할 수는 없는 거잖아. 난 부모 마음 같은 건 이해 못 하지만, 만약 초등학생 아이가 있다면 같은 나이인 반 친구와는 가능한 사이좋게 지내길 바라지만, 상대가 고등학생이라면 본성이 신경 쓰이는 게 당연하지 않아?"

그의 대화에는 특징이 있다. 아니, 대화에 한정되지 않는 사고 그 자체의 특징일 것이다. 이런 식으로 누군가에게 반론할 때 나나쿠사는 훨씬 앞의 대화를 상정하고 있다. 마나베는 종종 몇 분인가 앞선 미래에 그가 있는 것처럼 느끼는 경우가 있다. 하지만 그 시간을 단숨에 뛰어넘는 건 마나베에게는 불가능하다. 우직하게 눈앞의 시간에 반응해 가는 수밖에 없다. 그가 깐 레일 위를 달리는 것에 불만이 있는 것도 아니었다.

"초등학생과 고등학생을 구별해 생각할 필요 따위, 있을까?"

"물론, 있지. 지식도 경험도 완력도, 우리는 다이치를 이기고 있어. 어쩔 수 없는 사실로서, 우리는 초등학생이 아냐. 그래도 반 친구들처럼 친해지게 된다면 우리는 여러 가지에 주의하지 않으면 안 돼."

"그건 다시 말해, 능력이 많은 아이와 적은 아이는 친구가 될 수 없다는 의미?"

"전혀 달라. 다이치는 분명 우리보다도 머리가 좋아. 거짓말이 아니라, 그와 얘기하면 그렇게 느끼는 경우가 자주 있어. 하지만 테스트를 봤을 때, 혹은 뭔가 문제가 있어 그걸 해결하는 방법을 생각했을 때, 물론 내가 좋은 결과를 낼 수 있어. 능력을 비교할 수조차 없을지도. 초등학생과 고등학생은 완전히 다른 생물이니까."

짝, 하는 소리가 들렸다. 아무래도 아다치가 박수를 친 것 같다. 그녀는 어느새 스마트폰을 책상에 두고 있다.

"그만 됐어. 두 사람이 친하다는 건 잘 알았어. 하지만 말이야, 내가 말을 꺼낸 일이니까 나나쿠사 군이 반대하는 것 정도로는 포기하고 싶지 않아. 만약 네가 다이치 군의 진짜 형이라고 해도 마찬가지야. 친구와의 관계에 가족이 참견하는 건 거절할 뿐."

나나쿠사는 끄덕인다.

"마음대로 해. 나도 내 마음대로 할게. 아다치의 부 활동에 들어가서는 안 된다고 설득할 거야. 어느 쪽을 선택할지는 다이치가 결정하면 돼."

"이쪽으로 오라고 손을 잡아끌 거야? 뭐야, 그게. 바보 같잖아."

"전혀. 이렇게 쓸데없는 언쟁에 다이치 군을 끌어들이는 게 더 바보 같지. 그러니까 우리는 좀 더 의견을 조율해야만 하지 않을까?"

"그러게. 구체적으로는?"

"네가 신문부를 만드는 건 응원할게. 다이치가 거기 들어가는 것도 막지 않겠어. 하지만 나도 함께야. 굳이 말로 하자면 널 감시할 거야. 그리고 호리는 들어오면 안 돼. 무슨 이유에서인지 넌 호리에 대해서만은 감정적이 되는 것 같으니까."

아다치가 대꾸하지 못했다.

나나쿠사가 정말 하고 싶었던 말은 이거라는 걸 마나베는 알았다. 그는 아다치와 호리가 가까워지는 걸 원치 않는 걸까? 어째서?

하지만 그의 말은 납득할 수 없다. 마나베는 말했다.

"호리 씨의 일까지 네가 결정하는 건 이상해. 호리 씨 자신이 결정할 문제잖아."

아다치도 수긍했다.

"네가 들어오는 건 뭐, 좋아. 원래 의도와는 약간 달라지지만 그렇게까지 말하면 어쩔 수 없지. 하지만 호리 씨까지 네가 이래라저래라 하는 건 과보호야."

아다치는 똑바로 호리를 다시 쳐다보며 고개를 숙인다.

"아까는 미안. 정말 말이 지나쳤어."

기어들어 갈 듯한 작은 목소리로 호리가 "아뇨."라고 대답한다.

고개를 들며 아다치는 웃는다.

"이번엔 대답해 줄 때까지 기다릴 거야. 너도 신문부에 들어올래? 안 들어와?"

다섯 명이 호리의 목소리에 귀를 기울였다. 나나쿠사가 살짝 한숨을 내쉬었다는 걸 마나베는 알 수 있었다. 길고 긴 침묵 끝에 호리는 입가에 힘을 꽉 주어 대답한다.

"저도, 들어갈게요."

미즈타니와 사사오카가 동시에 소리를 내며 한숨을 토해 냈다.

아다치는 만족스럽게 웃으며 끄덕인다.

"나나쿠사 군도, 이제 불만 없지?"

그는 한참을 좀 더 지그시 아다치를 쳐다보고 있었다. 분명 뭔가를 고민하고 있다. 무엇을? 마나베는 생각한다. 하지만 알 수 없다. 마나베의 가치관으로 볼 때 아다치의 말과 행동은 불성실한 게 아니다.

나나쿠사는 겨우 대답했다.

"큰 틀로는 불만 없어. 최대한 도울게. 우선은 내가 고문을 수락해 주실 선생님을 찾고, 다이치도 부 활동에 참가할 수 있는 방법을 생각해 볼게. 맡겨 줄래?"

"물론. 나나쿠사 군이 적극적이라 기쁘네. 넌 믿으니까."

"고마워. 시작과 동시에 살짝 옥신각신했지만 다이치가 지내기 편한 장소를 만들어 가자."

"나로서는 옥신각신할 생각은 없었는데."

이야기는 일단 마무리된 것 같지만, 마나베는 개운하지 않았다. 나나쿠사 때문이다. 그가 뭐에 집착하는지, 여전히 모르겠다.

──아니, 그런 건, 나중에 생각하자.

마나베는 생각을 고쳐먹는다. 지금 우선 생각해야만 하는 건 신문부 일이다. 그게 다이치에게 있어 최적의 장소가 되지 않으면 안 된다.

아다치가 말했다.

"그런데 부장으로서 딱 하나 희망사항이 있는데, 괜찮겠어?"

나나쿠사는 수긍한다.

"물론. 뭔데?"

"이 부 활동은 가능한 매일 하고 싶어. 학교 대신을 만들겠다는 이야기였으니까 그렇게 하지 않으면 의미가 없어."

"응. 나도 그러는 게 좋을 것 같아."

"그리고 또 하나."

"딱 하나 아니었어?"

"부장으로서 희망사항은 방금 걸로 끝이야. 이번엔 개인적인 거."

"그렇군. 말해 봐."

"사귀자, 나나쿠사 군."

누군가가 "뭐?" 하고 중얼거렸다. 그게 누구였는지, 마나베는 알 수 없었다. 마나베는 가만히 나나쿠사를 응시한다. 그는 누구나가 다 알 수 있을 정도로 인상을 찡그리고 있었다.

"무슨 뜻인지 모르겠는데."

"말 그대로야. 사귀면 좋을 것 같아. 쿨하고 미스터리어스하고, 그런데도 착한 것 같고 말이야. 혹시 고백은 편지가 더 나았으려나?"

"최소한 둘만 있을 때가 나았겠지."

그는 턱에 손을 대고는 진지한 표정으로 생각에 잠겨 있다. 장기나 체스에서 뜻밖의 수로 당한 것 같은 분위기다. 느릿한 말투로 그는 대답한다.

"이유야 어쨌든 난 너에 대해 거의 아무것도 모르니 오늘부터 연인, 이런 건 불가능해."

"그렇구나. 그럼 이제부터 서로에 대해 차근차근 알아 가보자. 부 활동으로 자주 얼굴을 보게 될 테니까 말이야."

어디까지나 미소를 지은 채로 아다치는 자리에서 일어나 책상 위의 스마트폰을 쥐고는 주머니에 찔러넣었다.

"모두 시간 내줘서 고마워. 그럼 나나쿠사 군, 뒷일 잘 부탁해."

그녀는 그대로 교실 출구로 향하려는 모양이었다. 하지만 갑자기 생각난 듯이 호리 옆에서 발을 멈춘다.

"호리 씨."

아다치는 호리의 얼굴을 똑바로 내려다보며 말했다.

"너보다도 내가 행복해."

호리는 그 날카로운 눈매로 노려보듯이 아다치를 올려다보며 대답했다.

"아뇨. 제가 더 행복합니다."

그 대화의 의미를 마나베는 이해할 수 없었다.

아다치는 한숨처럼 "그래?" 하고 중얼거리며 어깨를 으쓱한다. 그런 다음 손을 흔들고는 발소리를 내며 교실을 횡단해 문을 열고 복도로 나갔다.

문이 닫히자 사사오카가 휘익, 하며 휘파람을 분다. 그를 미즈타니가 노려봤다.

마나베는 "신문부의 활동 내용 말인데." 하고 다음 화제를 꺼냈다.

*

마나베는 몇 개의 의제를 꺼내 봤지만 주위의 반응은 별로였다. 미즈타니와 사사오카는 아다치의 고백이 신경 쓰이는 모양이고, 호리는 평소처럼 아무 말도 없고, 나나쿠사는 여전히 약간 기분이 나빠 보였다.

"오늘은 여기까지 하자. 부에 관한 건 학교와 얘기를 해 보지 않으면 모르는 거고, 기사 내용은 다이치와 아다치가 없이는 정할 수 없으니까."

라고 그는 말했다. 미즈타니와 사사오카가 찬성해, 그제야 해산했다.

교실을 나온 나나쿠사는 고문 선생님을 찾기 위해 교무실로 가는 듯했다. 다른 세 사람과는 헤어져 마나베도 나나쿠사 옆에서 걷는다.

그는 고문을 토쿠메 선생님한테 부탁할 모양이다. 토쿠메 선생님은 마나베 일행의 반 담임이고, 나나쿠사는 다이치 일로 그녀에게 도움을 받을 생각을 했기 때문에 마침 딱일 것이다. 토쿠메 선생님은 교무실 제일 안쪽 그녀의 책상에 앉아 계셨다.

나나쿠사는 토쿠메 선생님에게 "신문부를 만들고 싶습니다."라고 설명했다. 그는 요점을 정리하는 걸 잘한다. 짧은 말로 활동 목적과 아다치의 의도, 다이치에 대한 걸 전한다.

나나쿠사가 설명을 마치자, 토쿠메 선생님은 하얀 가면을 집게손가락 끝으로 톡톡 두드리며 끄덕인다.

"그렇군요. 멋진 생각이네요."

그녀의 가면은 얼굴의 반을 덮고 있다. 입가는 노출되어 있기 때문에 살짝 웃고 있다는 걸 알았다. 나나쿠사도 미소를 지으며 대답한다.

"네. 저도 큰 범주 안에서는 아다치 의견에 찬성합니다. 그래서 부디 선생님이 고문을 맡아 주셨으면 합니다."

"알겠어요. 전 수예부의 고문도 맡고 있지만, 그리 빈번하게 활동하지는 않으니까 조정이 가능할 것 같군요."

마나베는 토쿠메 선생님이 수예부의 고문이라는 사실을 몰랐다. 생각해 보면 부 활동이라는 것에 흥미를 가진 적이 없다. 이 섬에 오기 전부터 계속 그랬다.

"하지만 문제도 있어요."

라며 토쿠메 선생님은 말을 잇는다.

"우리 학교 학생이 아닌 소년을 학교의 부 활동에 참가하게 하는 건 불가능합니다. 룰로 정해져 있어요. 예를 들어 학교 밖에서 클럽을 만드는 걸 제가 돕는 형식은 어떨까요?"

마나베는 거의 의식도 하지 않고 입을 연다.

"그럼 의미가 없어요."

토쿠메 선생님의 표정은 잘 알 수 없지만 아무래도 놀란 모양이다.

"왜죠?"

마나베는 자기 자신의 감정을 설명하려는 듯 말을 골라 대답했다.

"의미가 없다는 건 말이 지나쳤습니다. 죄송해요. 하지만 아다치 씨는 다이치를 위해, 가능한 학교에 가까운 환경을 만들고 싶다고 말했어요. 선생님이 계시고, 학생이 있고, 그중 한 사람으로 다이치가 들어가는 게 중요합니다."

토쿠메 선생님은 살짝 한숨을 쉰다.

"무슨 말을 하는지는 알겠지만 룰은 룰입니다."

"그렇다면 룰을 바꾸죠."

"꽤 쉽게 말하네요."

"그리 어려운 일은 아니라고 생각하는데요."

애초에 다이치의 존재가 예외인 것이다. 다이치가 나타나기 전까지 이 섬에는 중학생 이상인 사람밖에 없었다고 들었다. 예외가 생겼으니 그것에 대응할 수 있도록 룰을 바꾸는 게 당연하다.

토쿠메 선생님이 입을 열기도 전에 먼저 나나쿠사가 말했다.

"룰이라는 건 누가 정했죠?"

선생님의 하얀 가면이 나나쿠사 쪽을 향한다.

"누구, 라뇨?"

"말 그대로입니다. 부 활동의 규정만이 아니라, 이 학교의 교칙은 누가 정했나요?"

"그건——."

토쿠메 선생님은 대답하지 못한다.

생각해 보니 마나베도 알지 못했다. 이 학교는 어떤 과정을 통해 세워졌을까? 보통 공립학교라면 나라와 현, 시 등이 만드는 거고, 사립도 일단 '만들자'라는 인물이 분명 있을 것이다. 과거 계단섬에 왔던 누군가의 손에 의해 학교가 만들어진 걸까? 아니면 역시 마녀의 의사에 의한 거려나?

나나쿠사가 미소 짓는다.

"이상한 건 이름이에요. 카시하라 제2고교라니."

그렇다. 마나베도 예전부터 이상하다고 생각해 왔다. 계단섬에는 학교가 딱 하나밖에 없다. 그 안에 중등부와 고등부가 함께 들어 있다. 그런데도 교문에는 '카시하라 제2고등학교'라는 간판이 걸려 있다. 어째서 제2인 걸까? 어째서 중등부에 대해서는 적혀 있지 않은 거지?

뭔가 곤란한 분위기로 토쿠메 선생님은 말했다.

"누가 만들었든, 어떤 과정으로 만들어졌든 룰은 룰입니다. 쉽게 바꿀 수는 없어요."

마나베는 그건 아니죠, 라고 말하려 했다.

룰이 신이 되어서는 안 된다. 왜냐면 룰은 룰 자체의 올바름을 보증하지 않는다. 인간은 때로는 잘못된 룰을 만들고, 상황 여하에 따라 과거 유용했던 게 발목을 잡는 경우도 있다. 룰은 지켜야만 하는 거지만 그건 늘 평가받고, 필요에 따라 수정되는 정체되지 않은 룰에 한정된다. 서랍 안쪽에 처박힌 서류와 학생 수첩을 꺼내 읽는 것보다 먼저 현실을 보며 모든 걸 판단하지 않으면 이상한 게 된다.

그런 걸 말하려 했지만 마나베보다도 먼저 나나쿠사가 말했다.

"쉽지는 않다 해도 필요하다면 고생해서라도 바꾸도록 하죠."

그가 말하는 방식이 적절하다고 마나베는 느낀다. 아니라고 잘라 말하는 것보다 훨씬 시점이 페어하고, 지금 이 자리에서 전해야만 하는 의견이다. 역시 나나쿠사는 빠르게 나아가서 그녀는 종종 혼자 뒤처진 것처럼 생각되곤 했다.

"학교 밖에 클럽을 만드는 것과 이 학교에서 예외를 인정받는 것. 양쪽 다 생각해 보고 싶습니다. 그럼 월요일에 뵙죠."

그렇게 말하고 나나쿠사는 고개를 숙였다.

돌아오는 길에 신문부의 활동 내용에 대해 서로 얘기했다.

역시 다이치가 섬사람들과 접촉할 수 있는 기사가 좋을 것이다. 그렇다면 계단섬 사람들의 일에 대해 조사해 보는 게 좋을지도 모르겠다. 하지만 어른과 얘기하는 건 허들이 높지 않을까? 그럼 처음에는 학교에 대해 기사를 쓰는 게 좋겠다. 추천하는 책의 서평을 싣는 코너를 준비하면 국어 공부도 되고, 섬에 사는 생물을 조사하면 과학 공부도 된다. 그런 것들을 얘기했다.

"모두 다 좋은 것 같아."

라고 나나쿠사는 말했다.

"애초에 신문부라는 게 좋아. 다이치를 위한 부 활동으로 제일 적당해. 테마를 선택하고 그걸 준비하다 보면 다양한 장르의 학습을 할 수 있게 되니까."

"응. 부원이 다 같이 하나의 지면을 만드는 거니까, 공동 작업도 배울 수 있고."

그는 웃는다.

"너한테는 공동 작업이라는 말이 전혀 안 어울리지만 말이야."

"그래?"

자각이 없었기에 마나베는 마음속으로 '공동 작업'이라고 반복해 본다. 어울린다, 안 어울린다의 판단은 해보지 않았지만 좋아하는 단어다. 마나베는 나눠진 작업을 묵묵히 수행하는 걸 좋아한다.

"대부분 잘해 왔다고 생각하는데."

"성실함은 있지. 하지만 의사소통이 원활하지는 않잖아."

"그럴지도."

이쪽이 하고 싶은 말을 제대로 잘 전달할 수 없어 곤란했던 적이 자주 있다. 어휘가 부족해서일지도 모르고, 단어를 선택하는 방법이 서툴러서일지도 모른다. 하지만 어느 쪽이든 자각이 없었기에 그대로 물어본다.

"내 일본어가 이상한가?"

"그렇지는 않다고 생각하지만, 왜?"

"왜냐면, 하고 싶은 말을 제대로 전달할 수 없다는 건 말에 문제가 있기 때문이잖아?"

"넌 첫 단계부터 오해하잖아."

그렇군. 종종 있는 일이다. 답이 안 나오는 상황에 문제가 빠져 버렸을 때에는 거기에 도달하기 전의 상황부터 다시 생각하지 않으면 안 된다.

"어떻게 오해하는데?"

"대화라는 건 무언가를 말하는 것만이 중요한 게 아냐. 정말 중요한 건 무엇을 말하지 않고 있느냐니까."

"하지만 말로 하지 않으면 전달할 수도 없잖아."

"전달해야만 할 말을 신중하게 생각하지 않으면 안 된다는 소리야. 네가 말한 걸 상대가 어떻게 받아들일 것인가까지 생각해. 불필요한 말은 생략해야만 한다구. 만약 모든 걸 다 꿰뚫어 보는 신이 명언집을 만든다면 그 대부분은 백지일 거라고 난 생각해."

"백지만 있으면 어딜 읽어야 될지 모르잖아."

"그냥 새하얀 색을 보고 있으면 돼. 아~, 하양이라는 게 정말 깨끗하구나, 정도를 생각하면 되겠지."

마나베는 약간 불쾌해졌다.

"넌 가끔 굉장히 어려운 말을 해."

이쪽이 제대로 받아들일 수 없다는 걸 알면서 일부러 어려운 표현을 하는 것이다. 하양은 정말 아름다운 색이지만 그것만이라면 질려 버린다.

"간단한 얘기라고 생각하는데. 이상하게 안 것 같은 기분이 안 드는 건 너의 미덕 중 하나야."

잘 이해가 안 됐지만 칭찬받는 것 같아 기뻤다. 하지만 제대로 알지 못하면 기분이 나쁘기 때문에 잠시 더 백지만 있는 명언집에 대해 생각했다. 그런 다음 호리를 떠올렸다. 그녀와의 대화에는 상당히 많은 백지가 포함되어 있다. 어쩌면 나나쿠사는 호리 얘기를 하고 있는 걸지도 모른다. 하지만 역시 그녀가 얘기를 한다는 것에 좀 더 적극적이 되었으면 좋겠다. 마나베는 호리와 좀 더 많은 대화를 나누고 싶었다.

왠지 모르게 답이 나와 마나베는 말했다.

"난 명언집 같은 건 필요 없어. 평범한 말이 많이 있으면 돼."

"하긴 그럴지도."

나나쿠사는 다정하게 미소 짓는다.

"하지만 그건 논점이 달라."

정말 어렵다. 마나베는 얼굴을 찡그린다.

곧 두 사람은 긴 계단을 내려가 기숙사 앞에 도착했다. 나나쿠사는 그럼 이만, 하고 손을 흔들며 삼월장으로 들어가려 했다. 마나베는 그의 이름을 불렀다.

"나나쿠사."

그가 뒤돌아본다. 눈썹을 올리며 "왜?" 하고 대답한다.

마나베는 어째서 그의 이름을 부른 건지 이해할 수 없었다. 자신도 모르게 그렇게 했다. 뭔가 꼭 해야 할 말이 있는 것 같은 기분도 들었지만, 이어 할 말이 떠오르지 않아 생각에 잠겨 버린다. 나나쿠사는 이상하다는 듯이 고개를 갸웃거렸다.

"왜 그래?"

정말 어떻게 된 걸까? 지금까지 하고 싶은 말을 제대로 말로 할 수 없었던 적이라면 몇 번이나 있다. 하지만 무슨 말을 하고 싶은지 모르는 경우 따위는 없었다. 말로 표현하지 않아도 그 원형은 언제든 마음속 중심에 있었고, 말과는 다른 방법으로 뛰어나가거나, 울고 소리치거나, 주먹을 쥐는 걸로 그걸 밖으로 발신하는 게 가능했다. 아무리 논점에서 벗어나도 말로는 부족해도, 어쨌든 형태로 출력할 수 있었다.

그런데 지금은 아무것도 모르겠다. 어째서 그의 이름을 부른 건지 알 수 없어 또다시 '나나쿠사'라고 반복한다. 그런 다음 문득 생각났다.

──난 그에게 고백할 생각이었던 거 아닐까?

완전 말도 안 되는 엉뚱하고 돌발적인 의견이었지만 한편으로 약간의 설득력도 느낀다. 난 나나쿠사를 잃고 싶지 않은 거 아닐까? 아다치의 고백을 듣고 놀라 나 자신도 그렇게 하려고 했던 거 아닐까? 일단 그런 생각이 드니 그것밖에 없다는 기분이 들었다. 마나베는 자신의 말에 몸을 맡긴다. 신의 명언집이 백지만이라 해도, 어쨌든 말로 해보지 않으면 시작할 수 없는 것이다. 하지만 입에서 나온 건 마나베 자신도 상상하지 못했던 말이었다.

"나나쿠사는, 뭘 버렸던 거야?"

어째서 지금, 이런 말을 시작한 걸까?

마나베도 알지 못한다. 알지 못한 채 계속 말한다.

"나는, 호리 씨는, 아다치 씨는 뭘 버린 걸까? 저쪽에 있는 우리가 가지고 있지 않고, 이쪽에 있는 우리가 가지고 있는 건 뭘까. 마녀는 버려진 우리를 모아 놓고 대체 뭘 하고 싶은 걸까?"

이건 나의 말이 아냐, 라고 마나베는 느낀다. 아니, 물론 나의 말이다. 하지만 다르다. 정말 하고 싶은 말은 아니다. 노골적인 자신에게 와닿지 않는다. 좀 더, 좀 더. 본심은 여전히 안쪽 깊숙이 있다. 말이 나오지 않아 가슴이 아프다. 본능이 이성에 막히고 있다. 마나베는 가만히 나나쿠사의 눈동자를 쳐다본다. 그도 진지한 표정으로 이쪽을 보고 있다. 이유 없이 눈물이 배어 나온다. 공기가 사라진 것처럼 호흡이 멈춘다. 괴로워 입을 열었다. 그와 동시에 말이 새어 나온다.

"널 주운 건 나일지도 몰라."

그래, 이거다.

이제야 알았다.

──역시 이건 고백과 같은 거다.

하지만 아주 약간 다르다. 그에게 하고 싶은 말을 이해하고 마나베 유우는 웃는다.

"물론 난 마녀가 아니고, 마법도 쓸 수 없어. 하지만 나나쿠사. 처음에 버려진 널 주운 건 나일지도 몰라."

나나쿠사는 왠지 어이가 없다는 듯이 멍하니 이쪽을 보고 있었다.

"무슨 뜻이야?"

이제 본성과 이성은 같은 곳을 향하고 있다. 자신감을 가지고 마나베는 대답한다.

"처음 만났을 때부터 난 나나쿠사를 보고 있었어. 계속 쭉은 아니지만, 하지만 오랫동안 널 보고 있었어. 나나쿠사. 넌——."

갑자기 말이 사라졌다.

해야 할 말은 알고 있는데도, 이제 입 밖으로 꺼내기만 하면 되는데 그게 사라졌다. 이번에야말로 정말로 공기가 사라진 거라고 생각했다. 소리가 전달되지 않는다. 아니, 다르다. 사라진 건 마나베의 주위가 아니다. 그 변화는 마나베 안에서 일어났다. 중요한 말이 사라지고, 오도카니 공백이 만들어져 있다. 어째서? 곧 시야도 하얗게 물들고, 자기 자신마저 없어져 마나베는 무너져 내린다.

그러자 바로 이쪽의 이름을 부르는 나나쿠사의 목소리가 들렸다.

*

눈을 떴을 때 마나베는 나츠메장의 어느 방에 있었다. 자기 방이 아니다. 코트를 입은 채 침대에 누워 있었다. 나나쿠사가 마나베의 얼굴을 들여다본다.

"괜찮아?"

마나베는 끄덕인다.

몸에 위화감은 없다. 기분 나쁜 것도 없다. 그저 상황이 제대로 이해가 안 돼 약간 혼란스럽다.

"여기는?"

"네 기숙사 관리인 방이야."

"어째서 나나쿠사가 있는 건데?"

"넌 기숙사 앞에서 쓰러졌어. 그래서 관리인이랑 같이 여기로 옮겼어. 관리인은 지금 진료소에 연락하고 있어."

쓰러져? 실감이 안 난다. 컨디션은 좋다. 아침에 눈을 뜰 때와 뭐 하나 다르지 않다. 하지만 기억이 단절되어 있고, 그 사실이 기분 나쁘다. 나나쿠사와 같이 학교를 나와 계단을 내려갔는데 그즈음부터 기억나지 않는다.

나나쿠사의 표정에 근심이 가득하여 그녀는 미안해졌다.

"난 괜찮아."

마나베는 침대 위에서 몸을 일으키려 한다. 나나쿠사의

손이 마나베의 어깨를 잡았다.

"그건 네가 판단할 일이 아냐. 이제 곧 의사 선생님이 오실 거야. 확실한 이유를 알 때까지 누워 있는 게 좋겠어."

그가 말한 대로 마나베는 다시 침대에 몸을 눕혔다. 무슨 일이 일어난 거지? 분명 지병은 없다. 지금까지 정신을 잃은 경험도 없다. 이런 식으로 기억이 날아간 건, 굳이 말한다면 계단섬에 온 직후와 비슷하다.

진지한 표정으로 나나쿠사가 이쪽을 쳐다보고 있다.

"넌 나한테 뭔가 말하려 했어. 기억나?"

"백지 명언집 얘기?"

"아니. 그다음에. 처음에 버려진 날 주운 건 널지도 몰라, 라고 말했어. 난 그 의미를 이해하지 못했어. 그리고 넌 그 다음을 계속 말하려다 쓰러졌어."

모르겠다. 기억나지 않는다. 한참을 생각하고 고개를 젓는다.

"생각할 시간을 좀 줘. 기억해 낼 수 있을지도 몰라."

나나쿠사도 고개를 저었다.

"아니, 됐어. 신경 쓰지 마. 지금은 편히 쉬어."

관리인과 얘기하고 올게, 라고 말하고 그는 방을 나갔다.

5 나나쿠사 3월 6일 (토요일)

학교에서 긴 계단을 내려가면 나오는 기숙사가 몇 채 늘어선 구역은 학생 거리라 불린다. 학생 거리에는 '용수철 위'라는 이름의 카페가 있다. 유래는 심플하게도, 입구에 폭이 좁은 은색의 용수철 같은 나선계단이 있기 때문이다. 1층은 아마도 오너의 주거공간으로 보이고, 2층이 카페로 되어 있다. 정면에서 보면 그리 큰 건물로 보이지는 않지만, 의외로 안쪽 길이가 꽤 있어 안은 나름 넓다.

토요일 오후 1시, 용수철 위에서 난 아다치와 만날 약속을 했다. 토요일은 항구에 인터넷 쇼핑으로 산 짐들이 도착하는 날로, 대부분이 그쪽으로 가기 때문에 학생 거리 쪽은 사람이 적어진다. 오늘도 자리는 반 정도밖에 안 차 있다. 그래서 이 가게를 선택한 거지만, 좀 더 북적한 장소가 얘기하기 편했을지도 모르겠다.

난 시간에 딱 맞춰 용수철 위로 들어갔다. 가게 제일 안쪽인 창가 자리에 앉았다. 아다치는 5분 정도 뒤에 왔다. 점심을 같이 먹자는 약속이었기에 각자 파스타 세트를 주문한다. 난 평범한 미트소스와 핫코코아를, 아다치는 치킨 제노베제와 핫코코아를 골랐다.

점원이 떠난 뒤 난 말했다.

"부수기 위해 인간관계를 만들겠다는 건 너무 심한 거 아닐까?"

아다치는 턱을 괴며 스마트폰을 한 손에 들고 웃는다.

"그럴 생각은 없어. 난 원하는 걸 손에 넣으려 하고 있을 뿐."

"대체 뭘 원하는 건데?"

"이 섬이려나."

"다시 말해 마녀의 자격?"

"대충 그런 게 되겠네."

아다치는 거북하다. 그녀와 얘기하고 있으면 전파 방해를 받는 것처럼 늘 의식의 한편에 노이즈가 생긴다. 나 자신의 사고와는 다른 목소리가 들어온다.

"이해가 안 돼. 네가 뭘 원하든 상관없지만, 일부러 나에게 그런 걸 말하는 이유를 모르겠어."

"대화에 하나하나 이유가 필요해?"

"대부분은 필요 없지. 식사에 대한 감상이라든가, 신작 게임 정보라든가, 장갑이 젖어 버렸을 때의 푸념이라든가. 일상 대화라면 비밀 따위 필요 없잖아. 하지만 이건 달라. 좀 더 섬세한 화제야."

"너에게 말해 곤란한 일 따위 아무것도 없어."

"난 너보다는 호리 편을 들 거야."

"네가 그런 걸 나한테 일부러 말할 이유도 없을 텐데."

아다치는 즐거운 듯이 이쪽의 얼굴을 쳐다보고 있다. 그녀가 웃는 얼굴을 본 적은 아직 한 번도 없었던 것 같다. 아다치는 조심스럽게 연기를 계속하고 있다. 정체를 알 수 없는, 마녀의 적이라는 연기를.

그건 거짓말이 아닐지도 모른다. 그녀의 정체는 지금 자신의 인상처럼, 호리의 불온한 적일지도 모른다. 하지만 가령 눈에 보이는 모든 게 진실이라 해도 연기인 것에 변함은 없다. 말도 태도도 표정도, 의도적으로 선택하고 있다. 화학 반응 실험처럼 나에게 정보를 주고, 나의 반응을 관찰하고, 원하는 대로의 결과로 이끌려 하고 있다. 그래서 그녀의 말을 들으면 나의 사고에 노이즈가 생긴다. 아다치는 말했다.

"아마 난 널 닮은 거겠지. 확 와닿지 않을지도 모르지만, 시점에 의해서는 완전히 판박이라고 생각해. 그래서 말인데, 나나쿠사 군. 너무나도 닮았으니 분명 우리는 서로를 엄청 싫어할 거야."

무심결에 난 웃는다.

"어제는 고백했으면서."

"물론 엄청 좋아해. 엄청 싫어하고, 엄청 좋아해. 우린 언제든 그렇잖아? 실은 도저히 용서할 수 없는 그런 상대만 좋아할 수밖에 없는 거지."

"그건 내 생각과는 달라."

"정말? 그렇다면 네 생각이란 걸 말해봐."

"말하고 싶지 않아."

사랑은 호기심으로는 완벽하게 이해할 수 없는 거라고, 100만 번 산 고양이는 말했다. 정말 그 말이 맞다고 생각한다. 싫어하는 이유라면 얼마든지 늘어놓을 수 있지만, 좋아하는 이유를 말 같은 걸로 표현하고 싶지는 않다. 설명도, 정의를 내리는 것도 필요 없다. 모든 게 사족에 지나지 않는다.

"애초에 네가 나에 대한 걸 그리 자세히 알고 있을 리 없을 텐데. 서로 알게 된 지 얼마 지나지도 않았잖아."

"글쎄. 하지만 네가 생각하는 것보다는 너에 대해 자세히 알아."

"어떻게?"

"이 섬에 오기 전에 저쪽에서도 널 만났으니까. 마나베 씨와 다이치 군도 말이지. 그래서 네가 날 몰라도 난 널 알고 있어."

그건 내가 아니다. 날 버린 난, 역시 다른 사람일 것이다.

"저쪽에 있는 우리 얘기를 해줘."

"물론, 좋아. 뭘 얘기하면 되지?"

아다치에게 묻고 싶은 건 딱 하나다.

"저쪽의 우리는 이 섬에 있는 다이치를 어떻게 할 생각이야?"

지난달 다이치를 산 정상으로 이어지는 긴 계단까지 데려갔다. 호리가 그러길 바란다고 부탁했기 때문이다. 저쪽의 우리가 움직여, 드디어 다이치가 현실로 돌아가는 건가 싶어 약간은 기대했다. 하지만 그렇게는 안 됐다. 다이치는 다시 또 계단을 내려왔다.

아다치는 고개를 갸웃거린다.

"우리 손으로 어떻게 하겠다는 건 포기한 거 아니었나? 너야말로 타인의 가정사에 쉽사리 끼어들 수 없다는 것쯤은 잘 알 텐데?"

"그거야 뭐."

"저쪽의 너도 마나베 씨도, 다이치 군을 그냥 못 본 척할 리는 없잖아. 자신들의 입장과 힘에 맞는 방법을 선택했을 뿐. 다이치 군의 친구가 되어 일상을 조금이라도 좋아지게 만들어 주고, 엄마의 문제를 해결하진 못해도 그걸 뛰어넘을 도움을 주려 하고 있어. 저쪽의 너희는 다이치 군의 적을 쓰러뜨리지 못했지만 그 아이를 다정하게 지키고 있어. 그런 방법이 잘못됐다고 생각해?"

"아니. 그렇게 생각 안 해."

난 고개를 저었다. 그런 다음 아다치의 눈동자를 똑바로 바라봤다.

"하지만 그건 마나베 유우의 방식이 아냐."

옳다거나 틀렸다거나, 그런 얘기가 아니다. 지금 아다치가 말한 그런 방법이라면 나 역시 생각해 낼 수 있다. 나 또한 그렇게 하자고 주장할 수 있다. 그렇다면 그런 것에 무슨 가치가 있다는 거지.

"잘 알았어. 역시 내가 믿는 마나베는 이제 이 섬에만 있구나."

"그래. 하지만 난 저쪽의 너희들도 마음에 들어. 무리하게 소동을 피워 문제를 크게 만드는 것보다야 훨씬 낫지. 상식적이라 호감이 가."

"정말 그 말대로야. 만약 마나베 말고 다른 누군가가 똑같이 행동했다면 나도 아무런 불만도 없어."

"너, 마나베 씨를 뭐라고 생각하는 거지?"

"히어로."

나도 모르게 웃는다. 아마도 쓴웃음에 가까운 표정이었을 테지만 그래도 자연스럽게 미소를 짓는다. 이건 바로 방금 전 부정한, 좋아하는 것에 대한 이유를 늘어놓는 것 같은 얘기다.

"마나베는 약해. 그 또래의 고등학생과 비슷한 정도의 힘밖에 가지고 있지 않아. 공부는 그럭저럭 하지만 뛰어나거나 머리가 좋은 것도 아니고, 바로 시야가 좁아지고, 판단을 잘못하는 경우도 자주 있어. 많은 돈을 가지고 있는 것도 아니고, 자신의 아집을 관철시킬 만큼 높은 지위에 있는 것도, 우수한 동료가 있는 것도 아냐. 하지만 그걸 자각하고 있어. 아무것도 갖고 있지 않다는 걸 자각하고 있는데도, 이상적인 결과를 목표로 남에게 피해를 주며 돌진하는 게 가능해. 그것밖에 못 해. 다이치에게 적이 있다고 한다면 주저 없이 맞서는 게 마나베야."

아다치는 따분하다는 듯이 턱을 괸다.

"왠지 히어로라기보다 트러블 메이커 같은 느낌이네. 하지도 못할 일을 하려 하고, 그래서 실패할 거라면 아무것도 하지 않는 게 훨씬 낫지. 실력이 동반되지 않는 행동은 모두 악(惡)이잖아."

아다치의 말을 듣고 초조해하지는 않았다. 완전 그 말이 맞다고까지 생각했다. 정말 그녀의 사고방식은 나와 비슷한 것 같다.

하지만 적어도 하나, 우리는 결정적으로 다르다.

"그 앞으로 발을 내딛는 게, 나에게 있어서의 히어로야."

가령 눈앞에 악당이 있다고 했을 때, 이길 수 있기에 싸우는 건 히어로가 아니다. 분명 선인(善人)이긴 하지만, 내가 이 세상에서 제일 아름답다고 생각하는 건 아니다.

"상대가 아무리 강하다 해도, 자신이 아무리 약하다 해도, 그래도 싸워. 그래서 존경스러워."

아다치는 어이없다는 듯이 고개를 저었다.

"말이 안 되잖아. 결과가 동반되지 않는 행동에 무슨 의미가 있다는 거지?"

"의미 따위 없어. 정말로, 결과가 동반되지 않는다면."

하지만 다르다. 정말 상대할 수 없었다 해도, 아무리 호되게 얻어맞았다고 해도 거기에는 뭔가 결과가 남는다.

"마나베는 목적은 달성할 수 없어. 그녀의 높은 목표가 아름답게 이뤄지는 일은 거의 없어. 그래도 결과는 남아. 실패 또한 결과야. 그리고 자신을 위해 싸우다 무참히 진 사람이 있다는 게 경우에 따라서는 도움이 돼."

"꽤 포지티브한 사고방식이군."

"과연 그럴까?"

난 또다시 쓴웃음을 짓는다. 이건 네거티브한 얘기라고 난 생각한다. 왜냐면 마나베의 이상이 정말로 실현될 거라고 믿었던 적은 한 번도 없기 때문이다. 그녀는 실패한다. 분명 어차피 뛰어넘을 수 없는 벽에 부딪쳐 거기부터는 앞으로 나아갈 수 없게 된다. 하지만 내가 믿는 마나베라면 아무것도 못 하면서도, 그래도 계속 발버둥 친다. 망가지고 엉망진창이 되지만, 그럼에도 여전히 꿈을 꾸며 몸부림친다.

그녀의 그런 모습을 보고 싶지는 않았다. 그러나 한편으로는 그녀의 그런 모습을 보고 싶었다. 둘 다 본심이다. 난 마나베가 고통, 슬픔에 잠겨 있는 게 싫다. 하지만 그래도 포기하지 않는 그녀가 이 세계에서 제일 아름답다. 난 마나베의 이상에는 공감할 수 없지만 그녀의 자세를 사랑하고 있다.

나와 아다치는 한참 서로를 쳐다보고 있었다. 우리는 정말 많이 닮아 있는 듯, 나는 그녀의 감정을 확실하게 알았다. 이 답이 나오지 않는, 그 어디에도 이어지지 않는 대화에 우리는 질려 하고 있다.

왠지 바보스럽게 느껴져 한숨을 쉬는데, 그 타이밍에 점원이 파스타 세트를 가져왔다. 내 쪽에 미트소스 스파게티를, 아다치 앞에는 치킨 제노베제를 놓는다. 각각 샐러드와 스프, 작은 빵이 곁들여진다. 아다치는 장식처럼 손에 쥐고 있던 스마트폰을 테이블 위에 두고 포크를 쥔다.

"네 히어로 얘기, 공감할 수 없는 건 아냐. 난 그렇게 극단적인 가치관은 가지고 있지 않지만."

그녀와의 대화가 앞으로 어느 쪽으로 나아갈지, 필사적으로 상상하면서 난 대답한다.

"네가 극단적인 거 아닐까? 적어도 난 마녀가 되고 싶지는 않아."

아다치는 웃는다.

"그건 그러네. 마녀는 태어날 때부터 마녀니까 말이야."

"너도?"

"물론."

"그럼 마법을 쓸 수 있어?"

"아직 못 써. 그 자격을 빼앗지 않으면 쓸 수 없어."

"잘 이해가 안 되는데. 마녀는 대체 뭔데?"

"악역이야."

그녀는 포크를 사용해 스파게티에 섞인 신선한 빨간 토마토를 톡톡 쳐서 접시 한쪽 구석으로 밀어 넣는다.

"너와 마찬가지로 마녀는 인간의 아이지만, 태어날 때부터 마녀라는 게 정해져 있어. 마녀는 처음에는 마법을 쓸 수 없어. 다른 마녀한테서 뺏을 필요가 있지. 제대로 잘 뺏으면 마녀는 두 개의 마법을 쓸 수 있게 돼. 첫 번째는 자신의 세계를 만드는 마법. 두 번째는 자신의 세계로 뭐든 뺏어 오는 마법. 마녀에게 있어 마법과 자신의 세계는 거의 같은 뜻으로, 그곳에 있는 한 뭐든 다 할 수 있어. 하늘도 날 수 있고, 고양이와도 말할 수 있지. 감기에 걸리고 싶지 않으면 안 걸려도 되고, 나이를 먹고 싶지 않으면 먹지 않아도 돼. 하지만 마녀에게는 딱 하나 강력한 주문이 걸려 있어."

"행복하다는 것."

이라고 난 말했다.

아다치는 스파게티의 토마토를 골라내고, 이어 세트로 나온 샐러드로 포크를 뻗는다. 그곳에도 남아 있던 토마토와 그리고 오이를 접시 끝으로 밀어내면서 그녀는 끄덕인다.

"마녀는 다른 마녀에게 불행을 증명당했을 때 그 마법을 잃어."

그녀의 얘기가 설득력이 있는 건 아니었다. 한편으로 아다치는 아마도 진실을 말하고 있을 거라는 기분도 들었다. 지금까지 호리와 그 전화를 건 마녀한테 들은 이야기와 아다치의 말은 모순되지 않는다. 작년 아다치의 행동도, 그걸 전제로 했던 것 같다.

"그래서 넌 호리를 불행하게 만들고 싶어서 그녀의 인간 관계를 엉망으로 만들려 하고 있다?"

"아냐."

아다치는 고개를 젓는다.

"난 그녀를 불행하게 만들고 싶은 게 아냐. 그럴 필요도 없어. 지금도 이미 충분히 불행하니까 말이야. 너 또한 곧 그 사실을 깨달을 거야."

그녀의 목소리가 지금까지와는 다르게 들렸다. 내 사고에 노이즈를 만든 목소리가 아니었다. 정말 아주 약간 아다치의 본모습을 본 것 같았다. 그것마저도 연기이려나.

난 별수 없이, 그녀의 맨얼굴을 보기 위해 묻는다.

"어째서? 네가 나타나기 전까지 호리의 생활은 평온했어."

"그럴 리 없잖아. 마녀는 마법으로 자신의 세계를 만들어. 이 섬이 그 아이의 마법 그 자체인 거야. 이렇게나 기분 나쁜 섬밖에 못 만드는 마녀가, 행복할 리 없다구."

"어디가 기분 나쁘다는 거지?"

"생각해 봐. 금방 알 수 있어."

난 의도하여 얼굴을 찡그렸다.

변변치 못하지만 아다치의 본심을 찾아, 그녀의 앞을 바라보았다.

"토마토와 오이를 싫어해?"

아다치는 관심 없다는 듯이 힐끔 이쪽을 봤다.

"가지도 싫어하고 당근도 싫어해. 새우도 문어도 오징어도 싫어. 설탕이 들어간 홍차도 위스키봉봉도 케이크 위에 올라가 있는 산타클로스도, 장식된 꽃도 레이스 커튼도, 이상하게 붉은빛이 도는 형광등도 싫어."

"싫어하는 게 꽤 많네."

"아직 많아. 좋아하는 거 말고는 다 싫어해. 모두 싫어하고 상관하고 싶지도 않아. 하지만 정말로 싫어하는 건 조금밖에 없어. 내가 제일 싫어하고 제일 좋아하는 건 나나쿠사 군. 너 말고는 두세 개 정도야."

난 컵에 담긴 물을 마신다.

"넌 날 어떻게 하고 싶어?"

그걸 가장 모르겠다.

"솔직히 얘기할게. 난 오늘, 여기 오면 너한테 설득당할 거라고 생각했어. 넌 날 거의 확실하게 조종할 만한 정보를 가지고 있고, 그래서 마녀에 대해, 그리고 네 자신이 하려 하는 일을 숨기지 않고 얘기해줄 거라고 생각했어. 하지만 넌 좀처럼 결정적인 말을 하지 않아. 결정타를 먹일 거라면 빨리 그렇게 해주지 않겠어?"

아다치의 말은 실처럼 손발에 휘감긴다. 그리고 이쪽의 선택을 조종할 수 있다. 능숙하게 정보를 주고, 어쩌면 제한해 내가 생각하는 제일 나은 방법과 아다치의 목적이 같은 곳으로 맞아떨어져 간다. 예를 들어 신문부 일도 그렇다. 그 부 활동의 이면에 아다치의 개인적인 의도가 숨겨져 있다는 건 틀림없을 것이다. 하지만 그녀가 준비한 레일은 큰 틀에서는 나의 가치관을 따라 뻗어 나가 쉽게 반론할 수는 없다.

"넌 근본적으로 오해하고 있어. 난 나나쿠사 군의 적이 아냐."

아다치는 고개를 약간 숙이고 있었다. 그건 포크로 스파게티를 감고 있었기 때문이지만 표정을 숨기고 있는 것처럼 보이기도 했다.

"마치 나와 싸우고 있는 것 같잖아. 하지만 달라. 진짜 적
은 호리 씨야."

왠지 머리가 아파 난 이마를 눌렀다.

아다치가 하고 싶은 말은 반 정도는 이해가 된다. 나에게
정보를 감추고 있는 건 호리다. 나와 호리가 완전히 손을 잡
고 있었다면 이런 식으로 아다치와 단둘이서 얘기할 필요도
없었다. 하지만 반은 이해할 수 없다.

"호리는 적이 아냐. 대립하는 것도 아니고. 그저 그녀에게
도 사정이 있다고 말하는 것뿐이야."

"그 아이를 신뢰하는 건 물론 나나쿠사 군의 자유야. 하지
만 생각해 봐. 이 섬에 있는 이상 우리는 그 아이의 룰을 따
르지 않을 수 없어. 그래서 모든 걸 말할 수는 없는 거야. 이
렇게 둘이 마주 앉아 있어도, 난 하고 싶은 말을 많이 참고
있어. 그럴 마음만 먹으면 그 아이는 나한테서 말이든 기억
이든 모두 다 빼앗아 버릴 수 있거든. 이건 전언(傳言) 게임
이야. 난 자유롭지 못한 말로 정말 하고 싶은 말을 하지 못
한 채 필사적으로 그걸 전하려 하고 있어. 나나쿠사 군은 분
명 필사적으로 그걸 읽어 내려고 하고 있고. 그리고 방해하
고 있는 게 호리 씨야. 지금 이 상황에서는 나와 나나쿠사
군이 동료고 호리 씨가 적이야."

난 이마를 누른 채 어제 벌어진 마나베의 일을 떠올렸다. 그녀는 뭔가를 말하려 하다 갑자기 말을 잃었다. 그 자리에서 쓰러지고 정신을 차렸을 때에는 이미 무슨 말을 하려 했는지 기억하지 못했다.

——그건 정말, 마법 같은 사건이었어.

하지만 어째서? 마나베가 호리의 룰을 어기려 했기 때문에? 아다치는 나에게 그 룰을 전하려 하고 있는 걸까? 그렇다고 하면 호리가 아다치한테서 말을 빼앗지 않은 이유는 뭐지? 아다치는 누가 봐도 말을 너무 많이 하는 것처럼 보인다. 이렇게까지 허용되는 이유가 있는 건가?

호리는 그녀 자신의 룰에 따라 나에게 비밀을 만들었다. 그렇다고 하면 어제 마나베 유우가 말하려 했던 건 호리의 비밀과 관련되어 있나? 마나베는 알고 있고 난 모르는 호리의 비밀. 과연 그런 게 있을까? 마나베는 분명 호리와 그다지 친하지 않을 텐데. 그리고 호리 쪽은 지금까지 마나베를 피하는 듯한 인상이었다.

생각이 정리되지 않는다. 난 의식을 전환한다.

——아다치의 목적을 떠올려.

그녀는 호리한테서 마법을 빼앗을 생각이다. 그걸 위해서는 호리가 불행하다는 걸 증명할 필요가 있다. 그래서 아다치는 호리의 룰을 교묘하게 비켜 나가 나에게 어떤 진상을 전하려 하고 있다. 호리의 비밀과 룰은 밀접하게 관련되어 있다. 다시 말해 내가 그걸 아는 게 호리가 불행하다는 걸 증명하는 게 된다?

그렇다고 하면 더 이상 생각해서는 안 된다.

난 역시 호리의 비밀에 다가가서는 안 된다.

스파게티를 먹고 있던 아다치가 얼굴을 들며 웃는다. 그녀는 포크를 내려놓고 목에 걸고 있던 펜던트를 푼다. 달걀 같은 모양의 유리로 된 펜던트다.

그걸 내 앞으로 내밀며 말했다.

"이거, 저쪽에서 네가 사 준 거야. 굉장히 마음에 들어. 밤하늘처럼 아름답지?"

펜던트는 얼룩이 진 진한 파랑으로, 자세히 들여다보면 안에는 작은 기포가 몇 개 들어가 있다. 정말 우주 같은 군청색의 밤하늘 같은 색이다.

아다치의 손끝이 그 달걀 모양의 밤하늘을 쥔다. 빙글 돌려 뒤쪽을 나에게 보여줬다. 그곳에는 수정액을 사용한 건지, 하얀 염료로 간단한 일러스트를 그려 놨다. 본 기억이 있다. 별과 총을 조합한 어린아이가 그린 것 같은 일러스트였다.

나도 모르게 한숨을 내뱉는다. 피스톨스타, 라고 마음속으로 사랑하는 별의 이름을 중얼거린다.

아다치의 말과 행동은 정확하게 나의 사고를 지배한다. 분명 그녀가 생각한 대로 하나의 가정이 떠오른다.

단순한 가정이다. 하지만 다양한 피스를 이어 주는 가정이었다. 호리의 비밀도. 그녀의 불행도. 도대체 누가 어떤 식으로 그 불행을 증명하느냐도.

——아, 역시.

난 눈을 감고 한숨을 내쉰다.

——호리는 나의, 적이 아니다.

그런데도. 난 그녀의 적이 될 수 있다.

*

매주 토요일 밤에는 호리를 만났다.

발소리를 죽이지 않아도 그 누구도 만나지 않고 기숙사를 나온다. 코트 앞 단추를 제일 위까지 잠그고, 하얀 숨을 뱉으면서 바닷가의 작은 계단으로 향한다.

오늘 밤은 그곳에 호리가 없는 거 아닐까 하는 생각이 들었다. 이제 그녀는 날 만나 주지 않는 거 아닐까? 그리고 그 예감은 맞았다.

그곳에 있던 건 호리가 아니었다. 택시 한 대가 정차해 있었다. 전체적으로 녹색에, 오렌지색 라인이 들어간 택시였다. 내가 다가가자 자동으로 문이 열린다.

운전석에 앉아 있는 건 노나카 씨라는 이름의 안경을 낀 남성이다. 피부색이 하얗고, 샴페인 글라스처럼 말랐다. 나이는 아마도 20대 후반 정도일 것 같다. 그는 말했다.

"어디로 모실까요?"

낮고 작은 목소리다. 하지만 조용한 밤에 그의 목소리를 지워 버릴 건 아무것도 없다.

난 고개를 갸웃거린다.

"딱히 어딜 갈 생각은 없어요. 바다를 보러 왔습니다."

"그럼 어째서 택시를 불렀죠?"

"불러요? 제가요?"

"네. 분명 당신이 예약 전화를 주셨습니다."

물론 그런 전화를 한 기억은 없다. 어떻게 된 건지 이해가 돼 난 택시에 탔고 곧 문이 닫혔다.

"어디로 모실까요?"

"그럼 유실물 보관소까지 부탁드립니다."

유실물 보관소라는 곳은 섬의 동쪽 항구에 있는 등대를 가리킨다. 계단섬의 주민은 '잃어버린 뭔가'를 찾으면 이 섬을 나갈 수 있다는 소릴 들었다. 그리고 잃어버린 건 유실물 보관소에서 관리하고 있다고 한다.

택시가 달린다.

"잃어버린 걸 찾았나요?"

노나카 씨가 말했다.

같은 걸 전에도 물은 적이 있다. 그때는 이렇게 대답했다. "처음부터 답은 알고 있었습니다." 거짓말을 할 생각은 없었지만 지금은 아니라는 걸 안다.

"아뇨. 못 찾았어요. 잃어버린 건 꽤 오래전 일이고, 아직 찾아보지도 않았어요."

택시는 밤의 해변을 달린다.

난 창문 밖 풍경을 바라보았다. 옅은 구름이 누에고치처럼 감싸는 밤이다. 최소한 별이라도 반짝이고 있으면 좋을 텐데 아무런 구원도 없는 밤이다. 하지만 이건 당연하다는 기분도 들었다. 오늘 밤에 구원 같은 게 있을 리 없는 것이다. 고통의 정의 같은 밤이다.

이제부터 일어날 일을 생각하며 난 한숨을 내쉰다. 소리를 내지 않게 주의했다고 생각했지만 그게 들린 듯 노나카 씨가 말한다.

"피곤하세요?"

"글쎄요. 아주 조금 피곤한 건지도 모르겠네요."

"괜찮으시다면 얘기를 들어 드리죠."

"감사합니다. 하지만 특별히 하고 싶은 말은 없습니다."

"잘 알겠습니다."

노나카 씨는 아무 말 없이 천천히 택시를 운전한다. 이 섬
에는 차가 몇 대 없다. 도로에는 제한속도도 쓰여 있지 않
다. 계단섬에 법을 적용한다는 건 어렵지만 다니는 길은 모
두 사설 도로에 해당할 것이다. 택시는 바닷가와 멀어져 완
만한 커브를 그리며 논밭을 가로지르는 길로 접어든다.

"대신 노나카 씨 얘기를 해 주시면 안 될까요?"

그렇게 말해 본다.

노나카 씨는 룸미러 너머로 날 본다.

"어떤 걸 얘기할까요?"

"노나카 씨는 뭔가 후회하는 일이 있나요?"

"그건 물론 있죠. 몇 개나 있답니다."

"하나라도 좋으니 가르쳐 주실 수 있나요?"

그는 잠시 침묵한다. 신호도 없는 길이다. 들리는 건 택시
엔진이 내는 낮고 균등한 소리밖에 없다.

"제가 택시 운전수를 막 시작했을 때의 일입니다. 물론 이
섬에 오기 전의 일이죠."

"네."

"그때가 12월이었죠. 오늘 밤처럼 추운 밤이었다고 기억
하고 있습니다. 마침 전철 마지막 열차가 도착하는 시간이
라 전 역을 향해 택시를 몰았습니다. 그 도중에 어느 부인이
손을 들고 있는 걸 발견했죠. 50대에서 60대 정도 됐을 겁

니다. 키가 작고, 백발이 섞인 부인이었습니다. 어두운 길의 가로등 밑에 혼자 계셨어요. 전 약간 망설이다 택시를 세웠습니다."

"왠지 좀 기분이 나빴던 모양이네요."

"그런 이유가 아닙니다. 역에는 많은 손님이 있다는 걸 무선으로 들어 알고 있었고, 솔직히 말씀드리면 그 부인은 그리 유복해 보이지 않았습니다. 머리는 헝클어져 있고, 추운 밤에 코트 같은 것도 입고 있지 않고, 표정은 왠지 굳어 있었거든요. 손님을 골라 태워서는 안 된다고 생각하면서도 전 약간 불안한 마음이 들었습니다."

"하지만 택시를 세웠잖아요?"

"그야 그렇죠. 문을 열자 그 부인이 이런 식으로 말했어요. ──일본 돈은 가지고 있지 않지만 다른 걸로 지불해도 될까요?"

"다른 나라 사람이었나요?"

"확인한 건 아니지만 아마도 아닐 겁니다. 그 여성이 내민 건 뭔가의 기념으로 만들어진 것인지 낡은 전화카드 뭉치였어요."

난 창밖만 보고 있었기 때문에 노나카 씨의 표정을 볼 수는 없었다. 앞을 향해 룸미러를 들여다보면 그의 표정을 알 수 있었을 것이다. 하지만 그럴 마음이 들지 않았다.

"죄송하지만 이런 걸 택시비로 받을 수는 없습니다, 라고 전 대답했습니다. 부인은 바로 물러났죠. 전 그녀를 남겨 두고 문을 닫고 택시를 출발시켰습니다."

"규정대로 한 행동이네요."

"네. 물론. 전 처음에 그 여성 때문에 신경이 곤두서기까지 했습니다. 어째서 이런 비상식적인 말을 하는 거지, 라고 생각했어요. 처음 있는 일이라 약간 혼란스러웠던 걸지도 모릅니다."

난 끄덕인다.

"이해가 돼요. 하지만 지금은 후회하고 계신가요?"

"부인은 정말 미안한 듯이 전화카드를 내밀었습니다. 슬픈 목소리였고 고통스런 표정이었습니다. 그분한테는 그렇게 하지 않으면 안 되는 사정이 있었던 거죠. 돈이 없어도 그 추운 밤에 택시를 세워 어딘가로 가지 않으면 안 되는 이유가 있었던 겁니다. 택시비는 제가 대신 냈어도 됐죠. 그 전화카드를 제가 사서, 그 돈으로 대신 지불해 주면 되는 거였어요. 하지만 전 순간적으로 그런 상상도 하지 못했던 겁니다."

난 아무 말도 할 수 없었다. 내가 듣고 싶다고 말해 놓고는 잠자코 차가워진 창문에 이마를 대고 있었다.

"재미없는 얘기였네요. 죄송합니다."

"아뇨."

난 할 말을 찾는다.

"뭔가 굉장히 공부가 됐어요."

게다가 공감도 했다. 아주 약간의 상상력이 제대로 움직이지 않는 경우가 있다. 혼란스러워 의미 없는 감정에 휩싸이는 경우가 있다. 착함이라는 건 감정보다도 이성에서 생겨나는 경우가 많다고 생각한다.

이윽고 바닷가 등대 앞에서 택시가 멈춘다.

"감사합니다."

난 여전히 기본요금인 요금을 지불하고 택시에서 내렸다.

등대는 벽도 문도 하얗게 칠해져 있다. 목제 문에는 놋쇠로 만들어진 작은 플레이트가 달려 있고, 그곳에는 '유실물 보관소'라고 쓰여 있다.

이 문은 대부분 늘 안쪽에서 열쇠가 잠겨 있다. 하지만 오늘은 달랐다. 손잡이를 당기니, 아무런 저항도 없이 열렸다. 등대 안은 어둡다. 밤의 암흑이 밝게 느껴질 정도로 어둡다. 난 그 암흑 안으로 발을 내딛는다.

정면에 나선계단이 있다는 걸 문으로 들어오는 희미한 빛을 통해 알았다. 난 손으로 손잡이를 잡고 발로 계단을 더듬으며 조심스럽게 그곳을 오른다. 계단은 목제로, 작게 삐걱

거렸다. 암흑 안에서는 이미 내가 얼마나 올라간 건지조차 제대로 알 수 없었다. 상당히 긴 계단처럼 느껴졌다. 그건 아마도 물리적인 거리는 아니었을 것이다.

곧 손잡이가 끝난다. 위층에 도착한 것 같다. 전방의 문틈으로 한 줄기 빛이 새어 나오고 있고, 그래서 벽을 따라 호를 그리는 통로가 있다는 걸 알았다.

난 벽에 손을 대고 암흑 속을 나아간다.

문을 손등으로 두드리니 높고 마른 소리가 났다. 등대 안에서 그 소리가 과하게 크게 울려 퍼진다.

"들어와."

안에서 목소리가 들렸다.

난 문을 당겨 연다. 방 안쪽 책상에 램프가 하나 놓여 있는 듯했다. 그 빛 때문에 눈이 아프다. 램프 앞에는 목제 의자가 있고 한 소년이 앉아 있다.

"불러내서 미안해."

"아니. 괜찮아."

"내가 만나러 가도 되지만 우리 둘이 있는 걸 다른 사람들이 보게 하고 싶지 않아서."

"이해해. 그런 거, 나도 싫으니까."

"물론 호리한테 부탁하면 사람들이 볼 수 없게 도와주겠지만 그녀는 우울해하고 있어. 쓸데없는 일을 부탁하고 싶지 않았어."

"응. 우리 때문에 그녀에게 부담을 줄 수는 없지."

이야기를 나누다 보니 램프 조명에 눈이 익숙해졌다.

책상 앞 정면 벽에는 유치한 일러스트가 크게 그려져 있었다. 별과 피스톨을 조합한 일러스트였다. 왠지 자랑스러워하는 느낌마저 있다. 자신들 팀의 깃발을 들고 있는 것처럼. 그 피스톨과 별이 램프 조명에 맞춰 흔들리고 있다.

소년의 얼굴은 역광이라 잘 보이지 않는다. 볼 것도 없다. 난 그에게 묻는다.

"넌 뭐라고 부르면 돼?"

"이름 같은 건 필요 없잖아. 여기에는 우리 둘밖에 없으니까."

"혹은 한 사람밖에 없을지도."

"그건 아냐. 역시 너와 난 다른 인간이니까."

이곳에 있는 건 나다.

세 명째의 나라고 말할 수도 있다. 혹은 첫 번째의 나라고도 할 수 있다. 난 작년 여름에 이 계단섬으로 온 나나쿠사다. 현실에도 한 명, 나나쿠사가 있다. 그리고 지금 눈앞에도 또 한 명.

눈앞의 난 말했다.

"꽤 옛날에 버린 자신을 만나는 건 어떤 기분이야?"

난 대답한다.

"이상하게도 죄책감은 없어. 솔직히 말해 약간 무서워. 난 널 버렸을 때의 일을 잊어버리고 있는 것 같아. 네가 어떤 나였는지 몰라."

"그래, 죄책감은 필요 없어. 그딴 건 쓸모없어. 난 원해서 여기 왔으니까 말이야. 꽤 전의 일이니 잊어버린 것도 어쩔 수 없지. 가능하면 기억해 주길 바라고는 있지만 말이야. 그 건 그렇게——."

그는 살짝 웃는 것 같았다.

"이상하네. 좀 더 놀라도 되는 거 아냐?"

설마.

"네가 먼저 흘렸잖아. 그래서 기분이 나쁠 뿐이야."

계단섬에 나나쿠사는 둘 있다. 난 두 번 마녀를 만나, 두 번 날 버렸을 것이다. 그래서 각각의 나나쿠사가 있다.

"먼저 흘려?"

그는 고개를 갸웃거린다.

"바닷가로 택시를 부른 거 말이야?"

"그게 마지막 하나야."

하지만 힌트는 꽤 전부터 많았다.

예를 들면 작년 11월에 난 산기슭 배전 탑에서 그곳을 관리하는 남성을 만났고 그가 피스톨과 별의 낙서를 보여 줬다. 7, 8년 전 섬에 있던 소년에게 선물받은 거라는 얘기였다. 소년이 그대로 성장했다면 대충 나와 같은 나이가 된다. 그리고 피스톨스타는 상당히 오래전부터 나에게 있어 특별한 별이었다.

그 낙서를 보게 된 직후──마침 마나베가 이 섬으로 왔을 때부터 호리에게 다소의 위화감을 느끼게 됐다. 호리는 마나베에 대해서는 평소보다도 살짝 감정적이 된다. 처음에는 두 사람의 사고방식이 맞지 않는 것뿐이라고 생각했다. 하지만 작년 크리스마스에 호리에 대한 위화감은 더 커졌다.

그녀는 나에게 자신이 마녀라는 사실까지 가르쳐준 것이다. 대체 어째서지? 여자아이가 자신도 모르게 마음을 열어준다는 건 솔직히 납득이 안 가는 얘기다. 호리를 의심한 건 아니다. 하지만 그녀의 말과 행동에는 내가 모르는 이유가 분명 있을 거라 생각하고 있었다.

그리고 아다치가 나타났다. 그녀는 나에게 펜던트를 보여줬다. 마치 밤하늘 같은 군청색의 펜던트로, 피스톨스타가 그려져 있었다. 그때 난 배전 탑에서 본 낙서를 떠올렸다. 그걸로 모든 게 연결됐다.

계단섬에 내가 둘 있다. 내가 아닌 내가 몇 년이나 전부터 이 섬에서 생활하고 있고, 분명 오랜 세월에 걸쳐 호리의 신뢰를 손에 넣었다. 아다치는 분명 그쪽의 날 노리고 나에게 접근했을 것이다.

오늘 밤 바닷가에서 벌어진 일은 정답 맞히기 같은 것이다. 노나카 씨는 내가 불렀다고 말했다. 하지만 난 그를 부른 기억 따위 없었다. 그렇다면 이 섬에는 또 다른 내가 있다. 그리고 전에 버린 건 유실물 보관소에 보관되고 있다.

난 묻는다.

"모두, 아다치의 계획대로 되는 거야. 이 사실을 넌 어떻게 생각해?"

그는 대답한다.

"글쎄. 하고 싶은 대로 하게 놔두면 되지."

"상당히 여유롭네."

"그렇지도 않아. 하지만 내가 보기에 정말 무서운 건 아다치가 아냐."

"그럼 누구지?"

"마나베 유우, 아니, 그녀를 만난 너인가. 혹은 나 자신인가."

그가 두려워하고 있는 게 뭔지는 짐작이 간다. 하지만 내 생각과는 어긋나 있다.

"널 주울 생각은 없어."

버린 쪽의 난 버려진 쪽의 그를 주울 권리를 분명 갖고 있을 것이다. 그럴 마음만 먹으면 난 그를 지워 없애 버릴 수 있다. 분명 호리는 슬퍼할 것이다. 어쩌면 그걸로 그녀의 불행이 증명될지도 모른다. 그렇다면 난 그런 짓을 할 생각은 없다. 하지만.

"만약 내가 널 주우려 한다면 그 원인은 아다치 정도로밖에 생각할 수 없어."

아다치는 노골적으로 그의 존재를 나에게 전하려 하고 있었다. 그렇다면 이건 모두 그녀가 준비한 계획일지도 모른다. 방법은 상상도 못 했지만 나에게 그를 줍게 해 호리의 불행을 만들어 내려 하고 있는 걸지도 모른다.

그가 고개를 갸웃거린다.

"넌 아직 상황을 이해하지 못하는 것 같군."

그 말대로일 것이다. 몇 년이나 전부터 이 섬에 있으며, 분명 호리 가까이에서 생활해 온 그는 나보다 훨씬 정확하게 현 상황을 이해하고 있는 것이리라.

"그렇다면 설명해 줘. 상황이라는 게 뭐지?"

그는 이따금 생각에 잠긴다. 손바닥을 턱에 대고 있다. 그가 뭘 생각하고 있는지 난 모른다. 그건 당연하다는 기분도 든다. 그는 마나베 유우가 아닌 호리와 지낸 나다. 난 그 반대다. 인격도 이상도 별 하늘의 의미도 다르다.

드디어 그는 입을 연다.

"아다치는 너와 상당히 닮았어. 하지만 완전히 같은 건 아냐."

난 한숨을 내쉰다. 얘기가 상당히 건너뛰었다.

"그런 건 어찌 됐든 좋아. 요점을 말해."

"그게 요점이야."

그는 웃는다. 의미를 알 수 없는 미소다. 익숙한 내 얼굴인데도 즐거운지, 슬픈지도 읽어 낼 수 없다.

"넌 검정이야."

"빙 둘러 말하는 건 필요 없어."

"그냥 들어. 아다치도 검정. 하지만 완전 반대인 검정이지. 넌 제일 무른 검정이고, 아다치는 제일 단단한 검정이야."

"검정에 종류가 있는 거냐?"

"그거야 당연히 있지. 어떤 것이든 종류는 있어."

무른 검정과 단단한 검정.

"그럼 넌?"

하고 난 묻는다.

"난 이미, 검정이 아냐."

라고 그는 대답한다.

"나도 언젠가 무른 검정이었어. 하지만 지금은 그렇지 않아."

기분 나쁜 일이다. 난 내 말의 의미를 이해할 수 없다.

무른 검정이란 건 대체 뭘 가리키는 거지?

"좀 더 확실하게 설명할 수 없어?"

"가능할지도 몰라. 하지만 하고 싶지 않아."

"그럼 무엇 때문에 날 부른 거지?"

"용건은 이미 끝났어."

그는 의자에서 일어나, 안쪽 벽에 그려진 피스톨과 별 그림을 바라본다. 그리고 나에게 등을 향한 채 말했다.

"호리가 룰을 깼어."

룰. 또 룰.

"호리의 룰이란 건 그녀와 너와의 사이에서 이뤄졌던 거냐?"

"그렇게 생각해도 돼."

"어떤 식으로 그녀는 룰을 깼지?"

"생각해 봐. 알 거야. 나니까 말이야."

물론 추측은 할 수 있다.

"어제의, 마나베의 일 말이야?"

그녀는 갑자기 쓰러져 기억을 잃었다. 그런 일을 할 수 있는 건 마녀 정도다. 호리 짓일 거라고 예상은 하고 있었다.

"마나베 씨는 재미있어. 네가 관심을 갖는 것도 충분히 이해돼."

"어떤 룰 위반이었던 거지?"

"자세히는 설명 안 해. 감출 생각은 없지만 귀찮아."

"그렇다면 내가 설명하지."

확실하게 아는 건 아니지만 그냥 이렇게 끝낼 수는 없다.

호리의 룰에 대해서는 상당히 많이 생각했다.

"그녀가 룰 위반이라고 말한 적이 있어. 아다치의 의도를 물었을 때였어."

──룰 위반. 그래서. 당신에게는 비밀로 하고 싶어요.

"아마 호리는 '스스로 자신을 버린 것'에 대해 우리에게는 전할 수 없다고 정했던 거 아냐? 아다치의 사심을 설명하면 너에 관한 것도 언급해야만 하는 거지. 하지만 호리는 자신의 입으로 내가 버린 내가 이 섬에 있다는 걸 말할 수 없었어."

"틀리지는 않았네."

"다시 말해 우리는 괴로운 진실로부터 보호받고 있어. 하지만 한편으로 마녀는 우리의 계단섬 안에서의 자유를 보장하고 있지. 이 섬에서 나가는 건 허락되지 않지만 이곳에서 뭘 하려 하든, 어떻게 행동하든 제한은 두지 않아."

작년 11월 난 마녀와 거래하고 싶어 섬의 비밀과 연관된 낙서를 했다. 호리라면 그 낙서를 없었던 일로 하는 것도, 나한테서 기억을 지우는 것도 분명 간단했을 것이다. 하지만 그녀는 그걸 방치했다.

그는 끄덕인다.

"좋은 느낌이야. 맞고 있어."

이걸로 두 개의 룰을 알 수 있다.

첫 번째. 마녀는 스스로 계단섬의 진실을 공개하지 않는다.

두 번째. 그래도 마녀는 섬의 주민들이 스스로 진실에 다가가는 걸 제한하지 않는다.

호리는 우리를 지켜 주면서도 자유를 보장하고 있다. 그와 함께 계단섬에서 사는 사람들에 대해 애정을 느낀다. 그렇다면 그녀가 저지른 룰 위반도 명백하다.

"하지만 호리는 마나베에 대해서만 룰을 지키지 못했어. 마나베는 자력으로 뭔가를 깨달았는데, 호리는 거절해 버렸어. 그래서 마나베는 기억을 빼앗겼고, 그리고 호리는 자신이 한 일 때문에 굉장히 우울해하고 있어."

"그 말대로야. 그때 어째서 호리가 룰을 깬 건지도 알고 있어?"

물론 상상할 수 있다.

"마나베는 너에 대해 전하려 했던 거겠지. 이 섬에 또 다른 한 명의 내가 있다는 건 몰라도, 내가 그 가능성을 떠올릴 수 있는 말을 하려고 했어."

의식을 잃기 직전 마나베는 말했다.

——처음에 버려진 널 주운 건 나일지도 몰라.

그때 마나베는 분명 몇 년이나 전에 이미 버려진 나에 대해 말하려 했다.

"하지만 호리에게 있어 너만은 특별했어. 호리는 널 잃고 싶지 않았어. 그래서 내가 널 알게 되는 걸 굉장히 두려워했어."

그는 고개를 젓는다.

이쪽을 돌아보며 말했다.

"아니야. 넌 아직 호리를 이해하지 못했어."

"어떻게 아닌 거지?"

"그녀 자신을 위해서가 아냐. 그 아이는 너 하나만을 위해 마나베한테서 말을 빼앗았어."

"날 위해?"

"생각해 봐. 네가 나에 대해 아는 건 당연히 비극이야."

듣고 나서 그제야 깨닫는다.

버려진 쪽에 고통이 있는 것처럼 버린 쪽에도 고통은 있다.

만약 계단섬의 주민이 자기 자신에 의해 버려진 거라는 사실을 알게 된다면 그건 물론 슬플 것이다. 버려진 쪽의 자신을 원망하기도 할 것이다. 이 섬에 있는 자신이 피해자이고, 현실에 있는 자신이 가해자라고 생각할 것이다.

그런데도 이 섬에 있는 자신까지 과거에 자기 자신을 버렸다는 걸 알게 되면 그저 슬퍼할 수도 원망할 수도 없다. 피해자라고 생각했는데 가해자로 바뀐다. 그건 굉장히 슬프고, 굉장히 괴롭다.

룰에 따르면 호리는 그 비극을 그냥 두고 봐야만 한다. 하지만 그녀는 그러지 못했다. 과보호인 사고방식이다. 하지만 그건 너무나도 말이 없는 그 마녀다운 이야기다. 그녀는 정보가 사람에게 얼마나 상처를 주는지 알고 있다.

그는 입가에 희미하게 미소를 지어 보인다. 차가운 웃음이라고 느꼈다.

"호리가 룰을 위반했어. 약속했거든. 그럴 때 난, 그녀를 꾸짖는 역할이야."

"그래서 날 이곳으로 부른 거야?"

"응. 호리가 비밀로 하고 싶었던 걸 당장 폭로해 버리기로 했지."

그렇다. 확실히 이제 호리가 룰을 깰 이유는 없다.

"얘기는 끝났어. 돌아가도 좋아."

라고 그는 말한다. 내 신경을 건드리는 목소리였다.

"일부러 불러 놓고 이건 아니잖아? 널 알리고 싶었던 것뿐이라면 전화나 편지로도 충분하잖아."

"약간의 호기심이었어. 내 얼굴을 보고 싶었어. 역시 7년이나 따로 떨어져 사니 약간은 다르게 자란 것 같아."

정말 나와 그는 외모가 약간 달랐다.

제일 알기 쉬운 건 머리 길이다. 저쪽은 짧다. 체형은 거의 모르겠지만, 눈매나 표정은 꽤 다른 것 같다. 적어도 이전에 만났던 현실의 나와는 다르다. 그때의 내가 더 나와 닮았다.

그건 됐고, 이대로 돌아갈 생각은 없다.

"세 가지 질문에 답해줘."

난 말한다.

"딱 하나만 대답해 줄게."

그는 대답한다.

묻고 싶은 것 중 첫 번째는 아다치의 사심이었다. 두 번째는 과거 내가 뭘 버렸나 하는 것이었다. 하지만 난 둘 다 묻지 않았다. 가장 중요한 하나를 선택한다.

"너에게 있어 호리는 뭐지?"

그는 주저하지 않고 바로 대답한다.

"그녀는 나의 피스톨스타야. 당장이라도 부서질 것 같아 슬퍼져. 하지만 무엇보다도 가치 있는 것이지."

난 한숨을 내쉰다. 그렇다면 어쩔 수 없다.

그는 역시 나다. 모든 게 다르다 해도 딱 하나가 같은 나다.

호리의 룰 위반을 비난하기 위해 날 이곳으로 불러냈다. 그 난폭한 방식에도 납득이 간다. 그는 호리의 이상을 계속 사랑하고 있을 것이다. 모든 방법으로 그걸 지키려 하고 있을 것이다. 호리를 배신해도, 호리와 대적하는 걸 선택해도, 호리를 아무리 힘들게 만들어도. 그는 그녀의 이상을 최우선할 것이다. 그렇다면 난 아무 말도 할 수 없다. 나도 마찬가지다. 만약 마나베 유우가 그녀 자신을 배신했다면 좀 더 효율적인 방법으로 그걸 공격한다.

"잘 알았어, 안녕."

하고 난 말한다.

"꽤 즐거웠어, 안녕."

그가 대답한다.

또 다른 내가 뭘 선택한다 해도 나에게 있어 피스톨스타는 이 세상 하늘 전체에 딱 하나밖에 없다. 분명 그도 마찬가지일 것이다. 나와는 다른 걸 같은 방법으로 믿고 따르는 것이리라.

*

일요일 아침에는 항상 호리한테서 편지가 도착한다.

긴 편지다. 상대가 오해를 하거나 상처받지 않길 바라는, 주석이 가득한, 성실하고 마음 편한 편지다. 지금까지는 그랬다.

하지만 3월 7일 아침에 도착한 편지는 상당히 분위기가 달랐다. 봉투를 손에 쥐는 순간 알았다. 그건 엄지손가락이 뒤쪽에 있는 집게손가락의 체온을 느낄 정도로 아주 얇은 편지였다.

난 조심스럽게 봉투를 자른다. 무미건조한 하얀 편지지가 딱 한 장 들어 있다. 그 대부분이 백지인 채였다. 글은 딱 한 줄이다. 가로 줄 위에서 다섯 번째에 쓰여 있었다.

아무래도 그건 호리가 보낸 편지라기보다는 마녀가 보낸 편지 같다.

난 마녀에게 이런 질문을 보냈었다.

――계단섬에 담겨진 이상이란 건 뭔가요?

그녀는 그것에 대답해 준 것이다. 딱 한 줄로. 주석도 없이. 굳이 말한다면 심약해 보이는 글자지만 분명 확신을 가지고.

――아무것도 버리지 않는 겁니다.

분명 이 말은 한 줄만으로도 충분하다. 왜냐면 주석은 섬 안에 차고 넘치니까.

듣고 보니 당연한 거라는 생각이 들었다.

계단섬은 버려진 사람들의 섬이다. 마치 쓰레기통 안 같은 장소다. 마녀는 그곳을 착하게 지켜 주고 있다. 버려진 인격들을, 더는 상처받지 않도록 조심스럽게 보호하고 있다.

그렇다면 이곳에 있는 이상은, 딱 한 줄로 모든 걸 나타내고 있다.

2화, 공백의 색

1 나나쿠사 3월 8일 (월요일)

"그녀는 상당히 재미있는 문장을 쓰던데."

라고 100만 번 산 고양이는 말했다.

"풍경 묘사가 아름답다거나 말투가 독특하다거나 비유 표현이 능숙하다거나, 그런 게 아냐. 문체는 확실하게 윤리적인데도 내용은 감상적이고, 따뜻한 문장을 써. 겨울 끝의 양지 같은 문장이야. 마음에 들었어."

그는 늘 하던 대로 토마토 주스를 마시면서 그답지 않게 미소를 짓고 있었다.

"그거 다행이네."

라고 나는 대답했다.

호리가 보낸 편지 얘기다. 100만 번 산 고양이는 재빨리 호리에게 편지를 보냈고, 그 답장을 받은 것 같다.

"넌 그녀에게 어떤 편지를 썼어?"

"거짓 없이 있는 그대로를 썼어. 당신의 친구가 되고 싶습니다. 이유는 나나쿠사라는 소년이 부탁했기 때문입니다. 나나쿠사는 당신이 비밀을 가지고 있다고 생각하는데, 그걸 저한테 알아보라고 합니다. 그런 식으로 썼지."

"너무 심한 편지네."

"완전. 그런데도 성실하게 답장이 왔어."

100만 번 산 고양이에게 편지를 쓰라고 한 건 그라면 '호리의 비밀'을 캐물어 알아낼 수 있지 않을까 기대했기 때문이다. 이제는 그럴 필요 없어졌다. 그렇다고 해도 두 사람이 편지를 주고받는다는 건 무의미하지 않다. 그들이 친구가 되어 준다면 나로서는 기쁘다.

"그녀의 대답은 어떤 내용이었어?"

"나에게 보낸 편지를 읽고 싶어?"

"관심은 있어. 편지 보여줄 거야?"

"그럴 리 없잖아."

당연하다. 만약 100만 번 산 고양이가 자신에게 보낸 편지를 다른 사람에게 보여 주는 데에 거부감이 없는 그런 인간이었다면 난 그가 호리와 친해지길 바라지 않았을 것이다.

"알고 싶으면 그녀에게 물으면 돼. 내가 쓴 편지에 대한 건 나한테 묻고. 그녀가 쓴 편지에 대한 건 그녀에게 물어.

그게 아주 정직한 방법이지."

그 말이 맞다. 하지만.

"호리는 오늘, 학교에 안 나왔어."

"그래? 몸이 안 좋은가?"

"선생님은 감기라고 하시던데."

하지만 이 섬에 있는 한 마녀는 감기에 걸리지 않는다. 좀 더 감정적인 이유일 것이다. 그 착한 마녀는 바로 우울해져 버린 것이다.

"그녀한테 문병 가는 거 어때?"

라고 난 말해 본다.

100만 번 산 고양이는 고개를 젓는다.

"난 그런 건 못 해. 네가 가면 되잖아."

"아쉽게도 오늘은 다른 용건이 있잖아."

"아, 그랬지."

게다가, 하며 난 마음속으로 덧붙인다.

분명 나는 이제, 호리를 제대로 비난할 수가 없다. 어제까지라면 약간이라도 가능성이 있었을지도 모른다. 하지만 이제 안 된다.

나나 등대의 그는 아니다. 이상이 아닌, 한 여자아이로 그녀를 대할 누군가가 필요한 것이다.

"호리와는 친해질 것 같아?"

라고 난 묻는다.

100만 번 산 고양이는 토마토 주스를 입에 대며 쓴웃음을 짓는다.

"글쎄다. 편지 한 통 받은 것만 가지고는 잘 모르지. 나쁜 인상은 없어. 하지만 그녀는 고양이를 원하는 게 아닌 것 같은 기분이 들어."

"그래? 호리한테는 고양이가 잘 어울리는데."

100만 번 산 고양이는 고개를 갸웃거린다.

"넌 고양이를 어떻게 정의하는데?"

고양이를 정의한 적은 없다. 포유류의 일종으로 대표적인 펫이라는 정도의 인상밖에 없다. 난 생각한 그대로의 인상을 나열해 본다.

"작고 사랑스러워. 변덕쟁이에다 미스터리어스. 배타적 성격이 강하다. 날카로운 발톱과 섬세한 수염을 가지고 있다. 높은 곳에 오르는 게 특기. 눈동자 모양이 확확 바뀐다."

"틀리진 않네."

그는 끄덕이며 말했다.

"하지만 내가 고양이를 정의한다면 약간 다른 표현이 돼. 너, 자비로운 종신의 독재자라는 말을 알고 있냐?"

"아니."

난 마음속으로 반복해 본다. 자비로운 종신의 독재자. 상당히 멋지긴 하지만 좀 슬프게도 들린다.

"나도 그리 잘 알지는 못하지만, 컴퓨터 관련 용어일 거야. 오픈 소스인 소프트웨어를 개발하는 커뮤니티로 그 리더가 자비로운 종신자라 불리는 경우가 있어. 다시 말해 의견이 대립해 의논으로 이어졌을 때, 최종적인 결정권을 가진 인물, 이라는 뜻이야."

그렇군, 하며 난 수긍한다.

"굉장히 납득이 되긴 하지만, 그게 고양이라는 생각은 별로 안 드는데."

"물론 고양이는 오픈 소스 소프트웨어는 몰라. 리더십도 없고. 하지만 말이야. 고양이에게 부여된 역할이라는 건 다시 말해 그거야. 사람은 자비로운 독재자를 원하고 있어. 그리고 고양이는 태어났을 때부터 이미 독재자야."

이해가 안 되는 것도 아니다. 고양이를 키우는 사람의 대부분은 고양이를 거의 모시는 분위기다. 그저 사랑스럽기만 할 뿐인 무력한 생물에게 지배받는 걸 기뻐하고 있는 것 같다.

100만 번 산 고양이는 옥상 난간에 등을 기대며 턱을 들었다. 하늘을 올려다본다기보다는 등을 펴는 듯한 동작으로 그 모습은 묘하게도 고양이를 떠올리게 했다.

"나에게도 생존본능이 있으니까 말이야. 고양이를 원하는 사람은 왠지 모르게 그냥 알 수 있어. 넌 고양이를 원하고 있어. 하지만 그녀는 달라."

그건 그럴 거라고 생각한다.

왜냐면 자비로운 종신의 독재자라는 말을 듣고 제일 먼저 연상한 건 계단섬의 마녀였다. 이 섬에 있어 마녀는 독재자라는 사실이 의무처럼 부여된다.

"그래도 너와 마녀는 분명 친해질 수 있을 거야."

라고 난 말해 본다.

하늘을 올려다보는 채로 100만 번 산 고양이는 웃는다.

"글쎄다. 어쨌든 편지는 상당히 멋졌으니 답장을 써 보지."

이제 시간 다 되지 않았냐? 하고 그는 말한다.

난 손목시계로 시선을 떨어뜨린다. 이제 곧 오후 5시가 된다.

"그러게. 그럼 간다."

"잘 가."

난 걷기 시작한다. 월요일에는 직원회의가 있고, 그 회의는 5시에 끝난다고 들었다. 오늘은 토쿠메 선생님을 다이치에게 소개할 생각이다.

오늘 아침, 신문부 발족을 위한 기획서를 제출했다.

목적과 활동 내용, 운영해 나가기 위해 필요한 룰 같은 걸 대충 꾸몄고, 비고에 다이치를 참가시키고 싶다는 이유를 썼다. 보도라는 중립적인 시점이 요구되는 입장에서 우리들의 생활을 다시 한 번 살펴보고, 또 연소자를 참가시킴으로써 어린아이에서 어른으로 성장하는 과도기인 우리가 보다 더 많은 책임을 자각하는 걸 목표로 하고 있다. 대외적인 취재가 주가 되기 때문에 특별히 규율이 엄격할 필요가 있으므로 학교 내의 부 활동이라는 형태로 선생님에게 지도를 받고 싶습니다――같은 말을 꼼꼼하게 썼다.

제일 어려운 점은 물론 이 학교의 학생이 아닌 다이치를 부원으로 넣는 일이었다. 하지만 그건 내가 미처 알지 못했던 부분에서 해결되어 있었다. 교칙에는 '부에 소속될 수 있는 건 본교의 재학생에 한한다'라고 명기되어 있지만, 이게 '본교의 재학생 및 장래에 입학 예정이 있는 자'로 바뀐 것 같다. 토쿠메 선생님은 자세히는 말하지 않았지만, 마녀가 뭔가 방법을 써서 그렇게 한 것이리라.

이건 충분히 예상할 수 있는 일이었다. 그렇게 될 수밖에 없을 거라고까지 생각했다. 하지만 한편으로 모든 의문이다 풀린 건 아니다.

　호리는 아다치에게 협력하고 있다. 거의 전면적으로 그녀의 주장을 다 들어주고 있다. 하지만 큰 범주에서 보면 호리와 아다치가 서로 적대시하고 있다는 건 분명 틀림없을 것이다. 이번 신문부의 설립도 아다치에게 있어서는 호리에 대한 공격 중 하나일 거라 생각한다. 구체적인 방법은 모르지만 아다치는 호리를 몰아넣을 무대를 착실하게 만들고 있다.

　마음속으로 난 혀를 찬다.

　——신문부라는 게 좋지 않아.

　호리는 마녀로서 많은 걸 감출 수밖에 없을 테니까. 아다치는 신문부를 이용해 그걸 폭로하려는 거라고 난 예상하고 있다. 물론 호리가 정말 감추려 했다면 우리로서는 알 도리가 없을 것이다. 하지만 지금까지의 추이를 생각해 보면 호리는 자기 자신의 룰에 묶여 있기 때문에 아다치의 사심을 막을 수 없을 것이다. 그리고 또 다른 난 호리에게 룰을 지킬 것을 강요하고 있다.

　가능하다면 난 신문부는 피하고 싶었다. 좀 더 평온한 부활동을 제안하고 싶었다. 하지만 아다치는 자신에게 유리하도록 논점을 만드는 게 특기다. 목적을 '다이치를 위해'라는 말로 정리했을 때 신문부는 가장 적당한 답 중 하나가 아

닌가 하고 생각하게 된다. 적어도 나는 제대로 된 반론을 할
수가 없었다.

신문부는 오늘 열릴 직원회의에서 인가될 예정이다. 성급
하긴 하지만 마녀가 뒤에서 밀어준다면 시간은 안 걸릴 것
이다. 그리고 내일은 첫 번째 회의가 이뤄질 것이다. 제1호
신문에서 다룰 기사의 내용이 결정된다.

*

토쿠메 선생님을 기다렸다 그녀와 함께 학교를 나왔다.

긴 계단을, 선생님의 한 발 뒤에서 따라 내려간다.

"신문부에, 허가가 떨어졌어요. 축하해요."

라며 그녀가 말을 꺼냈다.

"감사합니다."

라고 난 대답한다.

실제로 반쯤은 기쁘기도 했다. 좋은 소식과 동시에 나쁜
소식이었다. 신문부는 다이치에게 있어 의미 있는 장소가
될지도 모른다. 이게 좋은 소식. 물론 나쁜 소식은 모든 게
아다치의 의도대로 진행되고 있다는 거다.

"당신이 쓴 기획서는 훌륭했어요. 만점 답안용지처럼 트
집을 잡을 게 없었어요."

"그냥 대충 둘러댔을 뿐이에요."

"너무 깔끔하게 정리되어 있어 마치 변명을 늘어놓는 것 같은 면도 있었어요. 하지만 어쨌든 회의에는 아주 적절했습니다."

"내용과는 상관없이 통과되는 것으로 결정된 거 아니었나요?"

"그렇지 않아요. 하지만."

토쿠메 선생님은 바닥이 두꺼운 부츠를 신고 있었다. 그게 계단을 내려갈 때마다 또각또각 신경질적인 소리를 냈다. 왠지 모르게 초침 소리하고도 비슷했다. 가볍게 숨을 들이마셨다 뱉는 정도의 시간 후에, 그녀는 "하지만."의 뒤를 이었다.

"가끔씩 당신 같은 학생을 만납니다. 우수하고, 그럼에도 조심스럽고, 상황을 이해하는 능력이 뛰어나고, 교사의 눈으로 봐도 본심을 읽을 수 없죠. 문제를 일으키지 않기 때문에 대부분은 특별히 친해지는 일도 없이 졸업하죠. 하지만 당신은 달랐어요."

"문제를 일으켰기 때문에요?"

전에 난 낙서를 한 적이 있다. 계단에 두 개, 바닷가에도 하나. 계단섬에서는 사건 같은 건 거의 일어나지 않기 때문에 나름대로 눈에 띄는 문제가 됐다.

"어째서 그런 짓을 한 건가요?"

이유는 그 누구에게도 말하고 싶지 않다.

"왠지 마음이 좀 혼란스러웠던 거라 생각해요. 폐색감이라고 해야 되나, 울적함이라 해야 되나. 이 섬에 왔다는 사실에 불안도 느끼고 있었어요. 그때까지 막연하게 머릿속으로 그리고 있던, 대학에 진학해 취직하고, 하는 미래의 루트가 사라져 버렸으니까요. 그래서 뭐든 좋으니 괜한 화풀이를 하고 싶었던 걸지도 모르겠습니다. 상당히 바보 같은 짓을 했다고 반성하고 있어요."

"그것 또한 깔끔하게 정리된 변명 같은 말이군요."

어떻게 된 거지? 변명이 과실을 둘러대기 위한 말이라면, 이런 건 변명 축에도 안 낀다. 그 어떤 것도 둘러대지 않았다.

토쿠메 선생님은 말했다.

"어째서 피스톨과 별 그림이었던 거죠?"

또 적당한 거짓말을 할까, 하고 망설였고 그만큼 대답이 늦어졌다.

앞으로의 일을 생각하면 토쿠메 선생님한테는 나름대로 신뢰를 쌓고 싶었기 때문에 난 대답하기로 했다.

"피스톨스타라는 거 알고 계시나요?"

"아뇨."

"그런 이름의 별이 있습니다. 궁수자리 방향에 있어요. 1990년대에 허블 우주망원경으로 발견했죠. 당시는 전 우주에서 제일 밝은 별이었지만, 그 후에 더 밝은 별이 발견되어 1위 자리는 내줬어요."

"그렇군요. 그래서?"

"그뿐입니다. 전 피스톨스타를 제일 좋아해요. 그래서 피스톨과 별 그림을 그린 겁니다."

"어째서 피스톨스타를 좋아하죠?"

"이유는 잘 모르겠어요. 하지만 처음 피스톨스타에 대해 알게 됐을 때 전 왠지 감동을 받았어요. 기쁘면서도 슬퍼서 거의 울 뻔했죠."

왜냐면 피스톨스타는 너무나도 아름다우니까.

태양의 몇백만 배나 밝은데도 멀리 떨어져 있기에 그 빛이 우리에게 주목받는 일은 없다. 인류가 피스톨스타의 존재를 안 건 달 표면 착륙에 성공하고 20년도 더 지난 후다. 하지만 훨씬 옛날부터 지금도 또한, 여전히 피스톨스타는 과묵하게 계속 빛나고 있다. 그 누구에게도 뽐내지 않고, 자각도 없는 채로 고고하게, 끝없이 어두운 우주를 무력하지만 비추고 있다. 이 얼마나 아름다운가.

또 다른 난 호리가 피스톨스타라고 말했다. 그 고귀한 빛이라고 말했다. 그렇다면 난 그에게 더는 아무 말도 할 수 없다.

"도저히 믿을 수 없네요."

토쿠메 선생님은 고개를 젓는다.

"당신이 가장 좋아하는 걸 낙서의 모티브로 선택했다고는 생각할 수 없어요."

그 낙서를 한 뒤 난 반복된 질문을 받았다. 어째서 낙서를 한 거지? 거기에 어떤 의미가 있지? 어째서 피스톨과 스타 그림인 거지? 하지만 이런 지적을 받은 건 처음이다.

"어째서죠? 이왕 그린다면 좋아하는 걸 그리는 게 낫지 않나요?"

"당신이 그런 식으로 생각하는 인간이라면 좀 더 이해하기 간단하죠. 하지만 낙서는 달랐습니다. 당신은 다르다는 걸 알고 있어요. 정말 좋아하는 걸 일부러 낙서의 모티브로 삼아 그걸 더럽히려는 생각은 안 할 겁니다."

그녀가 나에 대해 뭔가를 알고 있다는 기분도 들었다. 하지만 이상하게도 그리 불쾌하지도 않았다. 난 고개를 젓는다.

"정말 좋아하니까 부숴 버리고 싶어지는 경우가 있는 겁니다."

이건 본심이었지만 동시에 거짓이기도 했다.

가끔씩 소중한 걸 부수고 싶어진다. 언젠가 소중한 걸 부

쉬 버리는 게 두렵고 두려워, 그 공포에 떨고 있을 바에야 지금 당장 이 손으로 부숴 버리고 싶어진다. 하지만 피스톨스타는 다르다. 피스톨스타는 항성(恒星)이다. 그 정도로 큰 항성이라면 언젠가는 중력붕괴가 진행되어 초신성 폭발을 일으켜 빛을 삼키는 블랙홀이 될지도 모른다. 하지만 그건 내가 죽는 것보다 훨씬 나중 일이다. 내가 그 별의 종말을 볼 일은 없다. 그래서 그 별이 사라져 버리길 원하지는 않는다. 내 눈에 보이지 않는 곳에서 나와는 관련도 없는 곳에서 영원히 맑게 빛나길 바란다.

실은 그때 피스톨스타 그림을 그리고 싶었던 건 아니다. 어떤 그림이든 상관없었다. 낙서는 단순히 수단에 지나지 않았다. 하지만 뭐든 자유롭게 선택해도 된다면 난 마나베 유우의 그림을 그리고 싶었다. 하지만 그럴 수는 없기에 그녀 대신으로 피스톨스타를 그렸다. 마나베 유우 대신은 나에게 있어 그 별밖에 없다.

앞에서 걷던 토쿠메 선생님이 힐끔 날 뒤돌아봤다. 정말 아주 짧은 시간, 하얀 가면 너머에서 그녀의 눈동자가 나를 본다.

"숨통이 트이던가요?"

네? 하고 난 되묻는다.

그녀는 다시 앞을 바라보고 있다.

"낙서를 해서 약간이라도 개운해졌나요?"

선생님이 못 본다는 걸 알면서도 난 고개를 젓는다.

"딱히요. 기대한 정도의 효과는 없었습니다."

"그거 아쉽네요."

"그래서 그런 바보 같은 짓은 다시는 안 할 거예요."

"하지만 뭔가는 필요하죠."

토쿠메 선생님은 살짝 고개를 숙여 발밑을 확인하며 한 발씩 계단을 내려간다.

"엉뚱한 화풀이라도 상관없어요. 당신이 답답함을 느끼고 있는 거라면 뭔가가 필요해요. 낙서는 긍정할 수 없지만 예를 들어 신문부가 당신에게 가치가 있는 게 된다면 좋겠네요."

"부 활동이라는 건 엉뚱한 화풀이가 가능한 건가요?"

"물론요. 그럴 마음만 먹으면 얼마든지. 시험공부든 자선 활동이든 엉뚱한 화풀이로 가능해요. 당신이 소중한 걸 부수고 싶어진다면 그건 에너지입니다. 모든 에너지는 방향을 약간 바꿔 주면 다른 걸로 응용할 수 있어요."

"아~. 전에 과학시간에 배웠어요."

농담으로 던진 말이었는데 토쿠메 선생님은 수긍했다.

"맞아요. 에너지 보존의 법칙이죠. 위치에너지를 운동에너지로 전환하고, 운동에너지를 열에너지로 전환하고. 그것과 같은 게, 비결만 알면 감정으로도 가능하게 된답니다."

"그 비결을 꼭 알고 싶네요."

"간단해요. 주문만 외우면 돼요."

"마치 마법 같네요."

"그리 큰 차이는 없죠."

토쿠메 선생님의 걸음 속도는 일정했다. 어조도 그것과 같은 리듬이었다.

"난 싫어하는 걸 가장 효율적으로 외면한다."

네, 복창해 주세요, 라고 토쿠메 선생님은 말했다.

난 복창한다.

"난 싫어하는 걸 가장 효율적으로 외면한다."

의미는 충분히 알았다. 그렇군. 멋진 마법이다.

"이 마법을 이루기 위해서는 조건이 있답니다. 첫 번째로 삐딱한 자일 것. 두 번째로 겁쟁이일 것. 세 번째로 이상주의자일 것. 허들이 꽤 높지만 당신이라면 괜찮을 거예요."

난 그녀가 알아채지 못하게 살짝 고개를 젓는다.

적어도 마지막 하나는 충족시킬 수 없다.

"토쿠메 선생님은 제가 만난 분 중 가장 좋은 선생님일지도 모르겠어요."

계단섬에 있는 게 아까울 정도로.

"믿어 주는 건 결과가 나온 다음에요. 일단 눈앞의 문제를 효율적으로 외면해 보세요."

"어떤 문제를요?"

"아이하라 다이치 군에 관한 거죠. 이 섬에도 어른은 있답니다. 당신들이 모두 떠안을 필요는 없어요."

그렇다. 그거라면 이미 실행하고 있다.

"한 가지, 상담할 게 있습니다."

"뭔데요?"

"선생님이 다이치를 만난 다음에 얘기하고 싶어요."

우리는 계단을 내려간다. 한 발씩 내려간다.

계단은 좀처럼 끝이 안 보인다.

2 마나베 같은 날

분명 방과 후에는 아다치가 말을 걸 거라고 나나쿠사가 말했다. 그리고 실제로 그 말대로 됐다. 교실을 나가려 했을 때였다.

"얘기를 계속하자."

라고 그녀는 말했다.

마나베는 고개를 갸웃거린다.

"얘기라니, 무슨?"

"여러 가지가 있지만 마녀를 설득할 방법에 대해서야."

"알았어. 또 우리 기숙사로 올래?"

"아니, 여기서도 충분해. 아마 아무도 우리 얘기에 귀를 기울이거나 하지는 않을 테니까."

마나베는 끄덕인다. 아무도 듣지 못할 거라고 생각한 건 아니다. 그런 건 마나베는 알 수 없다. 하지만 누군가 들어도 문제는 없을 거라 생각했다.

두 사람은 각자 자리에 앉는다. 마나베는 자기 자리에 앉았다. 아다치는 하나 앞에 있는 자리의 의자를 180도 회전시켜 마나베 쪽으로 앉는다. 그리고 책상에 턱을 괴고 조용한 목소리로 말했다.

"일단 본론부터 시작할까?"

물론 그러는 편이 고맙다.

"난 뭘 하면 되는데?"

"호리 씨를 문병 갔으면 해."

그녀는 오늘 학교를 쉬었다.

"알았어. 같이 갈 거지?"

"아니. 너 혼자서. 난 안 가는 게 나아."

"어째서?"

"싸움을 했으니까. 서로 거북해."

"그렇다면 아다치 씨가 꼭 가야만 한다고 생각하는데."

거북한 사람들은 만나는 편이 좋다. 자기 자신도 그 사람과의 사이에 문제가 있다고 이해하고 있는 거니까. 피하기만 하면 문제가 방치된다. 언젠가 시간이 흘러 서로 또다시 아무런 거리낌 없이 만날 수 있게 된다고 해도 그 문제는 깊은 부분에 계속 남아 있다.

아다치는 웃는다.

"그냥 도망치겠다는 게 아냐. 그 아이는 곧 만날 거지만, 그래도 오늘은 아냐. 아직 생각해야 할 게 남아 있거든."

"뭘 생각하는데?"

"호리 씨한테 말해야만 하는 것. 제대로 하지 않으면 오해가 생길지도 몰라. 뭐든 수리할 때에는 세심하게 주의해야 하잖아. 대충 했다간 악화된다고."

오해를 줄이는 노력은 중요하다. 마나베는 끄덕인다.

"알았어. 오늘은 혼자서 호리 씨를 만나러 갈게."

아다치는 턱을 괸 채로 주머니에서 스마트폰을 꺼내며 끄덕인다.

"응. 고마워."

"전할 말 있어?"

"특별히 없어. 문병이라는 건 얼굴만 보면 그걸로 충분한 거잖아. 당신을 잊지 않고 확실하게 걱정하고 있답니다를 전하는 게 중요하니까 말이야."

"알았어."

아다치 씨도 걱정하고 있다고 전하자. 분명 그것만으로도 충분할 것 같다.

마나베는 수긍했다가 다시 또 고개를 갸웃거린다.

"이게 마녀를 설득하는 방법인 거야?"

"아직 준비 단계야. 요리로 말하면 부족한 재료를 사다 달라고 부탁하는 수준인 거지. 실은 좀 더 다른 걸 부탁하고 싶었지만 말이야."

"다른 거?"

그녀는 끄덕인다.

"신문부 기사 일로 상담할 게 있었어. 하지만 의미가 없어졌어."

"어째서?"

"내가 만들고 싶었던 기사는 이거야. ──계단섬에 있는 사람들이 왜, 누구에 의해 버려졌는지에 대한 조사."

마나베는 자신도 모르게 그만 얼굴을 찡그린다.

"그건 불가능해."

그녀가 제안한 테마의 대답을 마나베는 알고 있다. 거의 아무런 조사도 하지 않고 기사로 정리할 수 있다. 하지만 그 기사는 공개할 수 없다. 작년 11월에 비밀로 하기로 약속했다.

아다치는 스마트폰의 화면에서 얼굴을 들지 않았다.

"왜 불가능한데?"

"약속을 했으니까."

"어떤 약속?"

"그것도, 말 못 해."

"그래? 어쨌든 나도 그 기사는 포기했어. 나나쿠사 군한 테 멋지게 당했거든."

"나나쿠사가 뭘 했는데?"

"봐, 부를 만들기 위한 자료, 그가 만들어 줬잖아? 확인하 게 해주긴 했지만 말이야, 교묘하게 스토퍼를 넣어 놨어."

아다치는 여전히 스마트폰 화면을 노려보는 채로 얼굴을 찡그렸다. 뭔가 게임을 하고 있는 모양이다. 그러다 실패한 걸지도 모른다. 그녀는 말을 잇는다.

"뭐, 생각해 보면 당연한 거였지만 말이야. 기사 내용은 고문 선생님한테 체크를 받는 형식으로 되어 있어. 그렇다 면 계단섬이나 마녀와 관련된 기사는 쓸 수 없어."

"그런가. 섬사람들에게 있어 의미가 있는 기사라면 선생 님을 설득할 수 있을지도 모르잖아."

"아쉽지만 우리 신문부의 목적은 보도가 아냐. 제출한 자 료에 명시되어 있어."

"그럼 뭔데?"

"학교 교육의 일환이야. 기사 내용 따위 무난하기만 하면 돼. 학생들이 힘을 모아 신문을 만드는 것만이 중요하다고. 그래서 아무리 의미 있는 기사라 해도 선생님이 문제라고 판단하면 각하돼."

"마녀와 계단섬에 관한 건 문제인 거야?"

"문제야. 이 섬에서 사는 이상 중요하니까 말이야. 중요한 진실은 반드시 어떤 면에서 문제를 안고 있어. 우리는 분명 중요하지 않은 것들만 기사로 쓸 수 있을 거야. 학교 식당의 인기 메뉴 조사라든가, 야구부와 동네 야구팀의 시합 결과라든가, 그런 것만 쓰게 되는 거지."

어떤 의미에서는 납득할 수 있고, 다른 의미에서는 납득할 수 없다. 그런 얘기다.

마나베는 그걸, 순서대로 말로 한다.

"신문부는 어디까지나 다이치를 위한 거야. 그렇다면 기사 내용은 문제가 적은 쪽이 좋을 거라 생각해."

"그렇지. 그래서 나도 강하게 반대할 수 없어."

"하지만 역시 섬에 관한 걸 숨기는 건 이상해. 왜냐면 우리는 이곳에서 살고 있으니까. 그건 어쩌면 문제를 안고 있는 걸지도 모르잖아. 부 활동으로 기사를 쓰는 건 방법이 아닐지도 몰라. 하지만 그렇다면 다른 방법으로 공개하면 되잖아."

아다치는 스마트폰에서 얼굴을 들며 웃는다.

"하지만 너도 숨기고 있잖아. 아까 그 비밀의 약속으로 말이야."

그 말대로다. 상황을 바꿀 필요가 있다. 마나베는 그렇게 결정한다.

아다치는 말을 계속했다.

"어쨌든 부 활동으로는 나나쿠사 군이 만든 룰에 불만을 얘기하는 건 힘들어. 그래서 그 룰 안에서 의미 있는 기사를 쓰기로 했어."

"그건 어떤 기사인데?"

"아직 말 못 해. 나나쿠사 군이 알게 하고 싶지 않으니까 말이야. 네가 비밀로 한다고 약속해 주면 가르쳐 줄게."

마나베는 고개를 저었다.

"역시 난 비밀이 싫어."

11월 그 밤에 일어난 일을 비밀로 한다고 나나쿠사와 약속해 버렸기 때문에 지금도 좀 거북하다. 가능한 비밀은 늘리고 싶지 않다.

"그래?"

아다치는 수긍하며 다시 또 스마트폰 화면으로 시선을 떨어뜨렸다.

"그렇다면 이 얘기는 여기서 끝."

알았어, 하고 마나베는 대답한다. 자기 멋대로인 건 이쪽일 것이다. 모처럼 아다치가 협력해 주고 있는데 비밀로 하는 걸 약속하지 못했으니까.

"그럼 내일 보자."

마나베는 자리에서 일어난다. 호리의 기숙사로 가야겠다고 생각했다.

"기다려."

짧게, 아다치가 불러 세웠다.

"본론은 이제 끝났지만, 하는 김에 좀 더 얘기하자."

"뭘?"

"금요일 일 말이야. 마나베 씨, 어떻게 생각했어?"

"어떻게라니, 뭐가?"

질문의 의도를 모르겠다. 금요일. 3일 전이다. 기숙사 앞에서 쓰러져 10분 정도 기억을 잃은 날이었다.

"저기, 내가 나나쿠사 군한테 고백한 거 말이야. 너와 나나쿠사 군의 관계를 잘 모르지만 신경 쓰고 있는 거 아닌가 싶어서."

마나베는 다시 한 번 더 자리에 앉을까 생각하다 멈춘다. 얘기가 길어지진 않을 것이다.

자리 옆에 선 채로 대답했다.

"그거야 물론 신경이 쓰였지."

나나쿠사는 아다치의 고백을 받아들일까? 그에게 애인이

생긴다는 건 잘 상상할 수 없지만, 도저히 있을 수 없는 일이라고 잘라 말할 수도 없다.

"나나쿠사는 대답했어?"

"아직. 토요일에 같이 점심을 먹긴 했지만, 대답은 안 해 줬어."

"그래."

그는 대답을 고민하고 있는 걸까? 그렇게 길게 생각할 거라고는 생각 못 했지만, 그래도 나나쿠사의 연애 사정은 잘 모른다. 꽤 오랫동안 같이 있었지만 생각해 보면 좋아하는 타입 같은 얘기를 해본 적도 없다.

아다치는 고개를 갸웃거린다.

"안심했어? 아니면 불안해?"

그 질문을 듣고 마나베는 눈을 감는다. 자신의 감정을 살폈다. 좀처럼 말로 표현하기는 힘들지만, 가까스로 답을 찾아낸다.

"불안하다, 이려나."

"어째서?"

"앞으로 어떻게 될지 모르니까 말이야. 난 나나쿠사와의 관계를 잃고 싶지 않아."

"그렇다면 혹시 나, 미움 받는 건가? 선수 치는 것처럼 고백해 버렸으니 말이야."

제대로 이해가 되지 않아 마나베는 '선수 치다'라는 말을 반복한다.

"널 싫어할 이유 따위 없어. 고백하는 건 자유잖아."

"그거야 그렇지만. 혹시 너도 나나쿠사를 좋아한다면 라이벌이 되는 거 아냐?"

"그렇다 해도 나도 나나쿠사한테 고백하면 될 뿐이야."

그 어떤 것도 언페어하지 않다. 아다치의 말과 행동에 부정적인 감정은 없다.

"그럼 고백 안 해?"

"그건──."

말이 막힌다.

솔직히 마나베 자신은, 나나쿠사에게 좋아한다고 말해도 이상하지는 않을 거라 느끼고 있었다. 대답은 상상 못 하지만, 어쨌든 "저랑 사귀어 주세요."라고 그에게 말해도 그건 자연스러운 일처럼 생각되었다. 하지만 지금은 아직 그렇게 할 마음이 들지 않는다.

"나나쿠사를 좋아해. 정말 좋아해. 난 연애가 뭔지 잘 모르지만, 이게 사랑일지도 몰라."

"그렇다면 고백하면 되잖아."

"하지만 뭔가 우선순위가 다른 것 같아."

생각하고 나온 말이 아니었다. 한편으로 자신의 말에 굉장히 납득도 했다.

우선순위가 다르다. 어떤 것의? 그건 모르겠다. 하지만 느낌이 온다. 만약 그에 대한 감정이 연애 감정이라 해도 마음을 전하는 것보다도 우선하지 않으면 안 되는 게 있다. 다이치려나? 계단섬이려나? 둘 다 중요하지만 그래도 그건 아닌 것 같다. 가장 개인적인 나나쿠사와의 관계에서 최우선해야만 하는 게 따로 있다.

변함없이 관심 없다는 듯이 스마트폰 화면을 쳐다보는 채로 아다치는 말했다.

"하지만 말이야, 우물쭈물하다간 늦을지도 모르잖아? 나랑 나나쿠사 군이 사귈지도 모른다고."

"늦을 일은 없어. 그때라도 고백하면 돼."

"연인이 있는 상대에게 고백하는 건 네 정의에는 반하지 않는 거야?"

"전혀."

잘 이해가 안 되는 얘기다. 숨기고 몰래몰래 바람을 피우는 건 문제지만 당당하게 고백해, 상대가 이전 연인과 헤어지고 자신이 새로운 연인이 되는 거라면 성실한 것이다. 점심 한정이 아니기에 감정을 빨리 말하는 사람의 승리로 끝나는 쪽이 더 말이 안 된다.

"하지만 그거, 반대 입장이라면 슬프지 않겠어?"

"물론 슬프지. 하지만 슬픈 건 받아들여야만 하는 거야."

"그래, 그렇구나."

아다치는 살짝 웃는다.

"마나베 씨의 동향을 읽는다는 건 어렵네."

그런 건가. 특별한 사고방식이라고는 생각하지 않는데.

그럼 내일 보자며 아다치가 인사했다. 마나베도 같은 말로 대답하고는 그녀에게 등을 돌린다.

──우선순위가 다르다.

라고 다시 한 번 마나베는 가슴속에서 반복한다.

역시 납득하기 힘든 말이다. 이유는 아직 모르겠지만, 자신의 심정을 스트레이트하게 나타내는 거라고 생각했다. 하지만 동시에 마음에 들지 않는 말이기도 했다.

우선순위라는 걸 가능하다면 정하고 싶지 않다. 선택할 수 있다면 모든 게 좋다. 선택할 수 없다면 언젠가 선택할 수 있도록 노력하고 싶다. 그런데도 나나쿠사와의 관계에 한해서는 우선순위라는 말로 납득하고 있다.

아무래도 이건 의외로 뿌리 깊은 문제 같다.

*

호리는 감기라고 들었다.

마나베는 슈퍼마켓에서 포카리스웨트와 목캔디를 산 후 그녀가 사는 코모리코포로 향했다. 코모리코포는 그림책 삽화 같은 사랑스러운 건물이다. 빨강 지붕에 벽은 벽돌로 되어 있다. 장식이 달린 검정 아이언 철문을 밀어 열며, 마나베는 부지 안으로 발을 내딛는다.

초인종을 누르니 관리인으로 보이는 30대 중반 정도의 여성이 모습을 드러냈다.

"처음 뵙겠습니다. 전 호리 씨와 같은 반 친구인 마나베 유우라고 합니다. 그녀를 문병 왔는데, 들어가도 될까요?"

라고 마나베는 말했다.

"아, 당신이 마나베 씨."

관리인은 웃는다.

"일부러 와 줘서 고마워. 하지만 미안해서 어쩌지. 그 아이, 아무도 만나고 싶어 하지 않는 것 같은데."

"몸이 안 좋은가요?"

"그런 건 아니지만 말이야. 왠지 우울해하는 것 같아."

"그럼 직접 얘기를 하고 싶은데 방을 가르쳐 주실 수 있을까요? 호리 씨가 허락하지 않으면 문은 열 수 없잖아요."

"그렇군."

관리인은 팔짱을 끼고 납득한 분위기로 수긍한다.

"문을 열지 못하면 만난 거라고는 할 수 없잖아."

"아뇨."

그렇지 않다. 문 너머로도 얘기하면 그건 같은 것일 거다. 하지만.

"대화를 피한다는 건 대부분의 경우, 오해를 하고 있어서 라고 생각해요. 왜 아무도 만나고 싶지 않은 건지 전 알고 싶어요."

일단 알지 못하면 해결할 수도 없다.

관리인은 다시 또 끄덕이며 즐거운 듯이 웃고 있다.

"좋아. 대화를 피하는 건 오해하고 있어서라. 굉장히 깨끗 하고 올곧은 말이야. 하지만 폭력적이기도 하지. 거칠고 생 기발랄해."

"이해가 잘 안 되는데요."

마나베는 자신의 생각을 솔직하게 말했을 뿐이다.

관리인은 화제를 바꿨다. 적어도 마나베에게는 그렇게 들 렸다.

"난 딱히 그 아이의 부모가 아냐. 하지만 어린아이를 맡고 있는 이상, 나름대로 부모 같은 역할도 필요하지 않을까?"

"네. 그런데요?"

"그래서 나한테도 교육방침 같은 게 있다고. 대부분의 경 우라면 처음 부리는 고집 정도는 들어주고 있어. 두 번째부 터는 이유가 필요하지만 첫 번째는 이유도 필요 없어."

"왜죠?"

"우리 아이들의 생각을 존중하고 싶으니까. 그렇다고는 해도 완전히 방임하는 것도 좋지 않다고 생각해. 절충안이라는 거지."

그렇군, 하고 마나베는 수긍한다. 특별히 반대 의견은 없다.

"호리 씨가 아무하고도 만나고 싶지 않다고 말한 건 처음인가요?"

"그래. 꾀병을 부린 건 두 번째. 그래서 그건 이유를 물었어."

"꾀병인가요?"

"일반적으로는 그렇지 않을까. 뭐가 꾀병이고 뭐가 꾀병이 아닌지는 난 잘 모르지만 말이야."

그건 곤란하다.

"포카리스웨트와 목캔디를 사 왔는데 필요 없을까요?"

"줄 생각이라면 받아 둘게."

"그럼 여기요."

마나베는 비닐봉투에 들어 있는 걸 내민다. 관리인은 그걸 받으며 고맙다고 말했다.

"내일도 호리 씨가 학교를 쉬면 또 올게요."

"그래. 기다릴게."

"오늘은 말 좀 전해 주시겠어요?"

"무슨?"

"두 가지가 있어요. 첫 번째는 아다치 씨도 걱정하고 있어, 입니다."

"오케이. 두 번째는?"

말을 정리하기 위해 잠깐 생각하고 마나베는 대답한다.

"내일은 반드시 널 만날 거니까 정말 싫다면 이유를 가르쳐 줘."

알았어, 하고 관리인은 말했다.

마나베는 "잘 부탁드립니다." 하고 고개를 숙이고는 180도 방향을 바꾼다.

호리는 어째서, 그 누구와도 만나고 싶지 않다는 말을 했을까? 애초에 그 누구와도 만나고 싶지 않다는 건 대체 어떤 때일까?

마나베는 알 수 없다. 결국 얼굴을 맞대고 얘기하지 않으면 상대에 관한 건 알 수 없는 거다. 아는 것처럼 느끼는 쪽이 문제인 것 같다.

내일은 벽을 기어올라서라도 호리를 만나자, 라고 마나베는 결정했다.

＊

　밤에는 기숙사 앞에서 나나쿠사를 만나기로 약속했다.

　마나베는 밤길에 서서 가만히 삼월장 문을 쳐다보며 문이 열릴 때를 기다린다. 겨울밤은 조용하다. 벌레 소리도 들리지 않는다. 이 섬에서는 차가 달리는 소리도 없다. 주변 집들에서 가끔씩 웃음소리가 새어 나온다. 웃음소리라는 건 멀리까지 들리는 것 같다. 이 섬에 오기 전에 살았던 아파트에서는 어린아이와 부모 세대가 많았기 때문에 웃음소리를 듣는 경우가 종종 있었다. 그리고 엄마가 아이를 혼내는 목소리도. 웃음소리와 화를 내서 소리 지르는 목소리는 똑같이 멀리까지 들린다. 양쪽 모두 중요한 것이기 때문일 거라고 마나베는 생각한다. 감정이 실린 목소리는 강하다. 그건 분명 자연스러운 일이다.

　곧 삼월장의 문이 열리고 나나쿠사가 나타난다.

　"안녕."

　그가 말한다.

　"안녕."

　마나베도 대답한 후 이어 묻는다.

　"토쿠메 선생님은 어땠어?"

　선생님은 오늘 분명 다이치를 만났을 것이다.

나나쿠사는 그로서는 무표정과 크게 다르지 않은 얼굴로 웃는다.

"아무 문제 없어. 다이치는 어른들이 싫어하는 타입의 아이도 아니고, 토쿠메 선생님은 어린아이를 싫어하는 타입의 어른도 아니잖아. 한참 얘기하고, 그런 다음 트럼프를 하며 놀았어. 내일은 우리 기숙사 관리인이 수업이 끝나는 시간에 맞춰 학교까지 다이치를 데려다주기로 했어."

"하지만 매일 그러는 건 큰일이네."

"완전 그렇지. 선생님은 부실을 학교 밖에 두는 게 좋지 않을까 생각하고 계셔. 그 계단은 초등학교 2학년생한테는 너무 기니까 말이야."

"어딘가의 기숙사 방을 하나 쓰게 되는 거야?"

"그것도 생각해 봤지만 좀처럼 찾을 수가 없었어. 아다치의 주장은 다이치를 위해 삼월장과는 다른 환경을 만들어 줬으면 하는 거잖아. 우리 기숙사에서는 안 돼. 하지만 여자 기숙사는 기본적으로 남자가 들어가면 안 되게 되어 있잖아."

맞는 말이다. 확실히 기숙사를 사용하는 건 어려울 것 같다. 신문부에 참가할 예정인 남학생은 나나쿠사와 사사오카뿐으로, 둘 다 다이치와 같이 삼월장에서 생활하고 있다. 기숙사 말고 쓸 수 있는 방이 있을까? 그런 생각을 하고 있자,

나나쿠사가 말했다.

"뭐, 조금씩 해결해 가면 돼. 당황할 필요는 없어. 마녀에게 부탁하면 어딘가 빈방을 빌려줄지도 몰라."

"하지만 걱정이 돼. 내가 도울 건?"

"지금은 특별히 없어. 필요하게 되면 말할게."

"알았어."

마나베는 끄덕인다.

나나쿠사는 미소를 지웠다.

"그래서 네 쪽은?"

아다치 얘기를 할 때 그는 경계심을 감추지 않는다. 그건 나에게 주는 메시지이기도 한 걸까, 하고 마나베는 생각한다. 나나쿠사를 믿고 있다. 아다치도. 똑같이는 아니다. 물론 나나쿠사를 신뢰하는 쪽이 크다. 하지만 그가 경계하고 있다고 해서 마나베까지 아다치를 의심한다는 건 좀 아니라는 생각이 들었다. 상대의 판단에 맞추기만 한다면 둘이 있는 의미가 없어져 버린다. 나나쿠사의 머리가 아무리 좋아도, 마나베가 아무리 어리석어도 역시 시점은 하나보다는 두 개가 있어야 한다.

어쨌든 마나베는 대답한다.

"네가 말한 대로 방과 후에 아다치 씨와 얘기했어."

"신문부 모임에 대해서?"

"그것도 있어. 신문기사의 내용을, 약간. 아다치 씨한테는 쓰고 싶은 기사가 있었지만, 선생님의 체크를 통과하지 못할 테니 쓸 수 없다고 말했어."

"어떤 기사?"

"계단섬에 있는 사람들이 왜, 누구에 의해 버려졌는지에 관한 조사."

나나쿠사의 눈이 가늘어진다.

"상당히 스트레이트하네."

"어떻게 스트레이트한데?"

"상상보다 더해. 진짜 목적은 따로 있는 것 같아."

이해가 잘 안 되지만 그 말이 맞을지도 모른다. 마나베는 아다치의 이야기를 떠올린다.

"그녀는 네가 만든 룰 안에서 의미 있는 기사를 쓰겠다고 말했어."

"어떤 기사?"

"몰라. 가르쳐 주지 않았어. 아직 나나쿠사 군이 아는 걸 원치 않는 것 같았어."

"내일이 되면 알 텐데."

그는 장갑을 낀 손을 턱에 대며, 뭔가 생각에 잠겨 있다. 사고 쪽에 집중하는 듯, 목소리는 왠지 흐릿하다.

마나베는 묻는다.

"아다치 씨가 어떤 기사를 제안할 거라 생각해?"

"몰라, 그런 거. 하지만 섬사람들의 불만을 조사하는 그런 내용이려나. 마녀가 가능한 지우려 했지만, 그래도 지울 수 없었던 거."

역시 나나쿠사와 아다치는 같은 위치에 있는 거라고 마나베는 느낀다.

그들은 마나베에게는 보이지 않는 뭔가로 싸우고 있다. 어쩌면 체스나 장기처럼 서로 손을 주목하고 있다. 옆에서 보면 알 수 없지만, 두 사람 사이에는 성립하는 룰이 있다.

마음에 걸렸지만 마나베에게 있어 그건 우선순위가 낮은 것이기도 했다.

"신문부는 다이치를 위한 거잖아."

이 전제가 제일 중요하고, 거기에서 벗어나지 않는다면 맘껏 싸워도 된다.

"알고 있어."

라고 나나쿠사는 말했다.

"응. 물론 나나쿠사는 알고 있지."

라고 마나베는 말했다.

전쟁은 싫다. 돌이킬 수가 없으니까. 하지만 의견으로 충돌하는 게 나쁜 거라고는 생각하지 않는다. 보다 좋은 답을 얻기 위해서는 대립하는 의견은 서로 부딪쳐야만 한다. 부딪쳐 생기는 문제보다도, 무리하게 부딪치지 않도록 억압해 생기는 문제가 더 위험하다.

나나쿠사도 아다치도 충분히 머리가 좋다. 지식이 많다거나 응용력이 있다거나 그런 종류의 머리 좋음이 문제인 게 아니다. 마나베 유우의 가치관에 있어 머리가 좋은 사람은 모두 착하다. 착하다는 것의 중요성을 이해하고 있기 때문이다. 아무리 공부를 잘하든 천재적인 번뜩임을 가지고 있든, 착함의 의미를 이해하지 못하고 있다면 그 지성은 충분하지 않다. 충분히 머리가 좋은 두 사람이 싸우는 거라면 불안을 느낄 필요는 없다. 어느 쪽이 승리하든, 혹은 서로 양보하든 반드시 착한 합의점을 찾아낼 것이기 때문이다.

나나쿠사는 고개를 갸웃거린다.

"그거 말고는?"

"호리 씨를 문병 가는 게 좋겠다고 해서 그렇게 했어."

"호리를 만났어?"

"못 만났어. 아무도 만나고 싶지 않다고 해서."

"네가 순순히 물러난 거야?"

"내일 호리 씨가 학교에 오면 얘기할 수 있으니까. 만약 내일도 학교를 쉰다면 꼭 만날 생각이라고 말 좀 전해 달라고 부탁하고 왔어."

"아픈 사람 방에 무리해서 들어가는 건 좋지 않아."

"물론 좋지 않지. 하지만 관리인은 꾀병이라고 말했어."

"그렇구나."

마나베는 비밀을 싫어한다.

그런데도 약간 망설였다. 하지만 결국은 입을 연다.

"그리고 아다치 씨랑 얘기한 게 또 하나 있어."

"그래? 뭔데?"

"아다치 씨가 너에게 고백한 거."

나나쿠사는 특별히 표정에 변화가 없었다. 작은 목소리로 "아." 하고 중얼거렸을 뿐이다.

"그건 나도 놀랐어. 이런 방식도 있나, 하는 느낌이었어."

"대답은 정했어?"

"넌 싫어하는 사고방식이겠지만 말이야. 아다치는 오직 우리의 인간관계를 휘젓기 위해서 그 말을 했다고 생각해."

그런 걸까? 모르겠다. 나나쿠사가 말한 대로 좋아하는 사고방식은 아니다.

"만약 네가 말한 대로라고 해도 성실하게 대답해야만 하잖아."

"맞아. 나와 네가 생각하는 성실이라는 말의 의미가 다를지도 모르지만 말이야."

"어떻게 다른데?"

"말과 행동이라면 넌 행동을 우선해. 울거나 웃거나 하지.

달리는 것과 소리치는 것, 집에 틀어박혀 안 나오는 것도 마찬가지야. 넌 밖에서 보이는 걸 우선해."

"넌 안 그래?"

"난 말을 우선하는 게 성실하다고 생각해."

그래, 그럴지도 모르겠다. 울면서 "괜찮아."라고 말하는 사람이 있을 때 마나베는 눈물 쪽을 중요하다고 생각한다. 그걸 판단의 기준으로 삼는다. 하지만 나나쿠사라면 울면서도 "괜찮아."라고 말한 이유까지 생각할 것이다.

나나쿠사는 계속 말한다.

"말의 취급도 너와 난 달라. 넌 말을 그대로 받아들이는 게 성실하다고 생각하고 있어. 난 심정을 최대한 이해하는 게 성실하다고 생각해. 정반대지."

정말 마나베에게 있어 성실한 태도라는 건 눈으로 본 것과 귀로 들은 걸 그대로 아무런 필터도 거치지 않고 받아들이는 거다. 하지만 나나쿠사는 말에서 상대의 마음을 상상하는 것이리라. 곰곰이 생각하고, 말의 의미를 보충한다. 마나베에게 있어 "고마워."는 그냥 "고마워."지만, 그에게는 아마도 그렇지 않을 것이다. 상대와 장소, 상황에 따라 같은 말이 다양한 의미를 갖는 것이리라.

어느 쪽이 보다 더 성실한지, 마나베는 알지 못한다. 자신이 올바르다는 자신까지 있다. 말이란 건 사람과 사람이 이어지기 위한 것이고, 그렇다면 그 의미는 사전에 의지할 수밖에 없으니까. 나나쿠사 쪽이 착한 거라는 확신도 있다. 사람과 사람은 감정으로 이어지는 것이고, 말이란 건 그걸 싣는 도구에 지나지 않기 때문이다.

"너에게 꼭 전해야만 할 말이 있어."

라고 마나베는 말한다.

이게 오늘 밤의 목적이라고 해도 좋다.

"난 약속을 깨고 싶지 않아."

"약속?"

"작년 11월. 그 가로등 밑에서 알았던 사실을 비밀로 한다는 약속 말이야. 가능한 지키고 싶지만, 그래도 이 섬에 온 이유를, 모두가 모르는 것도 이상해. 그건 절대 외면해서는 안 되는 일이니까."

아다치가 기사화하고 싶었던 내용을 듣고, 다시 생각해 보니 그런 생각이 들었다.

──계단섬에 있는 사람들이 왜, 누구에 의해 버려진 걸까?

이건 누군가가 말해 줘야만 하는 거다. 분명 마녀가 숨기고 있겠지만, 비밀로 하는 건 이상하다. 사실이 뭐가 됐든, 그리고 그것이 잔혹하고 비참한 거라고 해도 역시 계단섬의 주민은 이곳에 온 의미를 알아야만 한다. 문제가 눈에 보이지 않으면 해결할 수도 없다.

"그래서 그 약속을 파기하고 싶어. 안 돼?"

"안 돼."

"그럼 난 너와의 약속을 깰지도 몰라."

그건 괴로운 일이다. 약속이라는 건 있는 힘껏 최대한 지켜져야만 하는 것이다. 하지만 약속만을 이유로 옳다고 믿는 게 불가능하다면 그건 잘못되었다.

나나쿠사는 크게 고개를 젓는다.

"계단섬에 있는 게 자기 자신에게 버려진 결점만이라는 걸, 모두가 알고 싶어 할 거라 생각해?"

"그렇게 생각 안 해. 하지만 알면 앞으로 나아갈 수 있어. 아파도 괴로워도. 마녀에게 뺏긴 길이 다시 눈앞에 열린다고."

"그래, 그렇겠지. 너라면 그렇게 말하겠지."

그는 가만히 이쪽을 보며 웃었다.

"그럼 다시 한 번 부탁할게. 그 사실을 그 누구에게도 말하지 않았으면 해."

마나베는 인상을 찡그린다. 그건 힘들다.

"나나쿠사가 부탁하면 최대한 그렇게 해 주고 싶어. 하지만 이번 건 불가능해."

"어째서?"

"네가 계단섬의 일을 비밀로 한다고 말하는 이유를 납득할 수 없으니까."

그에게는 그의 착함이 있다. 그건 안다. 하지만 마나베가 생각하는 올바름과는 방향이 서로 맞지 않는다.

"만약 내가 일방적으로 약속을 깨면 나나쿠사는 화낼 거야?"

"화낸다고 말하면 넌 사고방식을 바꿀 거야?"

"그건 바뀌지 않겠지만."

그는 쓴웃음과 비슷한 표정으로, 하지만 착하게 웃는다.

"뭐, 가끔 화내는 것 정도는 괜찮잖아? 마음에 안 들면 반론하면 되는 거고."

"응. 맞아, 그 말대로야."

나나쿠사는 그렇다.

화났을 때 아무 말 없이 등을 돌리는 행동은 하지 않는다. 지금까지 아무리 기분이 나빠 보여도, 초조해 보여도 마나베의 말을 정성껏 들어 줬다. 그렇다면 정말 얼마든지 화내도 된다.

납득하고 마나베는 끄덕인다.

나나쿠사는 손목시계로 시선을 떨어뜨렸다.

왠지 그와 좀 더 얘기하고 싶은 기분이었지만 오늘 밤은 굉장히 춥다. 이대로라면 감기에 걸릴지도 모른다.

마나베는 "잘 자."라고 말하고 기숙사로 돌아갈 생각이었다.

하지만 그는 다시 얼굴을 들어 고개를 기울인다.

"조금만 더 괜찮아?"

마나베는 끄덕인다. 아직 저녁 9시밖에 안 됐다.

"늘 자는 시간까지는 아직 세 시간 정도 남았어."

특별한 일이 없으면 마나베는 12시에 자서 오전 7시에 눈을 뜬다.

"그럼 좀 걷자."

"알았어. 근데 어디 가?"

"어디든 좋지만 계단을 오를까?"

이대로라면 얼어 버릴 것 같아, 라고 나나쿠사는 말했다.

나나쿠사와 어깨를 나란히 하며 걸었다.

계단섬에 온 이후로 이러는 경우가 많아진 것 같다.

전에는 누군가 한쪽이 앞을 걷는 경우가 많았다. 대부분은 마나베가, 가끔은 나나쿠사가. 하지만 바로 옆으로 나란히 서는 게 마음 편하다고 마나베는 느낀다. 상대의 얼굴을 보며 얘기할 수도 있으니.

"네가 알려줬으면 하는 게 있어."

라고 나나쿠사는 말했다.

"뭔데?"

"나에 대해서. 가능한 예전의 나에 대해 알려줬으면 해."

"알았어."

그 자신에 대한 걸 그에게 얘기하는 건 좀 느낌이 이상하다. 하지만 생각해 보면 오히려 자연스러운 걸지도 모른다. 나나쿠사는 마나베조차 잊고 있는 마나베의 일을 기억하고 있다. 그리고 마나베도 분명 나나쿠사조차 잊고 있는 그에 대해 기억하고 있다.

"제일 오래된 거는 초등학교 입학식이었던 것 같아. 입학식 전에 만난 적은 없지?"

"아마도. 입학식 같은 걸 기억해?"

"전부는 아냐. 하지만 누구였을까. 식이 한창 진행되고 있을 때 울기 시작한 아이가 있었어. 그 아이에게 처음으로 말을 건 건 나나쿠사야."

"그런 일이 있었어?"

"응."

똑똑히 기억하고 있다. 우는 아이 옆자리에 앉아 있던 게 마나베였으니까. 나나쿠사는 조금 떨어져 있었다. 정확하게 기억나지는 않지만 다섯이나 여섯 개쯤 옆의 자리였던 것 같다. 하지만 나나쿠사가 제일 먼저 자리에서 일어나, 마나베 앞을 지나 울고 있는 아이에게 말을 걸었다.

"왜 그래, 하고 네가 말했어. 울고 있던 아이는 대답을 안 했지. 괜찮아, 라고 네가 말했어. 그 뒤 바로 담임선생님이 오셨어."

인상적이었다. 그래서 기억하고 있다.

"넌 어른스러운 아이였어. 키는 내가 더 컸지만 연상처럼 보였어."

"난 그 무렵의 널 기억 못 하는데."

"그럴 수밖에 없지. 난 눈에 안 띄는 아이였을 테니까. 굉장히 내성적이었고."

나나쿠사는 거의 내뿜듯이 웃는다.

"마나베가? 내성적?"

"지금도 굳이 말한다면 내성적이라고 생각하는데."

생각하는 걸 말로 잘 표현하지 못한다. 말하는 건 어렵다고 자주 느낀다. 필요하면 뭐든 말로 하지만 그렇게 마음만 먹고 있을 뿐으로, 어려운 건 어려운 거다.

나나쿠사는 고개를 갸웃거린다.

"사전적인 의미의 내성적인 건 아니라고 생각하는데. 하지만 넌 내향적일지도 모르겠다."

"내성적과 내향적이 다른 말이야?"

"내성적이라는 건 태도에 대한 얘기지. 옆에서 봐도 알 수 있어. 하지만 내향적이라는 건 마음의 움직임을 가리키는 걸로 옆에서는 알기 힘들어. 커뮤니케이션을 잘해도 토론에 강해도 내향적인 사람은 있어."

"무슨 뜻인지 잘 모르겠는데."

"말의 의미를 조사해 보면 알게 될 거야."

"응. 그렇게 할게."

마나베 유우는 끄덕이고는 다시 떠올린다.

"만약 내가 내성적이 아니라면 그건 네 덕분일지도 몰라."

초등학교 2학년 여름방학 때의 일이었다.

그건 마나베와 나나쿠사가 처음 확실하게 말한 날이었다.

*

여름방학인데도 왜 학교에 갔는지 지금은 기억나지 않는다.

교정에서 놀기 위해서였는지도 모르고, 도서실에 볼일이 있었던 건지도 모른다. 어쨌든 초등학교 2학년 여름방학 중 어느 날, 마나베 유우는 교정에서 나나쿠사를 만났다. 하늘의 파랑을 그대로 그림물감으로 만들어 '8월'이라고 이름 붙이고 싶은, 구석구석까지 맑게 갠 날이었다.

어릴 적 그의 기억은 이상하게도 우는 목소리와 연결되어 있다.

그날도, 나나쿠사는 반 친구인 남자애들 몇 명과 같이 있었다. 아마 그를 포함해 네 명이나 다섯 명. 그중 한 애가 울고 있었다. 우는 목소리가 들렸기에 마나베는 나나쿠사 일행에게 다가갔던 것이다. 그들은 교정 한쪽 구석에 있는 철봉 앞에 있었다. 기둥이 녹색 페인트로 칠해진 철봉이었다. 하지만 그건 이미 꽤 벗겨져 있었고, 몇 년 후에 파란 페인트로 다시 칠해지게 된다.

울고 있던 건, 그래, 하라다라는 이름의 소년이다. 키가 작은 소년이었다. 하지만 분명 나나쿠사가 더 작았을 것이다. 그는 지금도 또래들 중에서는 작은 편이지만 당시는 키 순서대로 서면 늘 맨 앞이었다.

우는 소리를 내고 있던 건 하라다 하나였지만, 나머지도 모두 비슷한 표정이었다. 나나쿠사만이 달랐다. 그는 불쾌한 듯이 눈을 가늘게 뜨고 있었다. 마나베는 하라다를 보며 물었다.

"무슨 일이야?"

그들은 일제히 마나베를 본 뒤 바로 각자 다른 방향으로 눈을 피했다. 나나쿠사만이 피하지 않았다. 그는 대답한다.

"저거."

나나쿠사는 교정 반대쪽에 있는 축구 골대를 가리켰다. 그 앞에 몇 명의 남자아이가 모여 있다. 키가 크다. 아마도

4학년이나 5학년, 둘 중 하나일 것 같았다. 그중에서도 특히 체격이 좋은 한 명이 파란 볼 위에 앉아 있다.

"저 볼이 원인이야."

"빌려준 거야?"

나나쿠사는 초등학교 2학년에 어울리지 않는 한숨을 내쉬었다.

"아니. 훔쳐 갔어."

그런 다음 사정을 설명해 줬다.

나나쿠사와 친구들은 불과 15분 정도 전까지 축구를 하며 놀고 있었다. 그때 상급생들이 나타났다. 그들은 축구 골대는 자신들 거라고 주장했다. 왜냐하면 고학년이 다니는 건물 앞에 있으니까. 이해가 안 되는 이유였지만, 분명 교정에도 학년마다 영역 비슷한 게 있다. 그들은 나나쿠사 일행을 축구 골대 앞에서 내쫓았고, 그때 쓰던 하라다의 공을 빼앗아 자신들이 놀기 시작했다.

너무나도 말이 안 돼서 마나베는 인상을 찡그린다.

"어째서 그렇게 되는 건데?"

"저 녀석들은 우리를 싫어해. 전에 좀 싸웠거든."

나나쿠사 일행의 얘기에 의하면 저 상급생들이 문제를 일으킨 건 이번이 처음이 아닌 것 같다. 전에는 다른 소년이 휴대게임기를 빼앗겼다. 한동안 돌려주지 않았는데 반항하니 때렸다. 체격으로 열세인 나나쿠사 일행이 완력으로 그들에게 대적하는 게 가능할 리 없다.

물론 나나쿠사 일행은 학교 선생님에게 그 사실을 보고했다. 선생님은 그 상급생들을 불렀지만, 그들은 휴대게임기 같은 건 알지도 못한다고 주장했다. 실제로 상급생들은 그 게임기를 가지고 있지 않았다. 그건 학교 뒤뜰에서 발견됐다. 하지만 화면에 커다란 금이 갔다고 한다.

"우리가 교무실에 가는 걸 보고 던져 버렸던 게 아닐까. 그걸 들키면 혼날 거라고 생각했겠지."

"그래서 어떻게 됐어?"

"아무 일도 없었어."

"하지만 선생님은?"

"그 녀석들한테서 얘기를 들으라고 말했던가. 그뿐이야. 증거가 없으면 선생님도 어쩔 수 없는 거잖아."

"그래서?"

어떻게 할 거야? 라고 물을 생각이었다. 하지만 나나쿠사는 다른 식으로 받아들인 것 같다.

"그래서 놈들은 우리를 싫어하고 있어. 게임기를 순순히 자기들한테 건네줬으면 좋았을 텐데, 라고 생각하는 것 같아. 그래서 오늘도 하라다의 축구공을 훔쳤어."

이유를 모르겠다. 나나쿠사 일행이 그들을 싫어할 이유는

있어도, 그들이 나나쿠사 일행을 싫어할 이유 따위 분명 전
혀 없는 것이다.

"그래서 어떻게 할 거야?"

라고 이번에야말로 마나베는 묻는다.

"어떻게 할까?"

나나쿠사는 다른 소년들을 쳐다본다.

"집에서 게임이라도 할까?"

그럴 일이 아니다.

"그냥 놔둬도 돼?"

"어쩔 수 없잖아. 도저히 상대가 안 돼."

"나쁜 건 저쪽이잖아?"

"응. 하지만 그런 의미가 아냐. 너희들은 악당이라고 말해
도, 얻어맞고 끝날 뿐이야. 그런 건 피하는 게 좋아."

"어째서 나쁘지 않은 쪽이 도망치는 거지?"

"왜냐면 이길 수 없으니까."

나나쿠사는 웃는다. 어른스러운 웃음이었다.

"너도 곰이 나오면 피할 거잖아? 마찬가지야. 도저히 어
쩔 수 없으니 도망치는 게 제일 나아."

"하지만 문제인 건 저 상급생들이잖아? 곰하고는 달라.
같은 인간이라고."

"난 저 녀석들이 같은 인간이라고는 생각하지 않아. 제일

바보 같고, 상대하고 싶지 않아. 그래서 도망치는 거야."

가자, 하고 나나쿠사는 다른 소년들에게 말했다. 나나쿠사가 걷기 시작하자 나머지도 뒤를 따라가, 교정에는 마나베만 남겨졌다. 마나베는 한참을 나나쿠사의 뒷모습을 보고 있었지만 그가 보이지 않게 된 뒤에는 축구 골대 앞에 앉아 있는 상급생들을 노려보고 있었다.

＊

두 사람은 교문으로 이어지는 긴 계단으로 접어들었다.

"그런 일이 있었나?"

나나쿠사가 말한다.

마나베는 끄덕인다.

"정말로 기억 안 나?"

"거북한 상급생이 있었던 건 기억나. 하지만 초등학생 때 일 같은 건 거의 기억 안 나."

그건 유감이다. 굉장히 인상 깊은 일이었는데.

나나쿠사는 추위 탓인지 등을 구부린 채 고개를 기울인다.

"그래서 그게 어떻게 연결되는데? 네가 내성적이라거나 내성적이 않다거나 하는 얘기랑."

"뒷이야기가 있어. 나나쿠사와 친구들이 없어지고, 난 그 상급생들을 노려보고 있었지. 가서 따질까도 생각했지만 역시 무서웠어."

"당시의 너한테는 공포심이란 게 있긴 있었구나."

"지금도 그렇다고 생각하는데."

"있었다 해도 올바르게 기능하지 않잖아."

그런 걸까. 공포심의 올바른 기능이라는 건 생각해 본 적이 없다. 하지만 아무것도 두렵지 않다는 건 그다지 좋지 않은 느낌이 드니, 분명 공포에도 올바른 기능과 적당한 형태가 있을 것이다.

이런 문제는 결국 나나쿠사에게 묻는 게 제일 빠르다.

"올바르게 기능하는 공포심이란 게 어떤 건데?"

"어떻게 자신을 지키느냐, 그거라고 생각해. 옛날의 나도 일단 그 정도는 알고 있었던 것 같아. 무서운 건 피하는 게 좋다. 무섭지 않으면 그 판단을 할 수 없어."

"그건 달라."

마나베는 단언한다.

나나쿠사가 "응?" 하고 고개를 갸웃거리며 이쪽을 봤다.

"그때 나나쿠사는 상급생들을 무서워했던 게 아냐."

다르기 때문에 왠지 알 수 있었다. 다시 말해 중요한 건 뭘 두려워하고 뭘 두려워하지 않느냐인 거다. 나나쿠사는 아마도 사람에게 상처 주는 걸 두려워할 것이다. 다이치가 상처받는 걸 두려워하고, 마녀가 상처받는 걸 두려워한다. 그것은 올바르다.

하지만 그때 그는 자기 자신이 상처받는다는 사실은 두려워하지 않았다.

"넌 곧바로 교정으로 돌아왔어."

친구들만 먼저 보내고, 나나쿠사는 돌아왔다. 그 상급생들이 친구들에게 화풀이하지 않게 혼자가 되고 싶었던 것이리라.

그 무렵의 나나쿠사는 분명 지금보다도 약간은 더 솔직했다.

*

역시 나쁜 건 나쁘다. 안 되는 건 안 된다. 그 상급생들에게 항의했어야만 했어, 라고 초등학교 2학년생이었던 마나베 유우는 결정했다. 최소한 공은 되찾아와야만 한다. 그들을 향해 걸어가려 했을 때, 뒤에서 누군가 말을 걸었다.

"뭐야? 아직 있었어?"

뒤돌아보니 나나쿠사가 혼자 서 있었다.

마나베는 고개를 기울인다.

"어째서 돌아온 거야?"

역시 나나쿠사도 공을 되찾아야만 한다고 생각한 거려나. 혼자라 겁이 났기 때문에 둘이 돼서 기쁘다고 마나베는 생각했다.

"원래 바로 돌아올 생각이었어. 예정대로야."

"하지만 도망치는 편이 낫다며?"

"그건 거짓말이지."

나나쿠사는 부끄러운 듯이 웃는다. 왠지 그 웃음이 인상적이었다. 지금은 잘 모르겠지만, 분명 그에게는 어린애 같은 표정이었기 때문일 것이다.

"도망치는 게 나은 경우는 자주 있어. 아마 있을 거라 생각해. 하지만 말이야, 싫어하는 일에서 도망친 다음이 꼭 즐거울 거라는 법은 없잖아? 그건 내가 정해."

"그거?"

"다시 말해 뭐가 더 즐거울까? 도망치는 편이 즐거운 경우도 있지만, 지금은 그렇지 않아. 내가 정했어. 그래서 어쩔 수 없어."

잘 이해할 수 없었지만 잘 이해했다. 나나쿠사는 초등학교 2학년으로서는 굉장히 어려운 말을 하고 있고, 마나베도 어려운 거라는 걸 이해하고 있었지만 그래도 그가 하고 싶은 말은 거의 전부 이해했다. 뭐가 올바르고 뭐가 틀렸는지 따위 스스로 결정해 버리는 수밖에 없다. 올바르다고 생각하는 걸 따르느냐, 다른, 예를 들어 안전하다고 생각하는 걸 따르느냐 따위 스스로 결정해 버리는 수밖에 없다.

왠지 기뻐서 마나베는 끄덕인다.

"그럼 같이 그 사람들한테 주의를 주러 가자."

하지만 나나쿠사는 인상을 찡그린다.

"왜?"

"응? 안 가는 거야?"

"난 가. 혼자서 갈 거야."

"혼자면 무섭지 않아?"

"무섭지 않아. 멋있잖아? 멋있는 건 무섭지 않아."

"뭐야, 그게?"

"자신이 멋지다고 생각하는 건 즐겁잖아. 즐거우면 무섭지 않다구."

이상한 사고방식이라는 생각이 들었다. 지금 돌이켜 생각해도 역시 나나쿠사는 빨리 나아가는 거라고 생각한다. 인상이 어른스럽다는 것만이 아니라, 좀 더. 사고의 성숙이 빠르다.

하지만 마나베는 고개를 젓는다.

"나도 갈래."

그의 말에 빗댄다면 그러는 편이 즐겁다. 멀리 떨어진 곳에서 보고만 있는 건 즐겁지 않다. 나나쿠사는 팔짱을 끼고 아래를 보며 한동안 생각에 잠겼다가 다시 얼굴을 들었다.

"한 가지, 부탁해도 될까?"

"뭔데?"

"휴대전화, 써 본 적 있어?"

"조금이라면."

"그럼 동영상 찍는 법, 알아?"

그건 모른다. 마나베는 고개를 젓는다.

나나쿠사는 주머니에서 휴대전화를 꺼내 화면을 보여 줬다.

"이게 카메라 버튼이니까 여길 누르고, 그리고──."

"이거, 나나쿠사 군 거?"

"아니. 엄마 거 가져왔어. 자."

그는 휴대전화를 조작해 동영상을 재생해 보여 줬다. 거기에는 그 상급생들이 찍혀 있었다. 나나쿠사의 친구들도 있다. 화면이 흔들려 잘 알 수 없지만, 축구 골대 앞에서 상급생들과 말싸움을 하고 있다. 그 목소리는 확실하게 들린다.

"게임기 때는 증거가 없었기 때문에 선생님한테 말해도 소용없었어. 그래서 오늘은 증거를 만들었어. 우리는 그 녀석들이 우릴 미워하니 언젠가 또 같은 일이 일어날 거라 생각해 준비했어. 이걸로 게임기 때도 그 녀석들이 나빴다는 걸 알 수 있을 거야."

나나쿠사가 말한 대로 동영상의 음성으로 그들은 자신들이 게임기를 망가뜨렸다고 인정하고 있다.

마나베는 웃는다.

"잘 했네."

진심으로 그렇게 생각한다. 나쁜 사람의, 나쁜 일이 확실하게 증명되는 건 좋은 일이다. 그러는 게 옳고 기분 좋다. 정말 즐겁다.

나나쿠사는 휴대전화로 동영상을 찍는 방법을 설명했다. 이제부터 그 녀석들과 얘기하러 갈 거니까 그 모습을 녹화해 주길 원한다는 것이었다.

마나베는 고개를 갸웃거린다.

"하지만 이걸 선생님한테 보여 주기만 하면 되는 거 아냐?"

증거는 이미 수중에 있다. 일부러 상급생한테 따지러 가는 행위는 필요하지 않을 것 같다.

"하지만 나도 놈들, 완전 싫어하니까."

실컷 때려 줄 거야, 라고 말하고 그는 웃으며 걷기 시작했다.

나나쿠사는 상급생들과 격렬하게 말싸움을 했고, 그러다 얻어맞고 걷어차였다. 그는 오랫동안 덤비지는 않았다. 마나베는 휴대전화 카메라의 작은 화면 너머로 가만히 그 모습을 보며 눈을 떼지 않았다.

──이제 됐을 텐데.

라고 몇 번이나 생각했다. 도와주려고 몇 번이나 마음먹었다. 분명 이 동영상을 본 어른들도 그렇게 생각할 것이다. 상당한 시간이 흐른 뒤 나나쿠사는 딱 한 번 제일 몸집이 큰 상급생을 때렸다. 바로 반격을 받아 그는 교정에 넘어졌다.

그 모습을 보며 마나베는 크게 한숨을 내쉰다. 울고 싶었지만 슬픈 게 아니라 눈물도 나오지 않았다. 역시 그의 곁에 서 있고 싶었던 거라 생각했다.

＊

나나쿠사가 발을 멈췄다. 학교로 이어지는 긴 계단의, 여덟 번째였다.

"도저히 내 얘기라는 생각이 안 드는데."

그래? 마나베에게 있어서는 너무나도 나나쿠사다운 에피소드다. 어두워서 정확히는 알 수 없지만, 그는 얼굴을 찡그리고 있는 듯했다.

마나베도 멈춰 선다.

"더는 안 올라가?"

"딱히, 제일 위까지 꼭 가야만 하는 것도 아니잖아."

"마녀를 만나러 가나 싶었는데."

"난 네 얘기를 듣고 싶었을 뿐이야. 잘 들었어, 고마워."

"난 가능하면 마녀를 만나고 싶은데."

"그래? 하지만 난 그만 갈래. 시간이 늦었으니 너도 다시 날을 잡는 게 좋겠어."

모처럼 여기까지 왔으니, 마나베 혼자서라도 학교 뒤쪽에서 산 정상으로 오르는 계단으로 갈지 잠시 고민한다. 하지만 오늘은 나나쿠사를 따르기로 결정했다. 혼자서는 저 계단을 다 오를 수 있을 거라는 느낌이 들지 않았다.

빙글 방향을 바꿔, 이번에는 계단을 내려가면서 마나베는 말했다.

"어째서 옛날의 너에 대해 듣고 싶었는데?"

"여러 가지로 생각할 게 있어서."

"그건 그렇겠지."

누구든, 언제든, 여러 가지를 생각하고 있는 것이다. 대답이 되지 않는다.

"난 잘 잊어먹는 것 같아. 옛날 일은 거의 기억나지 않아. 가능하면 기억해 내고 싶었지만 이 섬에서 너 말고는 상담할 수 있는 상대도 없어."

"기억해 냈어?"

"전혀. 하지만 그러고 보니 엄마한테 혼난 적이 있었어. 멋대로 휴대전화를 가지고 나가서."

아쉽다. 그 사건은 마나베에게 있어 중요하다.

나나쿠사는 가볍게 고개를 기울인다.

"하지만 아직 잘 이해가 안 돼. 네가 내성적이 아니게 됐다는 거랑 무슨 관계가 있는 거지?"

"그때 나나쿠사가 돌아온 뒤 난 꼭 해야 된다고 생각한 말을 그대로 말하게 됐던 걸지도 몰라."

"그럴 리 없어. 내가 교정으로 돌아가지 않았다 해도 넌 혼자 상급생들에게 주의를 주러 갔을 거야. 아무리 험한 꼴을 당해도 그렇게 한 걸 후회하지 않았을 거야. 틀림없어."

과연 어땠을까, 잘 모르겠다. 마나베는 그때부터 계속 나나쿠사에 대해 같은 감정을 품고 있다. 굉장히 소중한 것이다. 만약 그걸 갖고 있지 않다면 자신이 어떤 인간이 됐을지 상상할 수 없다.

계단에는 띄엄띄엄 외등이 켜져 있지만, 그 빛은 약해 밤은 어둡다. 나나쿠사는 약간 고개를 숙이고 있고, 그렇게 하니 그의 얼굴이 거의 안 보인다. 얼굴을 숨긴 채 그는 말한다.

"초등학교 2학년인 나와 지금의 난 상당히 다른 것 같네."

"그래?"

"응. 적어도 마지막 행동은 달라. 지금의 나라면, 볼을 뺏긴 다음에 바로 선생님한테 휴대전화 동영상을 보여 주러 갔을 거야."

"그건 그럴지도."

실컷 때려 주겠어, 라는 건 나나쿠사에게 어울리지 않는 대사다. 역시 지금의 그와 당시의 그는 어딘가가 다른 것이리라.

"그때의 나와 지금의 내가 가장 다른 점은 무엇일까?"

나나쿠사가 이렇게까지 자기 자신의 얘기를 하는 건 이상했다. 때려 주겠어, 보다도 지금이 그의 이미지와 맞지 않을 정도다. 왜인지 나나쿠사는 비밀을 좋아한다. 별거 아닌 걸 바로 숨기고 싶어 한다. 가령 초등학교 때 좋아하는 음식을 물은 적이 있다. 그는 사과라고 대답했다. 마나베는 그걸 믿고 있었지만 중학교에 들어갔을 때 거짓말이었다는 얘기를 들었다. 사과는 싫어하지는 않지만 특별히 좋아하지도 않는 것 같다. "실은 배를 더 좋아해."라고 그는 말했다. 그렇다고 해도 그 말이 진심인 건지조차 지금도 여전히 모른다.

옛날의 나나쿠사와 지금의 나나쿠사가 제일 다른 점은 그 점일지도 모른다.

"그때의 넌 조금 더 알기 쉬웠어. 자신을 드러내는 것을 주저하지 않았던 것 같아. 지금의 넌 자신이 멋지다고는 말하지 않을 것 같고."

"농담으로라면 그렇게 말할지도 모르지. 당시도 농담이었을지도 몰라."

"그건 그렇지만, 그래도."

마나베는 다른 표현을 떠올리고는 이거다, 라는 기분이 들어 혼자 마음속으로 수긍한다.

"아마 그때의 넌 자신이 행복해지는 일에 주저하지 않았던 것 같아."

지금의 나나쿠사의 행동은 착하지만 슬프다. 그는 자신의 행복을 의도적으로 피하는 것처럼 보이는 경우가 있다.

"맞지?"

하고 마나베는 묻는다.

"몰라."

라고 나나쿠사는 대답한다.

"하지만 네가 그렇게 봤다면 일단 그렇게 믿기로 할게."

그에게 믿는다는 말을 들었기에 마나베는 약간 기분이 좋아졌다.

그대로 두 사람은 계단을 내려간다. 학교에도, 마녀가 산다고 하는 산 정상에도 등을 돌리고 두 사람 모두 같은 보폭으로 내려온다.

3 나나쿠사 3월 9일 (화요일)

　호리는 이틀 연속 학교를 쉬었다.

　그건 물론 걱정이 되긴 했지만 오히려 그녀가 아다치와 거리를 두고 있다는 사실에 안심도 되었다.

　다이치는 수업이 끝나기 한 시간도 더 전에 학교에 와서, 교정에서 하루 씨와 공을 차며 시간을 보내고 있었다. 교실 창문으로도 그 모습이 보여, 본인은 몰랐을 테지만 반에서는 완전히 아이돌이 되어 있었다. 난 반 여자애들한테 "사탕 줘도 돼?"라는 질문을 받아 "하나 정도라면 괜찮지 않을까?"라고 허락해 줬다.

　방과 후가 되자 우리는 교실 책상을 'ㄷ'자 모양으로 배치를 바꿨다. 다이치도 의자 옮기는 걸 도와줬다. 부실은 아직 준비되지 않았다.

　그렇게 우리 신문부의 기념해야만 할 첫 번째 활동이 시작됐다. 멤버는 나, 마나베, 아다치, 사사오카, 위원장과 다이치. 그리고 고문인 토쿠메 선생님.

　내가 신문부를 만들기 위한 자료를 혼자서 다 맡고, 거기에 아다치를 제어하기 위한 룰을 집어넣은 것처럼, 물론 아다치 쪽도 부 활동을 의도대로 진행하기 위한 준비를 하고 있었다.

"우선은 이것 좀 봐줘."

라며 그녀는 세 종류의 자료를 나눠줬다.

첫 번째는 신문 샘플이다. 소위 벽신문이라는 것으로 좌우 양쪽의 커다란 페이지에 모든 기사가 정리되어 있다. 단짜기와 포토 사이즈가 다른 게 몇 종류 있고, 기사는 샘플만이지만 그림과 사진도 들어가 있다. 다이치와 사사오카가 작게 환호성을 질렀다.

이런 회의에 있어 노력은 설득 재료가 된다. 눈에 보이게 움직이고 있으면, 그 사람의 의견은 각하하기 힘들다. 아다치는 의외로 성실한 방법으로 상대의 급소를 찌르는 것 같다.

두 번째가 아다치의 진짜 목적일 것이다. 신문기사 기획서였다.

난 그 첫 번째 줄을 읽고 숨을 삼킨다. 상상하지 못했던 내용이다. 그리고 상상했다 해도 이상하지 않을 내용이다. 가슴이 술렁인다.

──계단섬 사람들의 작년 크리스마스 선물 조사.

이걸 어떻게 돌파할 것인가. 놀람도 있지만 납득하는 게 훨씬 강하다. 작년 크리스마스에는 내가 모르는 호리의 약점이 숨겨져 있을 가능성이 높다.

작년 크리스마스 시즌에 계단섬에서 한 가지 문제가 발생했다. 인터넷 쇼핑으로 구매한 물건들이 도착하지 않았던 것이다. 이건 일단 틀림없이 마녀의 소행이었고, 이브 날 밤 호리에게 부탁해 봤더니 물건이 도착하게 됐다.

어째서 그녀는 인터넷 쇼핑을 막았던 걸까? 그 사건을 알고 있었다면 신경 쓰지 않는 게 더 이상하다.

의자 위에서 몸을 젖히면서 사사오카가 말한다.

"재미있긴 하지만 크리스마스는 시기랑 좀 안 맞잖아?"

물론 아다치는 반론한다.

"봄은 의외로 선물 시즌이야. 봐, 졸업식도 입학식도 있잖아? 대부분의 기숙사에서 봄에 나가는 사람들을 위한 파티라든가 선물 같은 걸 계획하지 않나? 분명 지금 선물 데이터는 수요가 있을 거라고 생각하는데."

그 말이 맞다. 내가 있는 삼월장도 그런 얘기는 나오고 있다. 이 섬의 학교 신문으로서 우등생적인 기획이다. "기획서에 쓰여 있잖아요."라며 반장이 사사오카를 노려본다.

세 번째 자료는 크리스마스 선물 조사를 위한 앙케트 용지였다. 몇 가지 질문이 있다. ──누구에게 선물할 예정이었나요? 뭘 선물할 예정이었나요? 금액은? 준비한 건 언제? 그 선물을 고른 이유는? 뭔가 후회하는 건 없나요?

그걸 확인하면서 반장이 말했다.

"이 선물은 전했나요? 라는 항목은 필요한가요?"

아다치는 끄덕인다.

"왜냐면 준 선물보다도 주지 못한 선물이 더 드라마틱하잖아. 나도 중학교 때 졸업하는 선배한테 주려고 좀 비싼 볼펜을 샀는데, 결국 전하지 못했어. 몰래 동경하는 그런 느낌? 별로 얘기한 적도 없었으니. 이름을 새겨 넣은 거였는데 지금 보면 이게 누구지, 하는 느낌이야."

그게 드라마틱한가? 라고 사사오카가 말한다. 물론 우리는 그걸 흘려듣는다.

아다치는 그녀답지 않게 열기 가득한 목소리로 말을 이었다.

"난 말이야, 망설이고 있는 사람의 등을 밀어주고 싶어. 서랍 속에 이제 와서는 얼굴도 잘 생각나지 않는 선배의 이름이 들어간 볼펜이 굴러다니는 걸 볼 때마다 맥 빠지는 나 같은 경우가 없었으면 해. 그런 이유로 우리 신문에서 크리스마스 선물을 주지 못했던 사람의 목소리에 귀를 기울여주고 싶습니다."

뭐, 만들어 낸 얘기일 것이다. 그렇다고는 해도 비교적 발언력이 강한 반장이 납득한 모양이었기에 각하하는 것도 어렵다.

난 마음속으로 납득하고 있었다. 역시 이 선물 조사는 아다치가 호리에게 가하는 명확한 공격이다. 아다치는 조사 결과를 예상하고 있고 분명 그 예상대로 된다. 이건 어디까지 큰 문제일까? 얼마나 정확하게 호리의 불행을 지적하는 걸까? 알 수 없다. 하지만 생각 이상으로 상처가 깊을 것 같다.

"당장 조사해 보자. 모두가 졸업생용 선물을 준비한 다음에 이 기사를 내면 소용없잖아."

라고 아다치는 말했다.

＊

"고양이는 선물 따위 준비하지 않아. 가끔씩 주인한테 매미 껍데기를 갖다 주는 경우는 있지. 하지만 이 섬에 주인 같은 건 없고, 한겨울에는 매미 껍데기도 없어."

라고 100만 번 산 고양이는 말했다.

우리는 팀을 두 개로 나눠 조사를 시작했다. 나와 아다치, 사사오카는 아직 학교에 남아 있는 학생들을 조사한다. 마나베, 다이치, 반장이 계단을 내려가 마을 사람들한테 앙케트를 한다. 마나베 일행 쪽에는 토쿠메 선생님도 같이 있다. 다이치가 있으니 당연하다고도 말할 수 있다. 저쪽은 제대로 행동하고 있을 테지만, 이쪽은 제각각으로 각자 얘기를 물으며 돌아다니고 있다.

100만 번 산 고양이는 펜스에 등을 대고 앉아, 볼펜으로 노트에 뭘 쓰고 있었다. 호리한테 편지를 쓰고 있는 거라 말한다. 그는 심각한 표정으로 노트를 노려보면서 말했다.

"이딴 앙케트가 뭐가 된다는 거지?"

난 고개를 젓는다.

"아무것도 안 된다면 그게 제일 좋겠지만 말이야."

조사 결과는 일단 내가 모으기로 되어 있다. 삼월장의 PC로 내일까지 데이터로 정리한다는 명목이었다. 그건 일단 성실하게 할 생각이지만 내일이 되면 토쿠메 선생님한테 부탁해 기사를 바꿔 달라고 할 생각이다.

걱정이 되는 건 다이치 정도였다. 그의 첫 조사가 헛수고로 돌아간다는 건 역시 마음이 아프다.

"그런데 넌 언제까지 여기서 땡땡이칠 거냐?"

라고 100만 번 산 고양이는 말한다.

"내가 만족할 때까지. 고양이 옆은 원래 그런 장소잖아."

라고 대답한다.

100만 번 산 고양이는 웃는다.

"정말 네 말대로야. 고양이는 언제든 자기 내키는 대로 일어나 가버리지만 말이야."

"네가 어디로 간다는 소리야?"

"아무 데도 안 가. 하지만 편지를 쓰는 데 좀 방해돼서."

그런가, 하며 난 중얼거린다. 어쩔 수 없으니 그 자리를 뜬다. 그렇다고는 해도 제대로 앙케트를 할 마음도 들지 않는다. 교실에서 잠이나 잘까.

"아다치라는 아이는 결국 뭘 하고 싶었던 걸까?"

라고 100만 번 산 고양이가 말한다.

난 발걸음을 멈춘다.

"몰라. 그녀에게는 목적이 있는 건가."

"무슨 의미지?"

"아무 의미도 없어. 한숨과 같아."

"한숨에는 의미가 있는 거잖아?"

"내겐 없어. 그냥 포즈야."

안녕, 하고 말한다.

안녕, 하고 100만 번 산 고양이는 대답한다.

아다치는 날 닮았다고 말했다. 정말 그럴지도 모른다. 밤하늘에서 별을 찾을 수 없었던 내가, 만약 있었다고 한다면 대체 뭘 목적으로 살고 있는 걸까?

그렇게 생각해 봤지만 당연히 모르겠다. 알고 싶지도 않다.

계단을 내려가 복도로 나오자, 사사오카가 불렀다.

"벌써 다섯 명 거 모았어."

라며 그는 즐거워했다. 학교 안을 돌며 사람들한테서 정보를 모은다는 건 그가 좋아하는 롤플레잉게임 같아 보인다.

"넌?"

"아직 두 사람."

그것도 하나는 고양이를 자칭하는 청년이고 또 하나는 나 자신이다. 이런~, 하면서 사사오카는 웃는다.

"좀 더 제대로 해라."

"그럼 세 번째는 너로 할게."

"진짜? 좋아. 뭐든 물어."

"그럼 선물을 줄 예정이었던 상대는?"

"다이치. 알고 있잖아? 꽤 고민했는데 오셀로로 정했지."

"이름도 모르는 여자애한테 바이올린 줄, 아니었어?"

"그건 의문의 히어로가 준 걸로 되어 있어."

"그렇지 않아. 관련자는 모두 알고 있어."

난 작게 한숨을 내쉰다. 물론 의미 없는 포즈다.

"굳이 말한다면 여자애한테 선물하는 쪽이 데이터로서 유용해 보이는데."

아니, 다이치에게 준 선물 쪽이 이 섬에서는 정말 특별하다. 초등학교 2학년 소년은 그밖에 없기 때문이다.

"그러고 보니, 어른 여성한테는 줄 예정이었어."

"뭐어, 누구?"

"엄마야."

그는 한숨을 내뱉으며 웃는다. 포기한 듯한, 어쩐지 슬퍼 보이는 미소였다.

"평소에는 최대한 생각하지 않으려 하고 있어. 하지만 말이야, 역시 걱정이잖아? 갑자기 사라져서 벌써 몇 개월이나 그 상태니까 말이야. 너도 가족한테 뭔가 선물하려던 적 없었어?"

계단섬에서는 섬 밖으로는 연락을 취할 수 없다.

휴대전화 전파도 닿지 않고, 유선전화로 연결되는 건 섬 안만 해당된다. 우체국도 이 섬 안에서만 움직인다. PC로 메일을 보내는 것도 불가능하다. 하지만 섬 밖에서 밖으로라면 그걸 규정하는 룰은 없다.

인터넷 쇼핑이라는 건 편리한 존재다. 가령 받을 곳을 집 주소로 하면 집으로 선물을 보내는 게 가능하다. 안에 메시지 카드를 첨부할 수도 있다. 메시지는 안 가는 거 아닌가, 하는 게 통설이다. 왜냐면 답장이 안 오니까. 그래도 크리스마스가 되면 많은 사람들이 가족에게 줄 선물을 준비하는 건 상상하기 어렵지 않다.

——이게, 아다치가 제안한 기사의 문제점이다.

왜냐면 그렇잖아? 섬 안의 많은 사람들이 밖에 있는 부모님이나 형제, 연인 등 정말 친했던 사람들에게 선물을 보내려고 준비한다. 그런데도 일방적으로 인터넷 쇼핑을 쓸 수 없게 됐다는 연락이 오고 상품을 취소당했다.

대체 누가 그런 메시지를 보고 싶어 하지? 그런 데이터에 무슨 의미가 있지? 그저 계단섬에 대한, 마녀에 대한 불만이 쌓이기만 할 뿐이다. 얼핏 보면 정말 그래 보이지는 않는다. 교묘하게 숨겨져 있다. 하지만 이 기사는 명백하게 마녀에 대한 규탄이다. 우회적으로 보이면서도 아다치는 직접적으로 호리를 궁지에 몰고 있다.

그래서 이 기사는 내일 사라진다. 내가 오늘 모든 데이터를 정리해서 토쿠메 선생님에게 제출하면 중지가 될 수밖에 없다. 거기까지는 이미 정해져 있는 수순이다. 나에게 있어서도, 어쩌면 아다치에게 있어서도.

그래도 그녀는 이 조사를 시작하는 걸 선택했다.

아다치는 분명 신문 같은 건 아무래도 좋은 것이다. 호리가 괴로워할 데이터를 원하고 있을 뿐이다. 우선은 우리에게 마녀의 기만을 증명할 데이터를 주고 싶을 뿐인 것이다.

어떤 구조로 계단섬에 인터넷 쇼핑 물건이 도착하는 건지 난 모른다. 하지만 아마도 그것도 마녀가, 다시 말해 호리가 보관하고 있을 것이다. 분명 마녀는 이 섬에 있어 거의 만능으로 그럴 마음만 먹으면 우리가 원하는 걸 아마존 상자째로 만들어 섬 밖에서 온 것처럼 꾸며 나눠주는 것이리라. 실제로 인터넷 쇼핑 기업과 밀약을 맺어 국가 모르게 물품을 바깥 세계에서 들여오는 것보다는 훨씬 가능성이 높다.

그렇다고 한다면 호리만은 계단섬에서 주문하는 인터넷 쇼핑 물품들을 모두 알고 있을 것이다. 그리고 섬 밖으로 보내지는 선물은 묵살하고 있을 가능성이 높다. 그녀가 만능으로 행동할 수 있는 건 분명 이 섬 안으로 한정되어 있을 테니까.

"대체 뭘 보낼 예정이었는데?"

난 묻는다.

"우산."

사사오카는 대답한다.

"밝은 색 체크무늬인 걸로. 차광 천으로 만들어져 양산도 되는 거. 우리 엄마는 우리 물건에는 신경을 많이 쓰셨지만, 본인 것에는 관심이 없으셨거든. 비싼 것도 아닌데 전에 부러진 우산을 고쳐 써서 보기 흉했어. 비가 내리면 왠지 그게 기억나. 여기 있으니 가끔씩 아르바이트도 할 수 있어 내 마음대로 쓸 수 있는 돈이 제법 많아지잖아? 그래서 하나 제대로 된 걸 사 드리려고 생각했어."

우산은 멋진 선물이다. 멋진 선물이라고 생각한다. 비가 내리는 날이 적다고 해도 행복해질 수 있다면 그만큼 가치가 있는 선물은 별로 없을 것이다.

"선물은 보냈어?"

난 물었다.

"아니. 못 보냈어."

그는 대답한다.

난 왠지 울고 싶은 기분이다.

사사오카 때문이 아니다. 그의 어머니 때문도 아니다. 마녀에 대한 것만 생각하고 있었다.

다정한 선물이 몇백 개나, 경우에 따라서는 몇천 건이나, 크리스마스라는 행복한 날에 맞춰서 보내고 싶다는 의뢰를 받고도 그 전부를 못 본 척 무시하지 않으면 안 되는 거라면 얼마나 마음이 아플까. 그녀는 이 섬에서라면 만능인데. 그 누구의 소원이든 다 들어줄 수 있는데. 우산 한 개를 엄마한테 보내는 건 할 수 없어서, 그런 연락이 매일 많이 도착할 것이고, 모든 선물이 갖는 의미를 분명 그녀도 느끼고 있음에도 도저히 어쩔 수 없어서. 그런 걸 안 보고 싶어서 눈을 피한다 해도 어쩔 수 없는 거 아닌가.

아다치는 그걸 또 호리에게 들이대려 하고 있다. 마녀의 불행을 증명하기 위해. 어째서 그렇게 쓸데없는 걸 생각하는 거지? 도대체 왜.

"고마워. 잘 알았어."

라고 난 말한다.

잠시 침묵한 뒤 사사오카는 억지로 미소를 짓는다.

"마나베에 대해서는 잘 모르지만, 진심으로 이 섬에서 나
갈 생각인 것 같아. 나, 꽤 응원하고 있어."

알고 있다. 그녀는 언제든 옳다. 이상을 버리지는 않는다.

하지만 그건 때론 괴롭다.

우리가 눈을 돌리는 고통을 그녀는 그 올곧은 눈동자로
쳐다본다.

＊

교실에 두고 온 채였던 가방을 회수해 이제 그만 집으로
가려 했을 때, 복도 건너편에서 걸어오는 토쿠메 선생님을
발견했다. 그녀는 오늘 학교 건물을 잠그는 당번으로, 그래
서 일부러 계단을 올라 돌아온 것 같다.

난 선생님과 잠시 얘기를 하고 싶다고 말했다. 문을 잠그
는 시간까지 아직 15분 정도 남아 있다고 한다. 그때까지 가
능하다면 상관없습니다, 라고 그녀는 대답했다. 그래서 사
사오카에게는 먼저 기숙사로 돌아가라 하고, 우리는 학교

건물 옥상으로 올라갔다. 장소는 어디가 됐든 상관없지만, 하늘이 보이는 곳에서 얘기를 나누는 걸 비교적 좋아한다.

옥상에는 아직 100만 번 산 고양이가 있었다. 난 "여기 써도 돼?"라고 물었다. 그는 "좋을 대로 해."라고 대답했다. 우리가 얘기한 건 그뿐으로, 그 뒤에 손을 흔들며 헤어졌다. 그의 발소리가 계단을 내려가는 게 희미하게 들렸다.

해가 지는 시간은 계속 느려지고 있었지만, 아직 밤이 긴 시기다. 이미 저녁놀이 지는 시간은 끝나, 하늘을 깊은 바다 같은, 막 태어난 어둠이 뒤덮고 있었다. 차분한 어두운 청색에 듬성듬성 성질 급한 별이 떠 있다. 태양빛의 잔재가 완전히 사라지면 별로 가득한 하늘이 보일 것 같은 밤이었다. 나와 토쿠메 선생님은 펜스 앞에 나란히 서서 그 하늘을 바라보고 있었다.

"어째서 등등 군에게 이곳을 사용해도 되는지 허락을 받은 거죠?"

하고 토쿠메 선생님은 말한다. 등등이라는 건 100만 번 산 고양이를 말한다. 그는 상대에 따라 이름을 달리 사용하기 때문에 그가 없을 때는 '등등'이라 불린다.

"안 되는 거였나요?"

"아뇨. 하지만 왠지 이상해요. 옥상은 그의 것이 아니잖아요."

"그렇긴 해요. 그가 뭔가 구체적인 권리를 갖고 있는 건 아니죠."

"하지만 당신은 이곳을 그의 장소로 취급해요."

"그렇게 하고 싶습니다. 그러는 편이 이 섬과 어울린다고 생각합니다."

계단섬은 버려진 사람들이 있는 장소다. 그렇다면 섬 안에서만큼은 난 누군가가 있는 장소를 소중하게 다루고 싶다. 100만 번 산 고양이가 계단섬에 버려져 달리 그 어디에도 있을 수 없었고, 그래서 겨우 이 옥상으로 찾아온 거라면 역시 이곳은 그가 있을 장소이길 바란다. 분명 그는 옥상이 자신의 장소라고 주장할 권리를 갖고 있지 않다. 하지만 주변 사람들 모두가 이곳을 그가 있을 장소라고 인정하는 건 가능할 테고, 그런 식이라면 난 기쁘다.

토쿠메 선생님과 하고 싶은 얘기가 있었다.

"다이치를 어떻게 생각하시나요?"

선생님은 가만히 푸른빛을 띠게 된 야경을 보고 있다.

"착한 아이죠. 그리 많은 얘기는 하지 않지만 분명 굉장히 착한 아이일 겁니다. 그리고 너무 지나치게 착한 아이는 보고 있으면 슬퍼집니다."

"어째서 슬퍼지는 거죠?"

"상상만으로 착해질 수 있는 아이는 없어요. 그에게는 착해질 만큼의 경험이 있는 거라고 생각합니다."

"다이치는 엄마에게 사랑받지 못한 아이예요."

토쿠메 선생님은 한동안 입을 다물었다. 그사이 날카롭고 짧은 새소리가 몇 번 들렸다. 부저 같은 소리였다. 이 차가운 겨울밤에 대체 어디에 새가 있는 거지? 찾아봤지만 그 모습은 보지 못했다.

"어느 정도나 사랑받지 못하고 있나요?"

"그건 몰라요. 몇 번 얘기해 봤지만 확실하게는 말 안 해요. 다이치는 엄마를 감싸고 있는 것처럼도 생각할 수 있죠."

그다음 말을 계속해야 되는지, 정말 짧은 순간 망설이다 난 말한다.

"적어도 다이치는 이 섬에 올 정도로 엄마에게 사랑받지 못한 아이였습니다."

"다시 말해 그는 엄마에게 버려져 이곳에 왔다, 는 뜻인가요?"

"글쎄요. 그럴지도 모르겠어요."

난 거짓말을 했다. 계단섬에 온 건 자기 자신에게 버려진 인격뿐이다. 토쿠메 선생님은 아무래도 그 사실을 모르는 것 같다.

"만약 선생님이 섬 밖에서 다이치를 만나셨다면 그를 도울 수 있었을까요?"

"어려운 문제네요. 제가 할 수 있는 일은 한정되어 있어요."

"예를 들면?"

"일반적으로는 아동 상담소에 연락하는 일이 되겠죠. 혹은 그가 다니는 초등학교에 연락을 취해 담임선생님과 얘기를 하는 것도 가능합니다. 담임이라면 가정방문 같은 것도 가능할 거고, 그걸 제가 도와 드리는 것도 가능합니다."

"선생님은 다이치를 도와주실 겁니까?"

"물론이죠. 어린아이가 건강하게 자라는 걸 돕는 건 어른의 의무입니다. 굉장히 당연하게 우선시되어야만 할 의무입니다."

이 사람은 어째서 가면을 쓰고 있는 거지, 하고 궁금해지는 경우가 있다. 내가 들은 얘기로는 전에 그녀의 학교에서 문제가 일어났고, 그 뒤 맨얼굴로 교단에 서는 게 불가능해져 버렸다는 것 같다. 그래도 자세한 사정은 모른다.

물론 난 지금까지 토쿠메 선생님의 사정을 자세하게 물어본 적이 없다. 그녀에게는 그녀의 고통이 있고, 그리고 그 고통을 계단섬에 버린 것이다. 옥상이 100만 번 산 고양이가 있을 곳인 것처럼, 하얀 가면 아래가 선생님이 있을 곳인 것이리라. 그래서 난 그곳에 발을 내딛고 싶은 생각은 없다.

하지만 오늘은 묻는다.

"선생님은 다이치를 위해, 그 가면을 벗어 줄 수 있으세요?"

"그래야 할 필요가 있을까요?"

"만약이란 가정이죠. 만약 필요하다면, 이라는 얘기입니다."

"가능해요. 가능하지 않을 이유가 없습니다."

그녀가 그렇게 대답하리라는 건 알고 있었다. 하지만 섬밖의 그녀는 과연 어떨까? 도대체 토쿠메 선생님은 자신의 어떤 부분을 버린 걸까?

"어째서 선생님이 가면을 쓰게 됐는지, 가르쳐 주실 수 있나요?"

"여러 일들이 있었어요. 자세한 얘기는 하고 싶지 않은데요."

"다이치한테라면 하실 수 있나요?"

"더 못 합니다."

"하지만 다이치한테서 얘기를 들을 필요가 있습니다. 선생님이 말하고 싶지 않은 것과 같은 일을 그에게 묻지 않으면 안 됩니다."

토쿠메 선생님은 가면 아래의 하얗고 좁은 턱에 손을 댔다. 살짝 고개를 숙였고, 그러자 표정 없는 가면에 그림자가 생겨 슬퍼하는 것처럼도 보였다.

"잘 이해가 안 되네요. 결국 당신은 무슨 말을 하고 싶은 거죠?"

하고 싶은 말 따위 아무것도 없다.

그저 해야만 하는 말이 있을 뿐이다. 정말 옳은 건지는 모르지만 그래도 나아가려 하는 방향이 있을 뿐이다.

"계단섬에 있는 사람들은 어째서 누군가에 의해 버려졌는지."

만약 아다치가 이 안을 꺼냈다면 당연히 토쿠메 선생님은 고개를 옆으로 저었을 것이다. 왜냐면 이런 걸 폭로한다 해도 누구 하나 행복해지지 않기 때문이다. 그걸 난 입에 담는다.

"선생님은 답을 알고 계시나요?"

"아뇨."

"전 알고 있습니다."

현실에 있는 다이치의 상황을 개선하기 위해 저쪽 토쿠메 선생님을 같은 편으로 끌어들인다. 역시 이게 현 상황에서 제일 유효한 방법이라고 난 생각한다. 그래서 가면 아래로 도망친 선생님에게 난 이런 얘기를 하지 않으면 안 된다.

"전 제 자신에 의해 버려졌습니다. 선생님을 버린 것도, 아마 선생님일 겁니다. 우리는 현실에 사는 우리에 의해, 필요 없다고 판단되어 이 섬으로 온 겁니다."

토쿠메 선생님은 오랫동안 침묵하고 있었다. 이 정도로 설명이 충분하다고 생각하지는 않았지만, 난 토쿠메 선생님의 말을 기다리고 있었다. 그녀는 고개를 갸웃거린다.

"제대로 이해가 안 되네요. 무슨 의미죠?"

"그 말대로입니다. 선생님은 학생들에 대한 공포심을 버린 걸지도 모르고, 반대로 학생들에 대한 애정을 버린 걸지도 모릅니다. 혹은 전혀 다른 걸지도 모릅니다. 어쨌든 현실의 선생님에게는 필요 없는 게 있었습니다. 무겁고, 언제까지고 껴안고 있을 수 없어, 어딘가에 내려놓지 않으면 안 되는 짐이 있었던 거죠. 그게 당신입니다."

"이해 못 하겠어요. 너무나도 현실감이 없어요."

"당연한 거 아닌가요? 우리는 계단섬에 있잖아요. 마녀가 지배하는 이상한 섬에 있다구요. 진상에 현실감 같은 게 있을 리 없잖아요?"

"그래서? 당신이 말하는 대로였다 해도 저한테 뭘 시키고 싶은 거죠?"

"같이 계단을 올라가죠."

난 선생님을 다시 쳐다본다. 그녀는 계단 아래 마을을 바라보고 있다. 어둠 속 집들은 묘비처럼 너무나도 차가워 보인다. 하지만 그 안은 눈부시게 아름답게 빛나는 날보다 훨

썬 따뜻하다는 사실을 알고 있다.

우리는 계단을 올라가는 걸 포기하고 그 아래에서 행복하게 살고 있다. 그런 일상이 영원히 계속되면 좋겠다. 하지만 다이치는 여기 있어서는 안 된다. 그래서 우리는 바뀌어야 한다. 그런 것까지 아다치의 계획대로인 건 아닌가 하는 의구심이 든다. 나도 마나베도, 다이치도, 모두 그녀가 계단섬을 부수기 위해 준비한 피스인 건 아닐까?

그렇다고 하면 난 처음부터 지고 있다. 계단섬에서 마나베 유우를 만나고, 그 밤에 다이치를 만났던 그날부터 난 아다치의 계획의 톱니바퀴에 끼워져 있다. 난 내 머리로 생각해, 뭘 어쩔 수 없는 상황에서도 계속 최선을 선택할 생각이지만, 그 최선은 아다치가 끌어들인 룰에서 벗어날 수 없다.

"마녀를 만날 생각인가요?"

라고 선생님은 말한다.

난 고개를 젓는다.

"계단을 올라도 마녀는 만날 수 없어요. 하지만 현실에 있는 우리라면 만날 수 있습니다."

가슴속에서 소리 내어 외치고 있었다.

——난 싫어하는 걸 가장 효율적으로 외면한다.

아다치의 사심도, 토쿠메 선생님의 감정도 지금은 잊는다. 난 싫어하는 것으로부터 도망치기 위해 가장 효율적인 방법을 찾는다.

4 마나베 같은 날

아직 해가 지기 전의 일이다.

교실에서 기사 내용을 결정한 뒤 바로 마나베 유우는 교실을 나와 긴 계단을 내려왔다. 다이치, 아다치, 미즈타니, 그리고 토쿠메 선생님도 함께였다.

마나베는 다이치와 손을 잡고 계단을 내려왔다. 그는 한 계단씩 조심스럽게 확인하며 계단을 내려온다. 그 모습은 귀엽긴 하지만 역시 매일처럼 이곳을 오가게 할 수는 없다. 만약 발이라도 헛디디면 큰일이다.

계단을 내려오는 동안 네 사람은 각자 차례대로 기사를 위한 앙케트에 대답했다. 미즈타니의 선물 리스트는 굉장히 길어 그것만으로도 계단의 반은 소비했다. 그녀에 비하면 마나베의 리스트는 극히 조촐했다. 다이치가 더 길 정도다. 토쿠메 선생님은 그 누구에게도 크리스마스 선물을 보내지 않았다고 한다.

평소보다는 약간 시간이 더 걸려 계단을 내려와 땅을 밟았을 때 미즈타니가 말했다.

"이제 어디로 갈까요?"

마나베는 가고 싶은 곳이 있었다. 다이치가 없었다면 혼자서라도 그곳으로 갔을 것이다.

"호리 씨 문병을 가고 싶어. 취재를 하는 상대는 누구라도 상관없잖아?"

미즈타니는 인상을 찡그린다.

"그건 상관없지만 컨디션이 안 좋은데 그렇게 들이닥치는 건 폐가 될 것 같은데요."

"그리 나쁘진 않은 것 같아."

"어떻게 아시죠?"

"어제도 문병을 갔으니까. 호리 씨의 기숙사 관리인한테서 들었어."

제일 뒤에서 아다치가 말한다.

"괜찮을 거야. 가자. 호리 씨도 부원 중 하나니까. 그렇잖아도 첫날부터 그냥 빼고 넘어가는 건 좀 내키지 않았어."

일이 그렇게 됐다.

코모리코포를 향한다. 계단만 내려가면 기숙사는 밀집해 있기 때문에 바로 근처다. 미즈타니가 빈손으로 가기 그렇다고 해서 중간에 잡화점에 들러 푸딩을 샀다. 이 잡화점은 편의점이라는 타이틀답게 실제로 취급하는 물건들도 편의점과 크게 다르지 않다. 다만 밤에는 일찍 가게 문을 닫고, 푸드 종류는 약간 약한 느낌이다.

코모리코포의 초인종을 누르자, 어제와 같은 관리인이 얼굴을 내밀었다. 표정까지 똑같이 웃고 있다. 그녀는 말했다.

"이런. 정말 왔네. 오늘은 귀여운 남자아이까지."

다이치는 얼굴이 빨개져서는 작은 목소리로 "안녕하세요."라고 인사했다.

옆에서 미즈타니가 "다 같이 드세요."라며 푸딩을 내민다. "고마워, 잘 먹을게."라는 대답과 함께 관리인이 그걸 받는다.

"두 가지 부탁이 있습니다."

라고 마나베는 말했다.

관리인은 고개를 갸웃거린다.

"그 아이 문병 온 거 아냐?"

"그게 첫 번째입니다. 그리고 두 번째는 신문부의 취재예요."

"어머, 너희들 신문부야?"

"오늘부터 시작했어요. 간단한 질문에 답해 줄 수 있으세요?"

"그건 상관없지만."

"그럼 부탁드릴게요."

마나베는 가볍게 다이치의 등을 민다. 그를 위한 부 활동이니 역시 취재는 그가 중심이 되어야만 한다. 다이치는 긴

장한 표정으로, 아다치가 준비한 자료를 꽉 쥐고 있다.

그의 질문이 시작되기 전에 마나베는 물었다.

"안에 들어가도 되나요?"

관리인은 끄덕인다.

"방 앞까지는. 문은 그 아이가 허락할 때까지 열면 안 돼."

"알겠습니다. 몇 호실이죠?"

"201호. 2층 계단을 올라가면 바로야."

"감사합니다."

고개를 숙이고는 마나베는 관리인 곁을 지나간다. 뒤에서 아다치도 따라왔다. 미즈타니는 약간 망설이는 것 같았지만, 다이치 옆에서 움직이지 않는다. 토쿠메 선생님은 가면 아래 입술로 미소를 지으며 그의 모습을 지켜보고 있다.

작년 크리스마스, 누군가에게 선물을 보냈나요? 라고 다이치가 질문을 시작했다. 좋은 목소리라고 마나베는 생각한다. 약간 작긴 하지만 확실하게 들린다. 맑은 목소리다. 긴장하여 딱딱하게 굳은 것도, 성실한 느낌이 들어 좋다. 좀 더 듣고 싶은 마음도 있었다. 하지만 마나베는 복도를 나아가 계단에 발을 디뎠다.

201호실 문을 노크해도 대답은 들리지 않았다.

마나베는 눈앞의 문을 쳐다본다. 그건 과묵하지만 부드러운 나무로 만들어져 있어 따뜻함이 있다. 침엽수인지 활엽수인지 그중 어느 한쪽 나무가 더 부드럽다고 들은 적이 있다. 그게 어느 쪽이었지? 아주 짧은 순간 그걸 생각하고는 다시 한 번 더 노크한다. 이번에는 대답을 기다리지 않고 말했다.

"호리 씨, 안녕하세요. 마나베예요. 얼굴을 보고 얘기하고 싶은데, 괜찮겠어?"

대답을 기다린다. 침묵은 무겁게 느껴져 별로 좋아하지 않는다. 다시 한 번 입을 열고 싶은 걸 꾹 참고 있었다. 아다치의 분위기를 확인하니, 그녀는 관심 없다는 표정으로 뒤쪽 벽에 기댄 채 스마트폰을 들여다보고 있다.

곧 문 너머에서 정말 작은 소음이 들렸다. 다행이다. 호리는 분명 안에 있는 듯하다. 좀 더 인내력을 발휘해 기다리자, 드디어 그녀의 목소리가 들렸다.

"무슨 일이시죠?"

가랑눈 같은, 닿으면 바로 사라져 버릴 것 같은 작은 목소리다.

마나베는 문에 한쪽 귀를 댄다. 따뜻한 느낌의 깔끔한 나무문에 뺨을 댄 채 말을 건다.

"오늘부터 신문부 활동이 시작됐어. 그래서 데리러 왔어."

아니, 그것만이 아니다. 그런 게 이유가 아니다.

어제 이 기숙사를 찾아왔을 때 오늘도 여기로 오는 게 정해졌다. 관리인한테서 들은 말이 이유였다.

"호리 씨는 아무도 만나고 싶지 않다고 말했지? 그렇게 들었어. 하지만 난 거짓말이라고 생각해. 근거는 없어. 하지만 그 말은 네 이미지하고는 안 맞아. 그래서 난 널 꼭 만나야겠다고 생각했어."

마나베가 본 호리는 과묵한 소녀다.

하지만 타인과의 연결을 거절하는 소녀는 아니다. 오히려 반대다. 호리는 남의 말을 굉장히 신중하게 듣는다. 자신이 하는 말이 적은 만큼 상대의 말을 신중하게 취급한다.

"어째서 아무도 만나고 싶지 않은 거지? 이유를 가르쳐 줘."

마나베는 숨을 죽이며 호리의 말을 기다린다. 가만히 문에 귀를 대고 있으니, 그곳이 뜨거워진다. 이윽고 호리의 목소리가 들렸다.

"이유에 무슨 의미가 있지?"

그거야 당연하다.

"이유를 모르면 문제를 해결할 수 없잖아. 언제든 그걸 아는 게 첫 걸음이야."

"내 문제는 해결 못 해."

"해결 못 하는 문제 따위 없어. 아직 해결 방법을 찾지 못한 문제가 있을 뿐이라고."

"아냐."

울먹이는 듯한, 갈라지고 고통스러워 보이는 목소리로 호리는 말한다.

"찾아내서는 안 되는 문제도 있는 거야."

듣고 있는 것만으로도 가슴이 아파 오는 목소리다. 붉은 피가 벌컥벌컥 쏟아져 나오는 상처 같은 목소리다. 받아들이지 않으면 안 되는 고통도 있는 거라 마나베는 생각한다. 육체의 고통은 피하는 편이 좋지만, 가슴이 아픈 건 외면할 수 없다. 그건 자신의 일부가 피를 흘리고 있다는 거니까. 외면하고 고통을 잊으면 자신의 일부마저 잃어버릴 것이다.

"모든 문제는 다 들춰내야만 해. 정면에서 바로 보고 고쳐 나가야만 한다고."

문제라는 단어를 좋아한다. 장해를 문(問)과 제(題)로 표현하고 있는 점을 좋아한다. 거기에는 해결을 목표로 하는 의지가 있다. 누군가가 물은 테마에는 대답을 찾지 않으면 안 된다.

지금까지보다 약간 큰, 받아들이기에 따라서는 공격적으로도 들리는 목소리로 호리는 말한다.

"전, 행복합니다."

마나베는 이야기의 흐름을 알 수 없었다.

하지만 그녀의 말이 거짓말이라는 건 알았다. 그 누구도 만나고 싶지 않다고 말하고 방에 틀어박혀 있는 호리는 행복하지 않다. 행복에는 여러 가지 형태가 있어도 된다. 하지만 지금까지 봐 온 호리는 그렇지 않다. 그녀는 신중하게 남의 얘기를 듣는다. 주말에 긴 편지를 쓴다. 마나베 유우는 말보다도 행동을 판단의 기준으로 삼는다.

호리는 말을 잇는다.

"난 행복하지 않으면 안 돼. 단 한순간이라도 불행을 증명당해서는 안 돼. 역시 마나베 씨는 위험해. 당신은 내 불행을 증명해. 당신만이 그걸 할 수 있어."

무슨 소린지 모르겠다. 앞뒤가 전혀 연결되지 않는다. 하지만 무의미한 말이라고 생각하지도 않았다. 호리는 지금 자신의 감정을 말로 하고 있다. 그렇다면 그걸 받아들이지 않으면 안 된다. 사고해라, 하고 마나베는 자신에게 들려준다.

──내가, 호리 씨의 불행을 증명한다고?

그녀의 불행이라는 건 뭐지?

등 뒤에서 갑자기 웃는 소리가 들렸다. 웃고 있는 건 아다치였다. 그녀는 스마트폰을 오른손에 쥔 채 마나베 옆으로 다가온다.

"생각 외로 나약했어. 아니, 원래 이런 건가. 7년이나 자신에게 계속 거짓말을 하면서 정상으로 있을 수는 없는 거니까."

아다치는 열리지 않는 문을 노려보고 있다. 입가는 여전히 웃고 있지만 눈매는 차갑다. 그 모순된 표정은 마나베에게는 우는 얼굴과 비슷해 보였다.

"지쳤잖아? 이제 그만 끝내자. 너부터도――."

하지만 그녀의 목소리는 전자음에 가로막혔다.

일정한 리듬으로 울리는 착신음이다. 오랜만에 들었다. 그도 그럴 것이 계단섬에는 휴대전화 전파는 들어오지 않기 때문이다. 그 소리는 아다치의 스마트폰에서 들리고 있었다.

숨을 내뱉으며 아다치가 전화를 받는다.

상대의 목소리는 들리지 않았다. 아다치의 목소리만 들렸다.

"오랜만. 기다렸어. 하지만 엄청난 타이밍이야."

정말 짧은 대화 후에 아다치는 전화기 너머의 상대에게 "알았어."라고 대답했다. 그런 다음 스마트폰을 이쪽으로 내민다.

"널 바꿔 달래."

받으며 마나베는 묻는다.

"누구?"

"목소리를 들으면 알 수 있지 않을까? 아마도."

어쨌든 마나베는 스마트폰을 귀에 댄다. 마나베입니다, 하고 이름을 밝혔다.

"여어."

들려온 건 익숙한 목소리였다. 한 마디만 해도 알 수 있다. 말이 아니라 들려온 게 한숨이었다 해도 상대를 착각할 리 없을 것이다.

"나나쿠사? 무슨 일이야?"

"너랑 좀 얘기를 하고 싶었어."

그런 말이 아니다. 분명 전파가 닿지 않는 계단섬에서, 어떻게 그는 아다치에게 전화를 걸 수 있었던 걸까? 이해할 수 없었지만 지금은 그런 게 중요한 게 아니다.

"호리 씨랑 얘기하던 중이었어. 급한 일 아니면 나중에 했으면 하는데."

"급하지는 않아. 하지만 들어 두는 게 좋을 거라 생각해. 네가 계속 알고 싶어 했던 거니까 말이야."

틀림없다. 이건 나나쿠사의 목소리다. 하지만 위화감이 느껴졌다.

뭐가 다른 거냐고 묻는다면 대답할 수 없다. 뭔가가 다르다고밖에 말할 수 없다. 전화기 너머로 그의 목소리를 듣는 게 상당히 오랜만이라서 그런 걸까? 어쩐지 온도를 느낄 수 없다. 그의 목소리는 따뜻한 면도 있고 차가운 면도 있지만, 이렇게나 무기질적으로 울리는 거였나.

나나쿠사의 목소리는 말했다.

"마녀의 정체는 호리야. 그녀가 이 섬을 지배하고 있어."

정말? 이라고 되묻지는 않았다. 좀 더 큰 의문이 있어 그쪽을 묻는다.

"어째서 말해줄 마음이 든 거지?"

"대답할 리 없는 걸 넌 아무렇지도 않게 묻는구나."

나나쿠사의 목소리가 웃는다. 그렇게 웃는 법도 역시 그와는 다르게 들린다. 닮았지만 전혀 별개다. 그 위화감에 기분이 나빠, 이게 현실에서 일어난 일인 건지 알 수 없게 된다.

그는 여전히 웃으면서 말을 잇는다.

"난 계속 믿었어. 그 어떤 상황에서도 오직 하나뿐인 아름다운 걸 계속 믿지 않으면 안 돼. 믿고 있으니 동료로 있기도 하고 믿고 있기에 적도 돼. 믿을 수 없게 됐을 때 난 이곳에 있을 의미를 잃게 돼."

영문을 모르겠다. 그리고 나나쿠사가 할 만한 말이 아니었다.

"넌 누구지?"

하고 마나베는 묻는다.

"난 나나쿠사야."

라고 목소리가 대답한다.

"누구보다도 내가 나나쿠사야. 그처럼 극단적으로 뿌리칠 수 없는 나나쿠사다. 난——."

왜일까, 마나베는 그 목소리를 듣고 싶지 않았다. 왠지 굉장히 기분이 나쁘다. 나나쿠사의 목소리를 듣고 싶지 않다고 느낀 건 처음이다. 아니, 비단 그에게 한정된 얘기가 아니다. 상대가 누구든 그 목소리 자체를 거절하고 싶다고 느낀 기억 따위 없다.

의식도 못 한 채 마나베는 숨을 내뱉는다. 그의 말을 자르기 위해. 하지만 목소리는 나오지 않는다. 이성인지 본능인지 모르지만, 어쨌든 가슴속 뭔가가 마나베의 목소리를 막는다.

말로부터 도망쳐선 안 된다. 그 어떤 목소리든 받아들이지 않으면 안 된다. 발언을 거절하는 건 마나베의 모든 게 허락하지 않는다. 들이마신 숨을 그대로 내뱉었다.

나나쿠사의 목소리는 말했다.

"난 그보다도 훨씬 더 인간이기에, 그래서 망가져 버렸어."

그 목소리는 열기를 가지고 있고, 껄끔거리는 우는 목소리 같아 공연히 슬퍼진다. 이 자리에 있는 모두가 울고 있는 것 같았다. 마나베까지 분함과 비슷한 감정으로 눈물이 배어 나온다.

정신을 차리고 보니 전화가 끊어져 있었다. 이상하게 몸이 무거워 마나베는 팔을 추욱 늘어뜨렸다. 긴장이 풀려서 하마터면 손에 들었던 스마트폰을 떨어뜨릴 뻔했다.

아다치가 손잡이를 잡고, 조금의 망설임도 없는 동작으로 그걸 돌린다. 그녀는 호리 방을 들여다보며 중얼거렸다.

"도망쳤어."

그곳에 호리는 없었다. 커튼이 쳐진, 아무도 없는 방이 있을 뿐이었다.

*

기숙사 앞에 서 있었다. 나나쿠사를 만나기 위해서다.

태양이 서쪽 하늘로 똑바로 아래로 떨어져 간다. 하늘이 점차 색을 바꾼다. 흰색을 띤 노란색에서 진한 빨강으로, 그런 다음 파랑으로. 석양은 공기를 물들이지 않는다는 걸 마나베는 깨달았다. 하지만 저녁놀 이후의 파랑은 공기까지 물들인다.

그 전화는 대체 뭐였을까? 그건 틀림없이 나나쿠사의 목소리였다. 하지만 마나베가 잘 알고 있는 그가 아니다. 뭔가가 어긋나 있었다. 대체 무슨 일이 벌어지고 있는 걸까. 그런 생각을 하고 있는데 엔진 소리가 들렸다.

오토바이 한 대가 큰길에서 이 기숙사가 있는 작은 길로 들어온다. 걷는 것과 별반 다를 것 없는 느린 속도다. 오토바이는 마나베 옆에서 멈춘다. 헬멧을 쓴 머리가 빙글 이쪽을 향하더니 말했다.

"안녕, 마나베. 오랜만이다."

우체국 직원인 토키토다.

마나베는 대답한다.

"안녕하세요. 편지인가요?"

"아니. 오늘 일은 이미 끝났어. 잠깐 너랑 얘기하고 싶어져서 말이야. 시간 돼?"

"나나쿠사를 기다리고 있어요."

"일부러 밖에서?"

"네."

가슴이 술렁이고 있었다. 그 전화가 이유라고 마나베는 생각한다. 평소의 나나쿠사의 목소리를 빨리 듣고 싶었다.

"그럼 여기에서라도 괜찮아. 나나쿠사 군이 돌아올 때까지 같이 기다려 줄게."

토키토는 오토바이의 엔진을 끄고, 마나베 옆에 섰다. 헬멧을 쓴 채로 나츠메장 벽에 등을 기대고는 이미 저녁놀의 빨강이 사라지고 있는 하늘을 올려다본다.

마나베는 토키토의 말을 기다렸다. 하지만 그녀는 입을 열 분위기가 아니었다. 그래서 마나베가 묻는다.

"뭔가 할 얘기가 있다고 하지 않았어요?"

하늘을 올려다보는 채로 그녀는 대답한다.

"어떻게 된 거지, 하고 생각했어. 상담이라는 것과도 달라. 푸념에 가까운 걸지도 모르지만 얘기할 상대가 없어서 말이야. 마나베가 들어 줄래?"

"물론."

"고마워."

토키토는 표정을 바꾸지 않은 채 얘기를 시작한다.

"오래된 친구가 있어. 뭐, 좋은 아이지. 굉장히 착한 아이야. 그 친구는 지금 좀 곤란한 상황에 빠졌어. 어떤 사정이 있는지는 지금 설명 안 할게. 무의미한 일이니까."

"그런데요?"

"우리는 친구이긴 하지만 그래도 서로 간섭은 하지 않았어. 휴일에 같이 놀러 가는 것도 없고, 같이 점심을 먹으며 잡담하는 일도 없어. 일상의 불만을 상담하거나 하지도 않아. 각자 생활하고 있어서 완전히 타인 같지만, 그래도 친구야. 그런 거 이해돼?"

마나베는 끄덕인다.

"한때 저와 나나쿠사도 그랬다고 생각해요."

그쪽은 어떻게 생각하고 있는지 모르지만 마나베에게 있어 그는 계속 친한 친구였다. 중2 여름방학에 마나베가 이사를 가고 그 뒤 2년간 단 한 번도 연락을 취한 적은 없었지만, 그러는 동안에도 마나베에게 있어 나나쿠사라는 존재의 의미가 달라지는 일은 없었다. 흔들리는 일도 작아지는 일도 없었다.

"그렇구나."

라며 토키토는 웃는다.

"그 아이에게는 꿈이 있어. 아주 옛날부터 귀찮은 꿈이 있지. 주저 없이 목숨을 걸고 그 꿈을 좇고 있어. 어떻게 생각해?"

"멋진 일이라고 생각해요."

"그래? 그럴지도. 하지만 내 친구는 꿈을 포기하면 행복해질 수 있어. 그건 확실해. 누가 보더라도 분명해. 꿈을 좇는다는 게 그대로 그 아이의 불행이야."

"모르는 일 아닌가요? 언젠가 꿈을 이룰지도 모르잖아요."

"그런 건 관계없어. 이뤄도 불행해. 꿈과 행복은 같은 게 아니니까 말이야. 아주 어릴 적, 현실을 하나도 몰랐던 시절에 꾼 환상에 지나지 않으니까 말이야."

그런 경우가 있을까?

꿈을 이뤘는데 행복해질 수 없다는 게 말이 되나?

"토키토 씨는 그 친구에게 꿈을 포기하게 하고 싶은 건가요?"

"그게 어려운 점이야."

그녀는 헬멧을 쓴 머리를 무거운 듯이 이쪽으로 돌렸다.

"슬프지만 아름답긴 해. 그가 꿈을 좇고 있는 모습은."

그, 라고 토키토는 말했다. 그 점이 왠지 마나베에게는 의외였다. 왜 그렇게 생각했는지 이유는 설명할 수 없지만 토키토의 친구로 머릿속에 그렸던 사람은 호리였으니까.

"있잖아, 마나베. 꿈과 행복이 모순됐을 때, 어느 쪽을 좇아야만 할까?"

그건. 그런 건 당연히 정해져 있다. 마나베 안에서 확실하게 답이 정의되어 있다.

하지만 숨이 막히는 듯한 저항감을 느끼며, 그 저항감을 눌러 죽이며 마나베는 대답한다.

"전 행복이라고 생각해요. 꿈이라는 건 행복을 손에 넣기 위한 방법 중 하나에 불과하다고 생각합니다."

사람은 대부분 달성됐을 때에 자신이 행복해지는 목표를 꿈이라고 부른다. 이뤄져도 행복해질 수 없는 꿈은, 뭔가를 착각하고 있다. 목표 설정이 이상하다. 그래서 그런 건 버려

버리는 게 좋다.

"그런데 말이야, 마나베. 알고 있어? 이 섬에는 몇 개나, 몇 개나 그런 꿈이 쌓여 있어."

이곳은 버려진 사람들의 섬이다. 자기 자신에 의해 불필요하다고 판단되어 잘려 버려진 인격들의 섬이다. 예를 들면 어릴 적에 꿈꾼 이룰 수 없는 목표 같은 걸로 채워지는 섬이다.

"토키토 씨는 우리가 누구에 의해 버려진 건지 알고 있나요?"

"알고 있어. 난 계속 마녀와 너희들을 봐 왔으니까."

그녀는 감정을 느낄 수 없는 목소리로 노래하듯이 말한다.

"너희들은 어떻게 되면 좋겠어? 원래라면 분명 사라져야 하는 너희들을 모아서 마녀는 뭘 하고 싶은 걸까? 분명 제멋대로 슬퍼하고 있을 뿐일 거야. 쓰레기장에서 발견한 인형이 불쌍해서 집에 가져가 깨끗하게 빨아 드라이어로 말려 겉모양만은 반짝거리게 만들어. 버려진 인형을 찾을 때마다 슬퍼하며 수도 없이 모으며 돌아다니지만, 둘 곳이 없어 서랍에 채워 넣어. 이곳은 분명 그런 섬일 테지."

모르겠다. 마녀가 생각하는 것 따위. 모르기 때문에 만나 얘기하고 싶다.

하지만.

"마녀가 하고 있는 건 무의미하지는 않아요."

"뭐어? 어째서?"

"여기 왔다는 건 희망이니까."

계단섬이 싫다. 이 섬은 기분 나쁘다. 일방적으로 지나치게 보호받고 있다. 스스로 뛰어넘지 않으면 안 되는 고통으로부터 눈을 피하고 있다.

그래도 이곳에 있다는 건 무의미하지 않다.

이렇게 의사와 감정을 가지고 있는 한 분명 무의미할 리 없다.

"전 버려져 이곳에 온 거잖아요. 언젠가는 사라져 버리는 게 옳은 거겠죠. 하지만 전 절 만났어요. 절 버린 저와 얘기를 할 수 있다면 충분해요."

단 딱 하나만.

"저에게 반론할 권리가 있다면 전 계단섬의 모든 걸 긍정할 수 있습니다."

그것만으로 충분하다. 그것만 있으면 된다.

자신을 버린 자신에게, 웃기지 말라고 소리칠 수 있다면. 그녀를 설득하고, 그녀에게 설득당할 기회만 얻을 수 있다면, 그거 말고는 그 무엇도 필요하지 않다.

토키토 씨는 헬멧의 턱 끈을 어루만지듯이 만지고는 말했다.

"넌 어째서 이렇게 미덥지 않은 걸까? 어떻게 이렇게 약해 부서질 것 같은 채로 있을 수 있는 거지? 아니, 아닌가. 그대로는 있을 수 없었던 건가. 그래서 넌 여기 있는 거야."

마나베는 어째서 자기 자신에게 버려진 건지 모른다. 모르기 때문에 얘기를 하고 싶다.

하지만 그건 굉장히 개인적인 일이다. 그저 자신이 납득하기를 원하고 있는 것뿐이다.

"이 얘기가 토키토 씨의 친구 일과 관계가 있는 건가요?"

"과연 어떨까. 있는 것 같긴 한데."

토키토는 몸을 떨고는 나츠메장 벽에서 등을 뗐다.

"추워졌어. 이제 그만 갈게."

"네. 안녕히 가세요."

그녀는 오토바이에 올라타 마나베에게 손을 흔들었다. 마나베도 손을 흔든다. 오토바이의 엔진 소리가 멀어져 간다.

어느새 주변은 완전히 어두워져 있었다.

마나베는 코트 주머니에 손을 찔러 넣고 하얀 입김을 내뱉으면서 오토바이가 달려간 쪽을 쳐다본다. 나나쿠사가 나타날 때까지 계속 그렇게 있었다.

토키토가 떠나고, 15분 정도 지났을 때다.

그는 등을 구부리고 고개를 숙이고는 이쪽으로 걸어왔다.

"나나쿠사."

마나베는 말을 건다.

그는 얼굴을 들었다.

"무슨 일이야?"

"널 기다리고 있었어."

"그래? 춥지 않았어?"

"추워. 하지만 묻고 싶은 게 있었으니까."

"다음부터는 기숙사 안에서 기다려. 우리 기숙사에 전화를 한 통 주면, 내가 만나러 가도 되니까."

이 나나쿠사는 늘 그대로의 나나쿠사다. 감정은 읽기 힘들다. 하지만 그 목소리는 따뜻하다. 부드러워도 날카로워도, 어느 쪽이든 다정하게 들리는 목소리다.

지그시 그의 눈을 보며 마나베는 묻는다.

"호리 씨가 마녀인 거야?"

그가 놀랐다는 걸 알 수 있다. 그건 미묘한 변화지만 마나베는 알 수 있다. 이쪽이 안 사실을 나나쿠사도 알고 있고, 그는 변명처럼 미소 짓는다.

"호리한테서 들었어?"

"아니. 너한테 들었어."

"흐음. 그렇구나."

그는 장갑을 낀 손으로 턱을 쓱쓱 문질렀다. 그 장갑은 크리스마스에 마나베가 선물한 게 아니다. 같은 날에 미즈타니가 선물한 거다. 그는 학교에는 그 장갑을 끼고 가기로 결정한 모양이다.

"몸이 차갑지? 게다가 벌써 저녁 먹을 시간이야. 기숙사로 돌아가는 게 좋겠어."

마나베는 고개를 젓는다.

"그 나나쿠사는 누구였어?"

"용케 그가 내가 아니라는 사실을 알아차렸네."

"그거야 당연히 알지. 완전 다르니까."

"어떻게 다른데?"

"그 나나쿠사는——."

마나베는 다시 한 번 더 입을 다문다. 단어를 골라 말했다.

"그 나나쿠사는 포기하고 있어."

나나쿠사는 살짝 미간을 찡그린다.

"포기하는 건 내 특기라고 생각하는데."

"아니. 넌 정말 소중한 건 포기하지 않아."

"그는 뭘 포기한 거지?"

"몰라. 하지만 그렇게 느껴졌어."

나나쿠사도 슬픈 사실을 말하지만 그의 그것은 달랐다.

나나쿠사가 포기하는 방법과 그가 포기하는 방법은 완전히 반대처럼 보였다. 나나쿠사는 포기하고, 나아간다. 방관자라는 사실을, 비정하다는 사실을, 이기적이라는 사실을 포기하고 다정해진다. 하지만 그는 그렇지 않았다.

"그 나나쿠사는 인간이기에 망가져 버렸다고 말했어. 그건 그의 말이 아냐. 말을 이어 나가는 방법이 나나쿠사가 아냐. 뭐랄까——."

제대로 정리할 수 없다. 하지만 나나쿠사라면 그렇게 말하지 않을 것이다. 다양한 점에서 아주 조금씩 나나쿠사와 다르다. 나나쿠사가 본래 싫어하는 걸 받아들이고 받아들인 걸 배제하고 있다.

갑자기 눈매가 날카로워지더니 나나쿠사는 말했다.

"그가 그렇게 말했어? 자기 자신에 대해?"

마나베는 긍정한다.

"응. 그랬어."

나나쿠사는 가만히 이쪽을 보고 있었다. 하지만 그의 눈동자에 비치고 있는 건 자신이 아니라는 걸 마나베는 깨달았다. 그는 생각에 잠겨 있다. 시간을 압축하듯이 정말 단숨에 먼 장소까지 도약한다.

방금 전과 같은 질문을 마나베는 다시 한 번 더 입에 담는다.

"그 나나쿠사는 누구였던 거지?"

천천히, 고통스러워 보이는 동작으로 나나쿠사는 고개를 젓는다.

"신경 쓸 일은 없을 거야. 아마도."

"어째서?"

"그 녀석은 부서진 검정이니까. 그래도 그는, 나니까."

나나쿠사는 무엇을 알고 있는 걸까?

그는 "춥다. 그만 가자."라고 중얼거리고는 마나베에게 등을 돌린다. 마나베는 그 손을 잡는다. 왠지 그가 상처 입은 것처럼 보여 이대로 헤어지고 싶지 않았다.

다시 나나쿠사가 이쪽을 향한다.

그 눈동자에 확실하게 비치고 싶어 마나베는 말한다.

"꿈과 행복."

어째서 그 말을 선택한 건지 마나베도 이해가 되지 않았다. 하지만 단언했다.

"어느 한쪽만 선택할 수 있다면 어느 쪽을 선택해야 한다고 생각해?"

나나쿠사는 당황한 듯한, 기분 나쁠 때와 비슷한 표정을 지으며 대답한다.

"그거야 물론, 행복이지."

마나베는 그의 손을 놨다. 그는 마나베가 끼고 있던 장갑에, 아주 잠깐 시선을 떨어뜨렸다 다시 고개를 들며 대답했다.

"하지만 그 두 가지로 고민이라면 난 꿈 쪽을 선택할 거야."

"어째서?"

"난 행복해지고 싶은 게 아냐. 하지만 불행해지고 싶지는 않아. 정말 소중한 꿈을 포기하는 건 불행해. 행복해졌다고 해도 불행해."

진지한 표정으로 그렇게 말하며 그는 웃는다. 즐거워 보이는 미소였다.

"넌 재미있는 질문을 해."

"그래?"

"응. 내 머릿속을 들여다보는 것 같아."

그런 거, 절대 가능할 리 없다.

"방금 전 토키토 씨한테서 들은 거야. 그래서 내 질문이 아냐."

"그렇구나. 하지만 타이밍이 좋았어. 놀랐어."

잘 자, 하며 손을 흔들고 그는 다시 마나베에게 등을 보인다. 이번에는 붙잡아 둘 수 없었다. 그의 미소를 보며 아주 조금 안심했다.

문을 닫는 소리를 들으면서 마나베는 이마를 똑바로 위로 향한다. 하늘을 본 게 아니다. 눈을 감고 있었다.

그저 과감하게 입 밖으로 꺼냈을 뿐인 질문을 마음속에서 반복한다. 꿈과 행복. 어느 한쪽을 선택하지 않으면 안 된다고 한다면?

——이런 거, 역시 설문으로 성립하지 않는다.

애초에 꿈이 행복과 모순되어서는 안 된다. 그런 꿈이 만약 존재한다면 보다 좋은 꿈으로 바꿀 필요가 있다.

토키토는 누구를 말했던 걸까? 알 수 없다. 왠지 나나쿠사를 빼닮은 목소리 주인에 대한 얘기였던 거 아닌가 하는 생각도 든다.

그 뒤 마나베는 다시 또 호리를 생각했다. 행복하지 않으면 안 되기 때문에, 불행을 증명해서는 안 된다고 그녀는 말했다. 그것도 같은 거다. 다르지만, 동질의 것이다.

불행을 증명당해 버리면 그건 이미 행복이 아니다. 한쪽에 불행을 품고 있으면서 그걸 외면하며 행복이라고 주장하는 건 잘못되어 있다. 직시하는 걸 부정하는 행복은 가짜로, 보다 좋은 행복으로 바꾸지 않으면 안 된다.

다시 한 번 호리를 만나겠다고 마나베는 결정한다. 마녀 일과는 별개로. 아니, 별개가 아닐지도 모르지만, 그래도 별개로 하고. 어디까지나 반 친구로 그녀와 얘기하고 싶은 게 있다. 그건 역시 마녀의 이야기고, 계단섬의 이야기이기도

할 것이다. 하지만 무엇보다도 먼저 호리의 얘기가 아니면
안 된다.

눈을 뜬다. 눈을 꽉 감고 있었기 때문인지, 시야가 흐릿하
다. 달빛이 상당히 날카롭게 밤의 어둠을 찢고 있었다.

이렇게나 화려한 빛은 필요 없다. 발밑을 비추는 손전등
하나로 족하다. 꽉 봐야만 하는 것으로부터 눈을 피하지 않
기 위한 빛이 한 줄기만 있으면 그걸로 족하다.

3화, 그저 순정으로 예리한 목소리

1 나나쿠사 3월 10일 (수요일)

그날은 아침부터 흐렸다.

어둡고 짓누르는 듯한 구름이 하늘을 뒤덮어 당장이라도 비가 쏟아질 것 같았다. 계단섬으로 와 하늘을 올려다보는 일이 늘었다. 이 섬에는 일기예보가 없다.

점심시간이 되어도 비는 아직 내리지 않았다. 하지만 방과 후까지는 버티지 못할 것이다. 3월의 비 같은 게 분명 좋을 리 없지만, 학교에서 돌아가는 길에 내리는 비는 더 싫다. 그 긴 계단을 우산을 받치고 내려가면 한 걸음 한 걸음 뗄 때마다 우울한 기분이 든다. 난 복도 창문 밖으로 하늘을 올려다보며 작게 한숨을 내쉬었다.

"어째서 신문의 기사를 변경하지 않으면 안 되는 건데?"

라고 아다치가 말했다.

그녀는 내 옆자리에서 창문에 등을 기대고는 잼 빵을 먹고 있다.

신문의 기사는 어제 '크리스마스 선물 조사'로 일단 정리
했지만, 오늘 토쿠메 선생님한테 테마를 바꾸라는 지시가
있었다. 내가 그렇게 하길 원한다고 했던 것이다. 지금은 부
원 한 사람 한 사람에게 그 사실을 전하고 있다.

"이유는 알고 있잖아?"

"계단섬에 만연한 불만이 데이터화되어 나타나는 거니까
말이야."

"표현에 악의가 있네."

"나나쿠사 군은 어떻게 표현할 건데?"

"기사를 읽은 사람이 아주 약간 슬픈 기분이 들 테니까."

"그럼 나랑 거의 같잖아."

아다치는 처음부터 지금까지 예상하고 있었던 걸까? 어디
까지나 우리에게 크리스마스 선물을 조사시키는 게 목적으
로, 결과를 기사로 해 공개하는 일에는 집착하지 않는다.

"나나쿠사 군도, 이 섬의 크리스마스는 슬픈 거라고 생각
했잖아?"

"슬픈 측면도 있었어. 물론 그렇지 않은 측면도 있었고."

"선물을 보내려 했을 때, 많은 사람들이 섬 밖에 있는 누
군가를 생각했어. 그건 마녀에게는 도저히 어쩔 수 없는 일
로 역시 그 아이는 어중간해."

그녀의 지적은 핵심을 찌르고 있다. 호리의 약점을 정확하게 꿰뚫고 있다.

너무나도 마나베 유우적이지 않은 질문을 난 입 밖으로 꺼낸다.

"그럼 아다치. 만약 네가 마녀라면 좀 더 행복한 크리스마스를 만들 수 있어?"

주저 없는 동작으로 그녀는 끄덕인다.

"모두 잊게 만들면 돼. 가족에 관한 것도, 섬 밖의 연인에 관한 것도 말이야."

"상당히 폭력적인 얘기군."

"타인의 인생을 잘라 내어 이 섬에 가두는 거라면 거기까지 해야만 해. 나나쿠사 군 식으로 표현한다면 행복은 아니라도 불행한테서는 멀어질 수 있지."

그 말이 맞아, 라고 대답하는 것도 가능했다. 확실히 내 사고와 비슷했다. 그래서 절대 좋아할 수 없는 사고방식이었다.

"넌 어째서 마법을 손에 넣고 싶어?"

라고 난 물었다.

아다치를 모르겠다. 마녀의 사고방식은 대충 이해할 수 있다고 생각한다. 전에 아다치가 말했던 대로 그녀와 난 비슷한 점도 있다고 생각한다. 하지만 아무리 생각해 봐도 근본적인 점을 모르겠다.

아다치의 목적은 무엇일까?

마녀한테서 마법을 뺏는 것. 계단섬의 지배자가 되는 것. 분명 그 어느 쪽도 목적이 아닐 것이다. 마법을 손에 넣어 무엇을 할 것인지, 섬을 지배해 뭘 할 것인지 여전히 보이지 않는다.

그녀는 고개를 갸웃거린다.

"이 섬의 마녀로 어울리는 건 어떤 사람이라고 생각해?"

내 질문을 얼버무린 건지도 모르고, 빙 돌리는 방법으로 대답하고 있는 건지도 모른다. 같은 걸 나도 생각한 적이 있었기 때문에 특별히 망설이지 않고 대답한다.

"두 가지로 생각해. 하나는 정말 착한 사람. 두 번째는 정말 착하지 않은 사람."

"한 가지씩 설명해 봐."

"계단섬에 버려진 사람들에게 있어 행복한 건 마녀가 착하다는 거야. 마녀에게 있어 행복한 건 주민에 대한 착함 따위 모두 잊어버리는 거지."

"모순이잖아."

"응. 완전."

"그래서 호리 씨가 어떻게 했는지 나나쿠사 군은 알지?"

모른다. 하지만 상상할 수 있다.

"그녀는 정말 착한 마녀야."

"하지만 완전한 마녀는 아니었어."

분명 그 말대로일 것이다.

호리는 이 섬의 주민들을 지키고, 최선을 다하고, 하나하나 상처를 입고. 그래서 이 섬을 지배하는 마녀로서는 완전하지 않을 것이다.

"넌 완전한 마녀가 될 수 있어?"

"과연 어떨까? 하지만 그 아이보다는."

"마녀가 되어 이 섬을 어떻게 할 생각인데?"

"글쎄. 모두를 노예로 만들까?"

아다치는 웃는다. 그리고 슬픈 듯이 말을 잇는다.

"로봇처럼 모두가 날 떠받드는 거야. 내가 무릎을 꿇으라고 하면 꿇고, 노래하라 하면 노래해. 숨을 쉬지 말라고 하면 숨을 멈추지. 모든 게 다 내 생각대로."

"그리고 넌 섬에서 제일 미움 받는 사람이 되는 거야?"

"미움 받지 않아. 마법이 있으니까. 내가 아무리 내 멋대로 말해도 모두가 다 날 좋아할 거야."

"그거라면 정말 로봇을 만들면 되잖아. 혼자 로봇에 둘러싸여 살면 된다고."

"아주 잘 아네."

아다치는 자연스런 동작으로, 손에 들고 있던 잼 빵을 나에게 내밀었다.

"마녀로 제일 어울리는 건 혼자인 걸 받아들일 수 있는 인간이지."

난 아다치의 말을 생각하며, 그녀가 갑작스럽게 내민 잼빵을 나도 모르게 받아 들었다.

"이건?"

"줄게. 너무 맛없어."

"필요 없어."

"그럼 버리든지."

아다치는 나에게 손을 흔들고는 어딘가로 걸어간다.

난 한참을 망설였지만 잼 빵을 쓰레기통에 넣을 마음도 생기지 않아, 어쩔 수 없이 그걸 베어 물었다.

*

신문기사의 변경에는 각자 생각하는 게 있는 듯했다.

이건 기사를 변경하는 이유를 설명할 수 없었다는 게 원인일 것이다. 크리스마스 선물을 보낼 곳을 조사해 보면, 섬 밖에 있는 상대에게 보내는 것들뿐이었습니다. 이제 만날 수 없는 사람에게 선물을 보내는 건 쓸쓸하죠. 게다가 작년은 갑자기 인터넷 쇼핑을 쓸 수 없게 되어 버려서, 그 선물도 보낼 수 없었습니다. 정말 슬프죠. ——같은 얘기를 나도 토쿠메 선생님도 가능하면 하고 싶지 않았다.

하지만 이유 없이 멈추라는 말을 들은 마나베가 납득할 리 없다. 사사오카도 군이 말한다면 기사를 바꾸는 건 반대인 것 같다. 조사 결과를 버리는 데에 저항감이 있는 것이리라. 반장은 학교의 부 활동이기에 선생님 의견은 반드시 따라야만 한다는 기준을 가지고 있다. 하지만 그녀도 본심으로는 마음에 들지 않는다는 분위기였다. 난 세 사람에게 각기 다른 말투로, 오늘도 예정되어 있던 조사는 중지라고 말했다.

그런 다음 다이치에게 전화를 걸었다. 이게 제일 내키지 않는 일이었다. 다이치는 어제 신문부의 활동을 즐거워했다. 저녁식사 시간에는 누구한테서 무슨 얘기를 들었는지 진지하게 설명해 줬다. 그게 소용없게 됐다고 전하는 건 역시 괴로운 일이었다.

방과 후가 되자 난 옥상으로 향했다.

100만 번 산 고양이를 만나고 싶었다기보다는 조용한 곳에서 앞으로의 일을 생각하고 싶었다. 그런 의미에서 그의 곁은 안성맞춤이라고 말할 수 있다. 100만 번 산 고양이는 호리처럼 과묵하지 않다. 하지만 이상하게도 그의 목소리는 생각하는 데 방해가 되지 않는다.

하지만 옥상에 있던 건 100만 번 산 고양이가 아니었다.

그곳에는 내가 있었다. 내가 아닌 내가, 펜스에 기대어 서 있었다.

"여어."

하고 그는 말한다.

"여어."

라고 난 대답한다.

날 만나고 싶지는 않았다. 하지만 할 얘기가 전혀 없는 것도 아니다.

난 묻는다.

"어째서 여기 있지?"

눈앞의 난 고개를 갸웃거려 보인다.

"네가 만나고 싶어 했던 거 아닌가 싶은데."

"만나고 싶지는 않았어."

정말 내키지 않는 사실을 그는 나에게 밀어붙였다. 그 사실을 깨달은 건 어젯밤이다. 마나베와 얘기하고 겨우 생각해 냈다.

그에게 등을 돌리고 싶은 충동을 간신히 억누르며 난 말했다.

"하지만 확인해야만 할 일은 있어."

"뭔데?"

"작년 크리스마스, 인터넷 쇼핑을 막은 건 너냐?"

"알고 있을 텐데. 나에게 그런 힘은 없어."

"하지만 호리에게 부탁할 수는 있었지. 말을 꺼낸 건 너 아니었어?"

"응. 그 말대로야."

그는 끄덕이고, 난 한숨을 내쉰다.

결국 호리의 불행이라는 건 뭐지, 라는 얘기다. 그것은 작년 크리스마스에 이미 증명되어 있었다.

"호리는 강해."

하고 난 말한다.

"굉장히 강해."

하고 그는 대답한다.

생각해 보면 위화감이 있었다.

작년 크리스마스 시즌에 왜 섬의 인터넷 쇼핑이 멈췄는지. 그것은 선물 리스트 체크가 호리에게는 너무도 괴로웠기 때문이다. 그녀가 착하면 착할수록, 섬 밖에 있는 사랑하는 사람들에게 보내지는 선물 하나하나가, 긴 리스트의 한 줄, 한 줄이 그녀 마음의 그늘이었던 부분을 날카롭게 찌른 것이리라.

하지만 그래서 그녀가 인터넷 쇼핑을 멈췄다, 고 생각하는 건 틀렸다.

호리는 분명 그 고통으로부터 도망치지 않는다. 그녀는 자신의 룰에서, 그리 쉽게 도망칠 수 없다. 만약 쉽게 도망쳐 버릴 수 있다면, 이 섬에 아다치를 부르지 않았을 것이다. 아다치가 이렇게나 자유롭게 행동하는 걸 허락하지 않았을 것이다. 호리에게 걸린 저주는 좀 더 강하다. 마녀는 행복에 의해 저주받고 있다.

난 옥상 가장자리까지 걸어가 펜스에 양손을 댔다.

"호리는 이 섬이 자신에게 있어서 행복이라고 믿고 있을 테지. 이 섬과 우리를 지키는 일이 행복이라고 정해 버렸을 거야."

또 다른 내가 끄덕인다.

"마녀 같은 존재가 어떻게 태어나는지 나도 몰라. 하지만 어쨌든 마녀는 자유롭고, 제멋대로고, 행복하다는 게 의무야. 행복한 동안만 두 개의 마법을 쓸 수 있어. 첫 번째는 자신의 세계를 만드는 마법이야."

"그리고 호리는 계단섬을 만들었어."

"그녀는 이 세계에 있어 만능이야. 뭐든지 할 수 있어. 절대적인 지배자가 될 수 있지."

"두 번째 마법은?"

"타인의 인격을 뺏어 자신의 세계로 가지고 올 수 있어. 마음에 든 인간들만 데려와서 이곳 주민으로 삼을 수가 있지."

그 두 번째 마법을 쓸 수 있다면 마녀는 소규모의 신 같은 존재다. 자기 맘대로 자신의 세계를 만들고, 자기 맘대로 사람을 데려와 지배하다니.

그는 계속 말한다.

"여러 마녀가 있었다고 해. 선량하고 성실한 사람들만 골라 모아서, 그들이 욕망을 드러내는 걸 즐기는 마녀도 있었어. 얼마나 잔혹한 고문을 계속 생각하느냐에 생애를 건 마녀도 있었어. 부모와 자식을, 연인을 찢어 놓는 걸 좋아하는 마녀도 있었고, 마냥 한없이 무한으로 사랑받고 싶어 하는 마녀도 있었어. 반대로 막무가내로 사람들에게 미움 받으려 하는 마녀도 있었어. 일부러 어려운 문제를 들이대 상대가 당황하는 표정을 비웃는 마녀도 있었어. 타인의 인생을 책에 나오는 이야기처럼 그저 방관하는 마녀도 있었어. 마녀는 뭐든 할 수 있어. 하지만 호리는 그 어느 것도 되고 싶어 하지 않았어."

그런 사실은 이 계단섬을 보고 있으면 알 수 있다.

난 대답한다.

"호리는 착한 마녀가 되려 했어."

그는 끄덕인다.

"마녀는 자연히 제멋대로가 돼. 타인을 무시하더라고 자신의 행복을 계속 증명하지 않으면 다른 마녀에게 마법을 빼앗겨 버려. 그래서 호리는 결정했어. 착한 마녀로 있는 것이 자신이 제멋대로이기 위함이라고 결정했어. 착한 마녀가 자신의 행복이라고 결정했어. 그녀가 마녀가 된 지 벌써 7년이야. 7년간 쉬지 않고, 그걸 계속 주장해 왔어."

호리가 만들려 한 건 버려진 사람들의 낙원이다.

많은 사람의 약함이라든가 결점, 꿈, 이상, 혹은 착함 같은 것. 현실에서 생활하는 데에 방해가 되는 짐을 모아 그녀는 자비롭게 지키고 있다. 하지만.

"하지만 호리의 이상은 낙원에 미치지 못했어."

그 증명이 크리스마스 선물 조사였다.

그는 상처받기 쉬워 보이는 표정으로 웃는다.

"계속 애써 왔지만 말이야. 역시 그랬어. 그 아이는 매년 크리스마스 시기가 되면 굉장히 슬픈 표정을 지어. 모두가 섬 밖의, 잘라 내진 현실과의 연결을 여전히 원하고 있다는 사실을 알게 되기에. 우는 것이 불가능한데도 감정만을 부여받은 인형처럼 슬픈 표정을 짓는 거야. 그래서 그녀는 크리스마스 밤에 눈을 내려. 조금이라도 아름다운 걸 모두에게 보여 주려 하지. 계단섬에 있어 마녀는 만능이야. 하지만 진심으로 섬 밖을 원하는 그들에게는 그 얼마나 무력한 거겠어."

난 눈을 감고 깊게 숨을 들이마셨다.

눈꺼풀 안쪽 어둠에서 그날 밤에 봤던 하늘 가득한 별 하늘에서 떨어지는 눈을 떠올렸다.

호리는 아름답다. 굉장히 아름답다.

그녀는 그렇게나 아름답고 강한데. 그런데도.

"그래서 네가 먼저 소리를 냈다는 뜻이야?"

아름답고 강한 호리를 보고 있는 게 힘들어서, 그래서. 분명 그녀가 힘들 텐데도 먼저 포기한 건가. 인터넷 쇼핑을 금지하도록 호리에게 지시해서. 그 슬픈 리스트에서 그녀를 멀어지게 해서. 그런 걸로 대체 뭘 지킬 수 있다는 거지?

그가 고개를 젓는다.

"작년 크리스마스는 특별히 비참했어. 현실에서 아다치가 움직이고 있었고, 무엇보다도 이 섬에 마나베 유우가 나타난 직후였으니까. 그 아이는 한계였어. 난 그걸 보고 있을 수 없었어."

난 또 한 명의 날 계속 노려본다.

"그렇다고 해도. 호리가 아무리 괴로웠다고 해도 넌 그녀에게서 눈을 떼면 안 되는 거었어. 자신의 고통으로부터 도망치기 위해 룰을 어기는 건 분명 그녀의 이상이 아니었을 텐데. 넌 감정에 져서 호리가 이상을 좇는 걸 방해했어."

언젠가 버려진 내가 미소 짓는다.

"난 너와는 달라. 꿈을 꾼 별도, 그 별을 좇는 방법도 달라."

알고 있다.

언제든 내가 보고 있는 건 마나베 유우다. 그녀라면, 하고 반복해 생각한다. 마나베라면 괴로워도, 힘들어도, 피를 흘려도 자신의 이상으로부터 눈을 피하지는 않는다. 그게 옳다고 믿고 있으면 내가 관두라고 말해도 분명 관둘 리 없다.

그래서 우리는 다른 사람이다. 같은 얼굴이라도, 같은 목소리라도, 근본으로 껴안고 있는 게 다르다.

"아무리 해도 생각나지 않아. 난 뭘 버린 거지?"

난 거짓말을 했다.

훨씬 옛날에, 내가 버린 것은 이미 깨닫고 있었다.

그는 내 질문에는 대답하지 않았다.

얼굴을 돌리며——아니, 옥상 문을 보며 말했다.

"호리. 이리 와."

큰 목소리는 아니었다. 정말 작은 목소리로 중얼거렸을 뿐이다. 하지만 그 목소리는 호리에게 닿은 것이리라. 호리는 놓치지 않고 거절도 하지 않은 것이리라.

이윽고 옥상 문이 열리고 호리가 모습을 드러낸다.

지금까지 본 적 없는 표정을 짓고 있었다. 미간에 깊은 주름이 잡혀, 당장이라도 울 것 같았다. 그녀를 향해 또 한 명의 내가 말한다.

"그에게 내가 알고 있는 걸 모두 가르쳐 줘."

호리는 고개를 젓는다. 사라질 것 같은 목소리로 "하지만." 하고 중얼거린다.

또 한 명의 내가 그녀에게 다가간다.

"부탁이야. 난 너의 불행이 되고 싶지 않아."

호리가 주먹을 꼬옥 쥐었다. 그녀가 천천히 얼굴을 들더니 내 쪽을 향했다. 그 눈동자에는 눈물이 담겨 있고, 안타깝게도 아름답게 빛나고 있다.

그녀와 눈이 마주쳤고, 그 순간 아무래도 내 의식은 끊어진 것 같다.

2 나나쿠사 7년 전

생각이 났다기보다는 간접 체험을 하는 것 같은 기분이었다.

교정, 학교 건물, 페인트가 벗겨진 철봉. 그 시절의 난 거꾸로 오르기를 좋아했다. 쥐면 손에서 쇠 냄새가 난다. 그 냄새가 왠지 좋았다.

내가 호리를 만났던 건 초등학교 3학년 여름부터 가을에 걸친 토요일이다.

매주 그녀는 교정 한구석에 서서, 주의 깊게 주위를 둘러보고 있었다. 천적을 경계하는 겁 많은 초식동물 같았다. 그때의 호리는 울고 있었던 게 아니지만, 당장이라도 울 것처럼 보였다. 표정의 문제가 아니다. 다른 아이들이 축구를 하기도 하고, 야구를 하기도 하고, 피구를 하기도 하고, 과자를 먹기도 하고 때로는 싸움을 하기도 했다. 여러 목소리가 들려오는 교정에 홀로 서 있는 그녀는 겨울나무에 딱 하나 남겨진 마른 잎처럼 쓸쓸해 보였다.

처음 그녀를 보게 된 날은 이상한 애라고 생각했을 뿐이다.

하지만 다음 주 토요일에도 혼자 서 있는 그녀를 발견하고는 말을 걸어 봤다. 우리는 인사를 나눴다. 안녕. 안녕. 난 분명 한두 마디, "뭐 하고 있어?" 같은 질문을 했을 것이다. 하지만 잘 기억나지 않는다. 아마 그때 그녀는 아무 대답도 해주지 않았던 것 같다.

난 그 무렵 호리에 대해 아무것도 알지 못했다. 그녀는 키가 컸기에 나보다 나이가 많을 거라고 생각했다. 난 초등학교 3학년 중에서도 특별히 키가 작았기 때문에 바로 옆에서 얼굴을 마주하게 되면 턱을 쭉 들어 올려야만 했다. 왼쪽 눈 밑에 있는 사마귀가 인상적이었는데 그것 또한 그녀를 외로워 보이게 만들었다.

그 뒤 난 토요일이 되면 호리를 만나기 위해 교정에 가게 됐다. 그녀 옆에서 철봉을 했다. 그녀도 천천히 마음을 열어 준 듯, 한 달 정도 지났을 때 난 처음 그녀의 웃는 얼굴을 봤다. 그녀에게 철봉에 거꾸로 오르는 방법을 가르쳐 주고, 처음 그게 잘됐던 날이었다.

호리는 한 달이 지나자 그제야 내 질문에 대답해 줬다.

"항상 이곳에서 뭘 하는 거야?"

라고 난 물었다.

철봉을 잡은 채 그녀는 날 봤다.

"누군가가 오는 걸 기다리고 있어요."

이해가 안 되는 이야기다.

"누군가라니?"

"누구든 상관없지만요."

"그럼 내가 있잖아."

"그게 아니라……."

곤란한 표정으로 그녀는 인상을 찡그렸다.

"당신은 뭔가, 버리고 싶은 게 있나요?"

그때 호리가 기다리고 있던 건 '자신의 일부를 버리고 싶어 하는 사람'이었다. 그녀는 인터넷의 게시판에 올리기도 하고, 벽보를 준비하기도 해서 매주 토요일에 이 교정에서 기다린다고 전하고 있었다. 호리는 마녀로, 마법을 사용해 인격을 뽑아내는 게 가능하다. 하지만 그런 거, 물론 아무도 믿지 않았다.

호리는 꽤 많은 시간을 들여——2주나 3주 정도에 걸쳐 조심스럽게 그 사실을 말해 줬다. 난 그녀의 얘기를 의심하지는 않았다. 상식적으로 생각하면 마녀 따위 있을 리 없다. 하지만 호리의 목소리는 절실하고 성실하여 믿지 않으면 안 될 것 같은 기분이 들었다.

그렇다고 해도 이해가 되지 않는 것도 있었다.

"어째서 넌 필요 없는 걸 원하는 거지?"

그도 그럴 것이 자신이 버리는 자신 따위, 쓸모가 있을 거라고는 생각하지 않는다. 걸핏하면 삐치거나 울보이거나 하는 걸 주워 모아서 도대체 뭘 하려는 걸까?

"소중하게 간직해 두려고요."

라고 그녀는 말했다.

"너무 무거워서 버리지 않으면 안 되는 걸 소중하게 간직해, 언젠가 다시 또 그게 필요할 때 돌려주고 싶어요. 많은 것들이 그냥 그대로라도 괜찮아요. 아주 조금의 사람이, 다시 주우러 와 준다면 그걸로 좋아요. 그건 아마도, 착한 마법이겠죠?"

호리는 마법을 좋아하지 않았다.

*

마녀는 자기 멋대로라는 게 의무로 정해져 있다. 세상 모든 걸 마음먹은 대로 할 수 있는 힘을 지녀서 그렇게 하는 게 당연하다고 생각한다.

그것은 저주라고 호리는 말했다. 항상 행복하다는 저주. 모든 걸 손에 넣는 저주. 모든 멋대로의 바람을 이뤄 버리는 저주. 그래서 마녀는 필연적으로 악자(惡子)가 된다.

호리가 싸우려 하고 있는 건 그거였다. 마녀의 마법을 손에 넣었을 때, 모든 사람이 악자가 되는 게 아니라는 사실을 증명하는 게 그녀의 유일한 목표였다.

자유롭게 다른 사람의 행복을 바라고, 멋대로 버려진 인격들을 지키고, 누군가를 위해 마법을 사용하는 게 진정한 행복으로. 그런 착한 마녀가 되겠다고 호리는 결심하고 있었다.

그래서 그녀는 버려지는 인격들을 지키는 세상을 만들기로 했다. 쓰레기통 안에 낙원을 만들기로 했다.

난 그녀가 아름답다고 생각했다. 굉장히 아름답다고 생각했다.

왜 그런지 알 수는 없었지만, 그건 어느 별에 관한 이야기를, 어릴 적에 아버지한테서 들었을 때의 감동과 비슷했다.

밤하늘 너머에서 강렬하게 빛나는 고독한 별 이야기다. 하지만 지구에서는 멀리 떨어져 있어 제대로 보이지도 않는 별 이야기다.

상상도 할 수 없을 정도로 아름다운 존재가 분명 우리의 머리 위에 존재한다. 난 그 빛을 보고 싶었다. 그저 아주 가까운 곳에서 빛나고 있는 별을 보고 싶었다. 그 아름답고 깨끗한 빛을 위해서라면 그 어떤 것이든 희생해도 좋다고 생각했다.

그래서 난 자신을 버리기로 했다.

호리 옆에 있기 위해, 그녀 옆에 있고 싶다는 생각을 버렸다.

그래 봬도 상당히 고민했다. 하지만 호리의 모습을 처음 본 뒤 2개월 정도 지난 어느 토요일부터 난 계단섬에서 살기 시작했다.

*

그 무렵, 호리는 정확하게 말하면 마녀는 아니었다.

마녀의 세계는 다른 여성에 의해 지배되고 있었다. 자세한 사정은 알지 못했지만 호리는 다음 마녀 후보로, 일시적으로 마법을 대여받은 것 같았다.

당시의 마녀의 세계는 지금보다도 훨씬 넓고 발전되어 있었고 주민도 많았다. 높은 빌딩이 있고, 커다란 상가 시설이 있고, 전차까지 달리고 있고 놀이동산 같은 것도 있었다. 완전 현실과 똑같이 잡다하고 컬러풀했다.

"마녀는 다른 마녀한테서 마법을 뺏는 게 가능해요."

라고 호리는 말했다.

"어떻게?"

하고 난 묻는다.

"상대 마녀보다도 자신이 더 행복하다는 걸 증명하면 돼요."

"그런 게 어떻게 증명이 되는데?"

"당신보다도, 제가 더 행복."

"뭐야, 그게?"

"지금의 마녀에게 그렇게 선언하고, 상대가 납득하면 마법은 제 것이 됩니다."

그렇군. 룰은 단순하다.

"하지만 마법을 쓸 수 있는 마녀보다도 행복해진다는 거, 힘들지 않아?"

상대는 뭐든 가능하니까 말이다. 뭐든 마법으로 만들어 버릴 수 있으니까.

호리는 고개를 젓는다. 표정은 없었다.

"마녀 자신이 다음 마녀를 구하고 있어요."

"어째서?"

"뭐든 할 수 있다는 사실에 질려서요."

이때 호리가 한 말은 모두 진실이었고, 그것은 당시의 마녀를 보면 알 수 있었다.

마녀는 질려 있었다.

마녀는 호숫가에 서 있는 거대한 성의 맨 위층, 말도 안되게 넓은 방의 커다란 텔레비전 앞에서 살고 있었다. 아직 스무 살 정도의 여자다. 티셔츠에 청바지인 편한 복장으로, 소파에 누워 콜라를 마시면서 팝콘을 먹고 있었다.

방은 어둡다. 창문에는 두꺼운 커튼이 쳐져 있고, 천장의 화려한 샹들리에에도 켜져 있지 않다. 빛은 오직 텔레비전의 불빛뿐이었다.

호리를 따라 방에 들어가자 그녀는 우리에게 팝콘을 내밀었다.

"먹을래?"

난 호리와 눈을 마주친다. 그녀는 "하고 싶은 대로 하지?"라는 분위기로 고개를 기울여 보였다. 난 팝콘으로 손을 뻗었다.

"감사합니다."

"맛있을 거야, 아마도."

그 팝콘은 정말 맛있었다. 왠지 고급스런 맛이 났다. 평소에 먹던 것과는 쿠키와 비스킷 정도로 다르다.

"미국에서 파는 비싼 거니까."

라고 그녀는 말한다.

마녀와 팝콘은 그다지 어울리지 않는 것 같았다. 하지만 소파에 드러누워 해외의 고급 팝콘을 먹으면서 텔레비전을 보고 있다는 건 사치의 한 형태일지도 모른다. 호화 여객선에서 디너쇼라고 할 정도로 특별한 느낌까진 아니지만. 모든 부자들이 매일 밤 크루징을 즐기는 건 분명 아닐 것이다. 만능인 마녀라고 해도 마찬가지일 것이다.

난 텔레비전의 모니터로 눈을 향한다.

아름다운 거리가 나오고 있었다. 휠체어에 탄 남성과 그것을 미는 여성이 한가운데에 있다. 드라마의 한 장면이었지만, 화면의 변화가 약해, 그냥 홈 무비 같은 인상이 강하다. 더 말한다면 그 영상은 배속으로 흐르고 있었다.

마녀가 해설한다.

"휠체어를 탄 사람은 말이야, 불치병을 앓고 있어. 앞으로 2, 3년이면 죽는대. 여자가 그 연인으로 이제 곧 결혼할 예정이야. 남자는 더는 일할 수도 없고 집도 그리 유복하지 않아 치료비 같은 것도 큰일인데 말이지. 그래도 서로 사랑하고 있는 것 같아. 하지만 여자는 봐, 굉장히 사랑스럽지? 그래서 최근에 관심을 보이는 돈 많은 남자가 나타났다는 스토리."

"드라마인가요?"

"아니, 현실. 난 이런 사람들을 찾으면 이곳으로 데려와. 현실에서 의식을 쏙 빼내서 완전히 같은 육체를 이쪽에 준비하여 쏙 집어넣지. 카피 앤드 패스트."

"그 사람을 낫게 해주나요?"

"어째서?"

"왜냐면 낫게 할 수 있잖아요?"

"그거야 그렇지. 이 세계에 있는 동안은 말이야. 하지만 딱 좋은 타이밍에 마녀가 나와서 문제를 해결하고 그래서 해피엔딩, 그런 건 재미없잖아."

마녀는 테이블 위에 있던 리모컨을 들어 채널을 여기저기 돌린다.

필사적으로 배트를 휘두르는 소년이 있다. 그에게는 재능이 있고 그 이상으로 엄청난 노력을 하고 있지만, 프로 야구 선수로의 길이 열릴 타이밍에 어깨에 중대한 부상을 입는다는 게 결정되어 있다. 잠자는 시간을 아까워하며 연구에 몰두하는 여성이 있다. 그녀는 가치가 높은, 사람들의 삶을 풍요롭게 하는 발견을 하지만 그 공로를 선배 대학 교수에게 뺏겨 버린다. 학교 문제에 맞서 싸우는 교사가 있다. 하지만 문제를 크게 만들고 싶어 하지 않는 사람들에게 배척당해 그대로는 계속 교직을 유지할 수 없다.

"난 이 사람들을 응원하며 보고 있어."

마녀는 채널을 다시 휠체어 남성이 있는 곳으로 돌렸다.

"어떻게 될지 전전긍긍하면서 말이야. 해피엔딩이면 좋겠어, 라고 박수를 칠 준비는 되어 있지만, 안 되면 안 되는 걸로 어쩔 수 없지. 모두 사람들이 다 잘되는 것도 재미없잖아. 정말 한순간, 내가 심심해할 때 시간을 때워주면 그걸로 족해."

마녀는 리모컨의 스킵 버튼을 눌렀다.

장면이 날아가 밤이 된다. 휠체어의 남성은 지금은 침대에 누워 있다. 잠자고 있는 모양이다. 하지만 얼굴을 찡그리고, 도저히 코 고는 소리로는 들리지 않는 신음 소리를 내고 있다.

"그는 원래 자살할 생각이었어."

라고 마녀가 말했다.

"앞으로의 연인의 인생에 자신이 방해라는 게 그 이유의 반. 나머지 반은 좀 더 단순한 절망이려나. 어차피 곧 죽을 테지만 고통을 동반하는 병이야. 그래서 아직 몸이 움직일 수 있을 때 스스로 죽을 생각이었는데 내일 하자, 내일 하자면서 질질 시간을 끌며 사는 동안에 마음이 바뀌었어. 아무리 짧은 시간이라 해도 지금의 행복을 믿을 마음이 든 거야. 딱히 드라마틱한 일이 있었던 것도 아니고, 자살은 정말 무섭다는 걸 실감했을 뿐이지만 말이야. 그래서 좀 질렸어."

그녀는 리모컨을 조작해 텔레비전을 끈다.

"커튼을 열어."

난 넓은 방을 가로질러 창문 앞까지 걸어갔다. 대리석 바닥에 발소리가 울린다. 커튼레일 끝에 끈이 매달려 있었다. 그걸 잡아당기니 창문 너머로 거대한 보름달이 보였다.

난 숨을 삼킨다. 크레이터가 보일 정도로 큰 달의 모습에 놀란 것도 있었다. 하지만 바로 얼마 전 내가 이 방에 들어왔을 때, 하늘은 아직 파랗고 태양이 높이 떠 있었다.

마녀는 정말 만능인 모양이다. 그녀가 그 리모컨으로 조작하고 있던 건 단순한 영상이 아니라, 이 세계의 시간 그 자체일 것이다.

"열심히 사는 사람은 아름다워. 하지만 아름다운 걸 보고 있는 것뿐이라면 달을 올려다보는 것과 다르지 않아. 5분 정도라면 감동하며 볼 수 있어. 한 시간 정도라면 뭐, 대충 견딜 수 있지. 하지만 그것만 계속된다면 역시 질리게 돼."

이 방에 와서 처음으로 호리가 입을 연다.

"전 좀 더 아름다운 걸 만들 겁니다."

마녀가 호리를 쳐다본다.

호리는 힘없는 표정으로, 하지만 똑바로 마녀를 쳐다보고 있다.

"달보다 아름다운, 당신이 질리지 않는 걸 만들 거예요."

마녀는 웃는다.

그것은 복잡한 웃음이었다. 차갑고, 호리를 깔보는 듯한 것이기도 했다. 외롭고 자조적이기도 했다.

"그래. 잘 해봐. 네가 선택되어야 가능하겠지만 말이야."

대체 무슨 의미일까?

마녀에게 묻고 싶은 말은 굉장히 많았다. 하지만 그녀가 "그만 가 봐."라고 말했고, 호리는 그 말을 따랐다. 나도 호리 뒤를 따라 나오지 않으면 안 되었다.

성을 나온 우리는 밤길을 걷는다.

지금은 몇 시나 됐을까? 시계도 없기에 알 수 없다. 마녀가 빙글빙글 시간을 조종하는 세계에서 그런 걸 안다 해도 의미가 없을지도 모르지만, 그래도 시간을 알 수 없다는 건 묘하게 불안했다.

마녀의 세계의 밤은 현실의 밤과 거의 다를 게 없었다. 내가 살고 있는 마을보다도 약간 밝을 정도다. 고층 빌딩의 창문은 밝게 사각으로 빛나고, 음식점은 간판에 스포트라이트를 밝히고 있고, 자동차는 날카로운 빛을 내면서 차례로 달려 빠져나간다.

순수한 의문으로 난 묻는다.

"마녀는 이렇게나 많은 사람들을 전부 밖에서 데려온 거야?"

호리는 고개를 저었다.

"대부분은 마법으로 만들어 낸 가짜라고 생각해요. 저도 구별은 못 하지만요."

"마법은 인간까지 만들 수 있구나."

"신까지도 만들 수 있어요. 아마도."

그건 정말 대단하다. 정말 만능이다. 이렇게나 만능이라면 분명 뭐든 질려 버릴지도 모른다. 진짜 신도 사람들 앞에는 모습을 드러내지 않는다. 의외로 마녀와 마찬가지로 방에 틀어박혀 팝콘을 먹으면서 텔레비전을 보고 있는 걸지도 모른다.

"마녀는 인간에게 질려서 다음 마녀를 만들려고 하는 거야?"

"그건 모르겠어요."

호리는 고개를 갸웃거린다.

"하지만 그녀는 마법을 양보한다고 말했어요. 저와 또 다른 한 명이 다음 마녀 후보랍니다."

"두 명이 있구나."

"마녀의 테스트를 받고 성적이 좋은 쪽이 마법을 받을 수 있게 되어 있어요."

알 것도 같으면서 잘 모르겠다.

"내 쪽이 행복, 이라고 말해 보면? 바로 마법을 뺏을 수 있을지도 모르잖아."

그 마녀는 적어도 행복해 보이지는 않았다.

하지만 호리는 고개를 젓는다.

"난 그녀가 싫지 않아요."

"그래? 딱히 좋은 사람으로는 안 보였는데."

"지쳐 있을 뿐이에요. 실은 착한 사람입니다. 그 사람은 고등학생 때 미술부로, 저도 그림 그리는 법을 배웠어요."

"그래서 룰은 따르고 싶은 거구나."

"네."

"마법을 사용하면 완벽한 그림도 그릴 수 있는 거야?"

걸으면서 호리는 날 가만히 쳐다봤다.

"생각한 적도 없어요. 완벽한 그림이란 게 뭘까요?"

그런 거, 내가 알 리 없다. 앞을 보며 걷지 않으면 위험해, 라고 난 그녀에게 말했다. 실제로 그녀는 눈앞의 빨간 신호를 알아채지 못한 듯했다.

"마녀의 테스트라는 건 어떤 건데?"

"이제부터 설명할게요."

우리는 큰길을 똑바로 나아간다. 아무래도 완만한 내리막 길로 되어 있는 모양이다. 도로는 조금 굽어져 있고, 그곳을 빠져나가니 정면으로 바다가 보였다.

"저거."

하고 호리가 전방을 가리킨다.

"보이나요? 섬이 있는 거."

처음에는 잘 알 수 없었다. 바다도 까맣고 하늘도 까맣다. 하지만 가만히 눈을 응시하니, 달빛을 반사하는 파도가 부자연스럽게 끊어져 있고, 그곳에 아주 작은 섬이 있다는 걸 알 수 있었다.

"난 마녀한테서 저 섬을 받았어요. 또 다른 한 사람도 마찬가지로 작은 섬을 받았어요."

"그래서?"

"그 섬을 자신이 원하는 대로 바꿀 수 있어요. 그리고 보다 좋은 쪽이 마법을 쓸 수 있게 된답니다."

그렇군.

"그런데 어떻게 저기까지 가는 거지?"

"날아서 가요."

"난다고?"

"마법을 빌렸으니까요."

마녀가 신마저 만들 수 있다면 여자애가 마법을 쓸 수 있는 것 정도는 간단한 걸지도 모른다. 그런 거라고 납득할 수밖에 없었다.

호리는 발을 멈추고 오른손을 내밀었다. 난 그 손을 잡았다. 그녀의 피부는 약간 차갑다. 하지만 가을밤보다는 따뜻하다.

갑자기 몸이 떠오른다. 그것은 신기한 감각이었다. 공기압력 같은 건 받지 않았다. 중력이 변한 느낌도 없었다. 하지만 순식간에 마을이 눈 아래로 멀어져 간다. 우리는 계속 가만히 있고, 마을 쪽이 낙하한 것 같은 기분이 들었다. 하지만 밖에서의 자극은 없어도 머리는 좀처럼 이 변화에 적응하지 못한 듯, 날고 있는데도 현기증이 덮쳐 왔다.

"눈을 떠요."

라고 호리는 말한다.

난 어느샌가 꼭 감고 있던 눈꺼풀을 억지로 들어 올린다. 눈앞에 밤이 보였다. 그것은 압도적인 별 하늘이었다. 하얀 파도처럼 무수히 많은 별의 입자가 떠 있었다.

난 그날 밤 처음 하늘을 날았다. 훨씬 옛날, 아버지를 따라가 봤던 것과 같은 별 하늘을 날았다. 아마도 가짜 하늘로 가짜 밤일 것이다. 하지만 숨을 삼킬 정도로 아름다웠다.

바로 옆에서 호리가 속삭인다.

"달의 반대쪽으로 가면 별을 많이 볼 수 있어요."

왠지 아주 조금 자랑스러워하는 듯한 말투였다.

*

그 섬을 호리는 계단섬이라 부르고 있었다.

이때 계단섬에 있던 건 딱 두 가지뿐이었다. 산기슭에서 산 정상으로 이어지는 긴 계단과, 그리고 중턱에 있는 작은 학교. 그거 말고는 바다와 별 하늘 정도밖에 없었다.

"이 섬에 마을을 만들 거예요."

라고 호리는 말한다.

"지금 마녀가 만든 것 같은 커다란 마을이 아니어도 돼요. 필요한 게 필요한 만큼만 있으면 된다고 생각해요. 버려진 사람들이 조용히 생활할 수 있고, 저 산에 있는 학교를 다니며, 계단을 끝까지 올라가면 어쩌면 원래 있던 장소로 되돌아갈 수 있을지도 몰라요."

호리는 즐거워 보였다.

그녀는 산 맨 꼭대기에 높은 탑을 만들었다. 둘이서 그 옥상에서 계단섬을 둘러봤다. 저기에 항구가 있고, 이쪽은 번화가로, 학교가 저기니까 이 근방은 학생 거리로——라며 손가락으로 가리키면서 거리를 상상했다.

우리는 시간을 들여 반복해 계단섬에 관하여 얘기했다.

먹는 건 어디에서 가져오면 될까? 전기가 없는 건 역시 불편해. 수도도 제대로 정비되어 있어야만 하고, 역시 원하는 건 가능한 살 수 있는 편이 좋아. 생일이나 크리스마스에는 케이크가 필요해. 어른은 술을 마실지도 몰라. 좁은 섬이라 차는 별로 다니지 않겠지? 그렇다면 걸어서 이동하게 될 테니 도로 옆에는 벤치를 많이 놓아두자.

그런 걸 서로 얘기하는 건 즐거웠다. 하지만 그것만으로는 안 된다는 걸 알고 있었다. 우리는 좀 더 근본적인 룰을 정할 필요가 있었다.

"계단섬은 얼마나 현실과 다른 걸까?"

라고 난 물었다.

정말 묻고 싶었던 건 그게 아니었다.

분명 호리 쪽이 훨씬 더 오랜 시간 이 섬에 대해 생각했고, 그래서 그녀는 내가 정말 듣고 싶었던 쪽으로 대답했다.

"전 마녀가 돼도 누군가의 앞에서 마법을 쓸 생각은 없어요. 나나쿠사 군 말고는 아무에게도 안 보여줄 겁니다."

우리가 아무리 조심스럽게 이 섬을 만들어도, 만능인 마녀가 있는 것만으로, 이곳은 현실과는 완전히 다른 장소가 된다. 곤란한 일이 생기면 마녀에게 부탁하면 된다. 원하는 게 있으면 마녀에게 부탁하면 된다. 공부할 필요도 일할 필요도 없는 장소가 된다.

"알았어."

하고 난 말했다.

"그렇다면 이곳을 가능한 현실과 똑같이 만들자."

그리고 우리는 초등학교 3학년이 생각한 것이라고는 믿기지 않을 정도로, 엄밀하게 섬의 룰을 정했다.

대원칙은 딱 하나다. 계단섬은 가능한 현실과 같지 않으면 안 된다.

그러기 위해 섬으로 오는 사람들한테서 "어떻게 자신이 이곳에 있는지?" 하는 부분을 기억에서 뺏는다. 왜냐면 자신에게 버려져 왔다는 건 아무래도 너무 비참하고 현실에서는 있을 수 없는 일이니까. 대신 그거 말고는 일절 기억과 감정을 조작하지 않는다. 아무리 우리에게 불리하다 해도 이 섬에서 생각한 것과 느낀 걸 부정하지 않는다.

상당히 고민했지만 인터넷은 쓸 수 있도록 했다. 그것은 현실에 있는 거니까. 하지만 섬 밖으로 메일을 보내거나 전화를 거는 건 불가능하다. 이것은 마녀의 마법이 바깥 세계까지는 통용되지 않는다는 게 이유였지만 난 마침 잘됐다고 생각했다. 바깥과 연락을 취할 수 있게 돼 버리면, 계단섬의 사람들은 분명 이곳에서 살려 하지 않을 테니까.

계단섬은 초등학교 3학년이었던 나와 호리가 필사적으로

생각해 재현한 현실이다. 그래서 물론, 진짜 현실과 비교하면 엉망진창일 거라 생각한다. 하지만 우리는 최대한 신중하게 생각했고 신중하게 상상했다. 기본적으로는 호리의 의견을 듣고 내가 룰을 문장으로 썼다. 예외는 딱 한 가지뿐이었다.

"이곳은 버려진 사람들의 섬이에요. 이 섬을 나가기 위해서는 잃어버린 걸 찾지 않으면 안 됩니다."

라고 난 말했다.

호리가 고개를 갸웃거린다.

"뭐죠, 그게?"

"이곳에 온 사람들한테는 모두 그렇게 가르치는 거야."

"상관없긴 한데, 어째서죠?"

"모두의 목적이 계단섬을 나가는 게 되어 버리면 안 되니까 말이야."

예를 들어 섬에 온 사람들이 배를 만들어 바다로 나가면 파도에 의해 되돌아온다. 그다음으로 대체 뭘 생각할까? 하늘을 날려고 할까? 그런 게 가능할 거라고는 생각할 수 없지만 어쩌면 해낼지도 모른다. 우리는 계단섬의 사람들에게 아무런 제한도 주지 않을 생각이라 언젠가는 가능한 일일지도 모른다. 그렇게 되는 건 좋지 않다.

그래서 처음부터 희망이 있는 쪽이 좋다. 내면으로 향한,

언젠가 자연스럽게 잊어버릴 것 같은 희망이 딱 좋다. 왜냐면 이 섬의 사람들은 아무리 노력해도 이곳을 나가는 건 절대 불가능하니까. 그 판단은 모두 섬 밖에 있는 '버린 쪽'에 맡겨져 있으니까.

호리는 잘 이해가 안 되는 모양이었지만 어쨌든 끄덕였다.

*

계단섬을 만들기 시작해 한 달 정도 지났다.

그 무렵에는 사람이 살 수 있는 환경이 상당히 갖춰져 있었다. 주요 도로가 만들어지고, 몇 개의 건물이 생기고, 항구에는 배도 줄 서 있었다. 거기에 더하여 200명 정도의 주민이 이미 생활하고 있었다. 모두 호리가 마법으로 만든, 소위 말해 로봇 같은 존재다. 아무도 없는 곳에 최초의 주민을 데려다 놓는다는 건 가엾기에, 생활에 충분한 사람 수가 갖춰질 때까지는 그들이 이곳의 생활을 서포트해 주게 되어 있었다.

그날 밤 호리는 계단섬을 떠나 있었다. 마녀를 만나러 간 것이다.

난 저녁식사로 호리가 마법으로 만들어 뒀던 스튜를 먹

고, 우유를 마시고 이를 닦고 목욕을 한 뒤 불을 끄고 침대에 들어가 울었다. 호리가 없어 소리를 내도 괜찮았을지도 모른다. 하지만 우는 소리를 최대한 죽이고 있었다. 모든 게 내가 선택한 것이기에 슬프지는 않지만 슬펐다. 외롭지는 않지만 외로웠다. 난 이제 아버지도 어머니도 만날 수 없다고 생각하니 슬프고 외로워져서 혼자 있는 밤에 울고 있었다.

노크 소리가 들린 건 그때였다.

너무 놀라 당황해 일어났을 때에는 이미 눈물은 그쳐 있었다. 하지만 얼굴이 뜨겁다. 서둘러 얼굴을 씻어야 한다고 생각했다. 다시 한 번 더 노크 소리가 나고, 이어 여자아이 목소리가 들렸다.

"나나쿠사 군, 있지?"

호리가 아니다. 모르는 목소리다.

난 얼굴을 쓱쓱 문지르고 그런 다음 문을 열었다. 빨간 점퍼를 입은 여자아이가 따분한 듯이 서 있었다. 나와 호리와 그리 다르지 않은 나이로 보인다. 아직 어린 아이다. 그것은 이상한 일이었다. 이 섬에 어린아이는 없다. 우리 말고는 한 명도 없다. 중학생이 되지 않은 어린아이는 이 섬의 주민으로 받지 않는다고 호리와 서로 얘기해 결정했었다.

"안녕."

하고 그녀는 말한다.

"안녕."

하고 난 대답한다.

"넌 누구?"

"왠지 알 것 같지 않아? 이제 곧 마녀한테서 마법을 받을 예정인데."

그래서 알았다. 호리한테서 들었다. 또 다른 한 명의 마녀 후보자.

"아다치."

"그래. 잠깐 이쪽 분위기도 봐 둘까 싶어서 말이야. 놀랐어. 한 달 전과는 완전히 다르네."

나도 모르게 긴장이 풀려서 한숨을 내쉬었다. 호리가 돌아온 게 아니어서 다행이었다. 그녀에게 울고 있는 모습을 보여 주는 것과 비교하면 이런 건 일도 아니다.

"아직 멀었어. 마법이 있으면 집을 만드는 것도 도로를 만드는 것도 간단해."

"그런 거에는 놀라지 않아. 하지만 말이야, 집이 있다고 사람이 살아갈 수 있는 건 아니잖아? 200명 정도밖에 없는데도 제대로 생활이 이뤄지고 있는 것처럼 안 보이는데. 돈이 있으면 빵도 생선도 살 수 있어. 주스까지 마실 수 있지. 호리 씨 혼자 할 수 있는 일이 아냐."

확실히 사람이 적은 이 섬에서 제대로 돈을 쓸 수 있게 만드는 게 제일 고생한 점이었다. 호리에게 생선을 잡을 수 있는 양을 조정해 달라 하고, 인터넷 쇼핑의 물건과 가치를 몇 번이나 변경하고, 그걸 옮길 배로 섬의 물자를 구입하게 만들었고, 일부 주민을 마녀한테서 급료가 지급되는 공무원 같은 입장으로 만들고——라는 식으로 상당히 여러 곳에서 밸런스를 잡아 겨우 제대로 성립되는 방법을 손에 넣었다. 퍼즐게임 같아 재미있기는 했지만 학교 수업에서는 배우지 않은 어려운 문제다.

고생한 점을 칭찬받으면 역시 기쁘다.

나도 모르게 미소를 지었고, 그걸 대충 얼버무리기 위해 물었다.

"네 쪽은 어떻게 되고 있는데?"

"내 섬은 이미 완성됐어. 하루 만에 다 만들었지. 계속 호리 씨를 기다렸어."

말도 안 돼.

하루? 단 하루로 뭐가 가능하다는 거지?

아다치는 웃는다.

"실은 말이야, 오늘은 널 빼앗아 가려고 왔어. 호리 씨는 너도 알다시피 현실을 보지 못하는 면이 있잖아? 네가 없으면 이 섬은 좌절할 거라 생각해."

얼떨결에 얼굴을 찡그린다. 그런 얘기, 수락할 리 없잖아.

"난 호리를 따를 거야. 그러기 위해 여기 왔으니까."

"그래? 내 쪽으로 오면 좀 더 행복해질 수 있어. 원하는 건 뭐든 줄게. 하고 싶은 건 뭐든 하게 해줄게."

"별로 흥미 없어. 필요한 건 호리가 만들어 주니까."

"그럼 이런 건 어때? 잊고 싶은 걸 잊게 해줄게."

뭘 말하는 거지, 이 녀석은?

"잊고 싶은 것 따위 없어."

"정말? 눈이 빨간데?"

나도 모르게 눈가를 문질렀고 나는 그게 창피해 소리를 지를 뻔했지만 겨우 참았다. 가능한 목소리를 높이지 않게 주의하며 대답한다.

"정말 잊고 싶은 거 없어. 단 한 개도 없어."

"그래? 유감이네."

아다치는 여전히 히죽거리며 웃고 있다. 젠장, 어째서. 스스로 선택했기에 분명 슬플 리 없는데, 그런 건 머리로 생각하면 하나도 이상하지 않은데, 어째서 난 울어 버린 걸까.

난 열려 있는 문에 손을 댔다. 이제 잘 거야, 라고 말하며 아다치를 돌려보내려 했다. 하지만 그러기 전에 그녀가 말했다.

"내 섬을 보러 와. 그 아이와 나, 어느 쪽이 마녀로 어울리는지 아마 너라면 알 수 있지 않을까?"

솔직히 고민했다. 이 아이에게 다가가는 건 위험할 것 같았으니.

하지만 결국 난 끄덕인다. 위험으로부터 눈을 피해서는 안 된다고 생각했던 것이다. 아다치를 좀 더 아는 편이 좋다.

"부디 네 섬에 데려가 줘."

그녀는 끄덕였다.

그리고 손을 잡는 일도 없이, 하늘을 나는 일도 없이, 난 어느새 모르는 장소에 서 있었다.

아다치의 섬에는 아무것도 없었다.

산도 나무도 풀도 없고 벌레 우는 소리마저 들리지 않았다. 그래도 별 하늘과 바다는 변함없이 그곳에 있었다. 하지만 파도 소리도 들리지 않았다.

그저 평탄한 지면이 펼쳐져 있다. 어딘가 생물이 살지 않는 멀리 있는 별처럼. 그 안에 아마도 섬 중심 근처로 보이는 곳에 오도카니 건물이 딱 하나 서 있다. 4층 높이 정도인 상당히 낡은 아파트 같다. 하지만 조명도 켜져 있지 않다. 달빛에 비쳐진 그것은 도저히 사람이 살 장소로는 보이지 않는다. 혹성에 불시착하다 땅에 박힌 우주선의 구슬픈 말로라고 말하는 편이 더 납득하기 쉬울 것이다.

"특별히야. 내 방에 초대해 줄게."

라고 아다치는 말한다.

난 고개를 젓는다.

"이제 됐어. 대충 알았어."

"그래? 역시 넌 머리가 좋아."

아다치는 아파트 벽에 등을 기댄 채 점퍼 주머니에 두 손을 찔러 넣는다.

"자, 대답해 봐. 나와 그 아이, 어느 쪽이 마녀로 어울리는 지."

이해가 됐다.

"넌 마법을 버릴 생각인 거지?"

아다치는 고개를 갸웃거린다.

"버린다는 표현은 좀 그런데. 이곳은 별장 같은 곳이야. 마녀라고 해서 마녀의 세계에서 살 필요는 없어. 평범한 인간으로 사는 거지. 가끔씩 마음 내킬 때만 이곳에 와. 혼자서 좋아하는 걸 먹고, 자고 싶을 만큼 자고, 만화를 보고 게임을 하고, 그런 식으로 보내고 만족하면 밖으로 돌아가. 마법에 과하게 기대하지 않는 인간이 마법을 제일 잘 쓸 수 있어."

그렇다, 맞는 말이다.

"분명 네 대답이 호리보다 옳아."

그녀는 웃는다. 지금까지와는 다른, 그 나이에 어울리는 순진무구한 웃음이었다.

"그렇지? 너도 알고 있잖아? 그 아이의 사고는 처음부터 틀렸어. 마녀의 세계에 타인은 필요 없어. 다른 사람이 한 명이라도 관여되면 마녀의 세계는 무너진다고."

아다치는 정확하게 이 장소를 이해하고 있는 것이리라. 그녀와 비교하면 호리는 완전 상상력이 부족하다. 이곳이 얼마나 잔인한 장소인지 이해하지 못하고 있다.

우리의 계획대로 계단섬이 만들어지고 운영되어 아무리 행복한 장소가 된다 해도. 만약 기적이 일어나 그 섬의 사람들이 모두 각자의 행복을 발견한다 해도 결코 없어지지 않을 불만이 있다.

계단섬이 쓰레기통인 이상 그 밖을 동경하지 않을 수 없다.

불만이 없는 인생 따위, 분명 없을 거라 생각한다. 한 사람 한 사람의 불만을 최소화하는 것은 노력으로 가능하다고 생각한다. 호리가 만든 계단섬의 주민은 어쩌면 현실과 같을 정도로는 행복해질 수 있을지도 모른다. 하지만 모든 것을 알고 있는 마녀에게 있어 그 섬이 편안한 장소가 될 수는 없다.

호리가 착하면 착할수록, 계단섬이 성실하면 성실할수록 그녀는 계속 고통스러울 것이다. 이곳이 진짜 낙원이 될 수 없다는 사실을 알고, 주민들이 가장 원하는 걸 뺏은 게 자기 자신이라는 걸 알고 언제까지고 괴로워할 것이다.

마녀는 자신의 불행을 증명당했을 때 마법을 잃는다고 들었다. 그렇다면 사람을 사랑하는 마녀는 자신의 세계에 타인을 불러들여서는 안 된다. 이곳에 누군가를 잡아 두면 안 된다. 왜냐면 그 누군가가 확실하게 마녀의 불행을 증명할 테니까.

하지만.

"넌 옳아. 분명 옳아. 하지만 아름답지 않아."

아다치는 고개를 갸웃거린다.

"너, 무슨 말을 하고 싶은 거지?"

"호리는 마법을 싫어하고 있어."

그렇다. 그래서 그녀는 계단섬을 생각해 낸 것이다.

"그녀도 분명 한 번은 마법을 버리는 걸 생각했을 거야. 그런 거, 분명 생각 안 했을 리 없어. 그래도 호리는 마법을 사용하는 걸 선택했어."

마법을 버리는 게 아니라. 독점하려는 게 아니라. 물론 그저 자기 멋대로 타인을 휘말리게 하는 게 아니라.

——소중하게 간직해 두려고요.

라고 그녀는 말했다.

──너무 무거워서 버리지 않으면 안 되는 걸 소중하게 간직해, 언젠가 다시 또 그게 필요할 때 돌려주고 싶어요.

이상했다. 어째서 호리가 다른 사람이 필요로 하지 않는 걸 긁어모으려 하는지. 마법을 착하게 쓰는 방법 따위 그것 말고도 분명 얼마든지 있을 텐데 어째서 계단섬 같은 답에 도달한 걸까?

호리는 분명 버리는 것의 거절부터 시작했다. 일단 버려야만 하는 마법을 줍는 것부터 시작했다. 그래서 마법으로 만들어진 세계는 쓰레기통의 낙원이다.

"분명 호리는 아무것도 부정하고 싶지 않은 거야. 마녀도 마법도, 부정할 생각은 없어. 너보다 훨씬 약하고, 훨씬 현실을 바로 보지 못해. 하지만 너보다 훨씬 아름다워."

그렇다면 역시 난 호리를 따른다. 아름다운 걸 지키겠다고 결정한다. 아니, 결정하고 말 것도 없다. 그것을 지키기 위해 난 자신을 버리고 이곳에 온 것이다.

"응. 그래."

따분하다는 듯 아다치는 한숨을 내쉬었다.

"하지만 분명 그 아이는 괴로워해. 마법을 손에 넣으면 계속 괴로울 거야. 그걸 계속 옆에서 보고 있을 거야?"

난 고개를 젓는다.

"아니. 호리가 계속 싸우는 걸 난 옆에서 보고 있을 거야."

아다치는 아파트 벽에서 등을 떼고는 느릿한 발걸음으로 걷기 시작했다.

"질렸어."

라고 그녀는 중얼거린다.

"네 얘기, 이제 질렸으니까 그만 돌아가서 자."

뭐야, 이게.

그녀는 두세 걸음 걷더니, 다시 한 걸음 걷고는 갑자기 사라졌다.

난 한참을 멍하니 그녀가 사라진 곳을 쳐다보고 있었다. 이런 아무것도 없는 섬에서 대체 어쩌라는 거지?

어쩔 수 없이 난 방금 전까지 아다치가 그렇게 했던 것처럼 아파트 벽에 기댄 채 그대로 한참 계단섬을 생각하고 있었다.

시계도 없기에 시간의 흐름을 알 수 없다.

운 좋게 마녀가 과거로 되돌려 주는 거 아닌가 싶었지만 그런 일은 일어나지 않았다. 대신 마녀가 빗자루를 타고 찾아왔다. 그것은 내 체감으로 아다치가 사라지고 30분 정도 지났을 때였다. 실제로는 그 반절 정도일 것이다.

호리가 데리러 와 줄 거라 생각했기에 상당히 놀랐다. 마녀는 하늘의 상당히 높은 위치에서 빗자루에서 뛰어내려 눈앞에 착지했다. 걷는 정도의 소리도 나지 않았다.

"산책 중?"

이라고 그녀는 말한다. 난 솔직하게 고개를 젓는다.

"아다치가 두고 갔어요. 도와주세요."

"싫어. 난 방관자로 정해져 있으니까."

사정을 알고는 도와주러 온 거 아니었나?

"그럼 저랑 얘기 좀 하죠."

"내용이 뭐냐에 따라."

"마녀의 재취직 자리라는 건 어떨까요?"

그녀는 놀란 듯 눈썹이 움찔 올라갔다.

"나나 군은 상당히 재밌는 말을 하는구나."

"나나 군?"

"엄마가 그렇게 부르지 않았어?"

"성으로 부르지는 않잖아요. 가족이니까."

"아, 정말 그러네."

진심인지 장난치는 건지 잘 알 수 없는 사람이다. 난 얘기를 다시 돌린다.

"저기, 호리를 선택하든 아다치를 선택하든 이제 곧 마녀가 아니게 되잖아요. 이다음에 해야 할 일을 정하는 게 마음 편하지 않나요?"

"편의점에서 아르바이트라도 하려고 생각하는데."

"마녀 다음으로?"

"뭘로 전직해도 다 이상하잖아. 마녀 다음이란 건."

뭐, 그건 그럴지도. 게임이라면 마녀 다음은 신관 같은 느낌이지만, 생각해 보면 신관보다는 편의점 아르바이트가 마녀의 다음 직장으로 더 나을지도 모르겠다.

"계단섬에서 우편배달 하지 않을래요?"

라고 난 말했다.

마침 호리와 우체국이 필요하다는 얘기를 하고 있었다.

마녀는 웃는다.

"그런 영화가 있었지. 그건 택배 배달이었지만."

적어도 이 웃음은 나도 그녀 자신도 깔보는 것같이 느껴지지는 않았다. 심플하게 밝은, 뭔가 깜짝 놀라는 웃음이었다.

난 이상하게 부끄러워져서 고개를 숙이며 말을 잇는다.

"마침 잘됐다고 생각해요."

"응? 뭐가?"

"봐요. 그냥 보기만 하는 것보다도 가까이에 있는 거잖아요. 편지를 전하는 쪽이."

타인의 인생을 지켜보는 데 질린 마녀가 있을 곳으로 아주 딱인 것 같다. 우편배달원이라면 지금까지의 마녀보다도 분명 조금 더 누군가의 인생에 관여하게 될 테니까.

"그렇군. 나쁘지 않을지도."

우편, 우편, 하고 마녀는 몇 번 반복한다. 분명 그녀가 계단섬에서 우편배달을 해준다면 호리도 기뻐할 것이다. 나로서도 좋다.

"우선은 시험 삼아 절 배달해 주시는 건 어떨까요?"

"응? 너한테는 우표가 안 붙어 있는 것처럼 보이는데?"

"잘은 모르지만 우표가 없는 편지는 주인한테 다시 보내는 거 아니었나요?"

마녀는 즐거운 듯이 깔깔거리며 웃는다.

"서비스는 오늘만이야."

그녀는 청바지 주머니에서 빗자루를 쓰윽 꺼냈다.

*

계단섬의 산 정상에 만든, 엄청 높은 탑에 돌아와도 불은 켜져 있지 않았다.

문을 당겨 열고 안으로 들어가니, 뭔가 작은 소리가 들렸다. 교실 의자를 잡아당겼을 때 들리는 새된 소리와 비슷했다. 그건 중간중간 끊어지면서 계속되었다.

난 소리의 원인을 찾아 시선을 향한다.

침대 쪽이다. 경계하면서 몇 발짝 다가가니 구름이 움직인 걸까, 창문에서 달빛이 비쳐 들어온다. 검은 머리와 하얀 피부를 비췄다. 달빛으로 인해 그것은 파랗게 보였다.

그곳에 있던 건 호리였다. 그녀가 침대에 얼굴을 파묻고 있었다.

긴장이 풀려 난 한숨을 내뱉는다.

"나 왔어."

갑자기 호리가 얼굴을 든다. 난 얼떨결에 소리를 지를 뻔했다. 그녀의 움직임에 놀란 게 아니라, 그 표정이 내가 알고 있는 그녀와 완전히 달랐기 때문이다.

호리는 울고 있었다.

녹은 버터처럼 얼굴이 완전히 일그러진 채 울고 있었다. 그 작은 소리는 오열이었다는 걸 알았다. 무슨 일이야, 라고 묻기 전에 그녀의 머리가 내 가슴에 부딪쳤다. 숨이 막힌다. 작은 헛기침으로 얼버무리고는 이번에야말로 난 묻는다.

"무슨 일이야?"

그녀는 여전히 울고 있었다. 갈라진 목소리로 절규하듯이 말한다.

"돌아간 거라고 생각했어."

"돌아가다니, 어디로?"

"저쪽으로."

저쪽이라는 게 어디를 가리키는 건지는 물론 명확하다.

호리는 내가 마녀의 세계를 나가 현실로 돌아갔을 가능성을 생각해 내고는 이렇게나 슬퍼해준 것이리라. 호리를 울리고 싶지는 않았지만 약간 기뻤다.

난 그녀의 머리에 손을 올린다. 굉장히 뜨겁다. 막 삶은 달걀처럼.

"돌아가지 않아. 난 계속 여기 있어. 돌아갈 생각도 없어."

내 손 아래에서 그녀는 머리를 저었다.

"하지만 저쪽 나나쿠사 군이 주우러 오면 돌아가게 되잖아."

"아, 그런가."

이상하게도 그럴 가능성은 생각해 보지 않았다.

"만약 내가 따라가 버리면 네가 다시 주우러 오면 되잖아. 몇 번이든 이곳으로 올게."

"하지만. 그건 룰 위반이라서."

확실히 우리는 서로 얘기해 정했다. 본인이 버리려 하지 않는 걸 절대 이쪽으로 데려오지 않는다.

난 고개를 젓는다.

"룰 위반 아냐. 왜냐면 나 자신이 정했으니까. 저쪽의 나에게만 버릴 권리가 있는 건 이상해."

호리가 그제야 내 가슴에서 얼굴을 떼고 눈물로 젖은 얼굴을 들었다.

"정말? 룰 위반이 아닌 거야?"

"정말로 룰 위반이 아냐."

현실 쪽의 내가 어떻게 생각하는지는 모르겠지만 그런 건 알 바 아니다.

호리는 두 손으로 얼굴을 쓱쓱 문지른다. 그런 다음 평소의, 날카로운 눈매의 무표정한 얼굴로 돌아와 날 노려본다. 아무래도 화가 난 모양이다.

"나나쿠사 군한테 부탁이 있어요."

왠지 기가 눌려, 난 "네." 하고 끄덕였다.

"괜찮겠어요? 전 상당한 울보에다 바로 혼란에 빠져요. 게다가 우울해지면 침대에 들어가 밖으로 나오지 않는 버릇이 있어요."

"몰랐어."

"생각지도 않은 일을 해 버려요. 어렵게 같이 룰을 정했는데 정말 곤란할 때, 전 그걸 지키지 못하게 될지도 몰라요."

"그래. 뭐, 그렇게 되면 반성할게."

"안 돼요. 룰은 지켜야만 해요."

그런가. 가끔 조금 깨는 정도라면 괜찮은 거 아닌가. 아니, 하지만 앞으로 계단섬을 만들어 나가야 하는 것이니 역시 룰 위반은 안 되려나.

호리는 여전히 기분 나쁜 듯이 날 노려보고 있었다.

"그러니까 부탁이에요. 제가 룰 위반을 하려고 하면 나나쿠사 군이 혼내 주세요."

그날 밤 난 호리에 대해 몇 가지를 알게 됐다.

의외로 울보라는 점, 우울하면 침대에서 나오지 않는다는 점, 운 뒤에는 부끄러워서 불쾌해진다는 점, 그럴 때는 평소보다 훨씬 시원시원하게 말한다는 점.

왠지 모르게 즐거워져서 웃음이 나왔다.

"알았어. 네가 계단섬을 만들고 나는 널 체크할게."

이런 식으로 우리의 역할이 정해졌다.

*

며칠 뒤 다음 마녀로 호리가 뽑혔다.

아다치는 어느새 이 세계에서 사라졌고 마녀는 마법을 잃고 우체국 직원이 됐다.

그 뒤 우리는 7년간, 룰에 따라 계단섬을 운영해 왔다. 물론 여러 가지 문제가 있었고 몇 번인가 다시 호리의 우는 얼굴을 보게 된 적도 있었다.

그렇다고는 해도 적어도 호리는 룰을 깨려고 하지는 않았다. 예외를 인정한 적은 있지만, 그건 내가 제안하고 그녀가 받아들였을 때뿐이었다. 7년간 호리는 계속 착한 마녀로 있었다. 그렇게 단언할 수 있다.

하지만. 결국 그녀는 자신을 위해 룰을 깨고, 감정에 끌려 마법을 썼다.

마나베 유우는 위험하다. 그런 건 알고 있었지만.

역시 계기는 그녀였다.

3 마나베 3월 10일 (수요일)

방과 후 복도 창문으로 석양이 비쳐 들어오고 있었다. 그래서 벽도 창틀도 색을 잃어 그림자 같았다. 마나베 유우는 신발장을 향해 걷고 있었다. 우연이겠지만, 주위에는 아무도 없다. 발소리도 들리지 않는다. 학교에 혼자 있으면 이상한 기분이 든다. 수십 년이나 미래로 이동해 버린 것처럼 학교 건물도 왠지 낡아 보였다.

"마나베 씨."

갑자기 뒤에서 불러 마나베는 뒤돌아본다.

엄청난 위화감으로 현기증이 났다. 들려온 건 나나쿠사의 목소리였다. 하지만 그가 "마나베 씨."라고 말한 건 언제 이후 처음일까?

나나쿠사는 분명 거기 서 있었다. 석양을 받으며 미소 짓고 있었다.

자신도 모르게 얼굴을 찡그리며 마나베는 묻는다.

"나나쿠사?"

바보 같은 질문이었다. 그곳에 있는 건 나나쿠사다. 눈도 코도 입도 귀도 나나쿠사다. 굳이 말한다면 기억보다 아주 조금 머리가 짧은 것 같다. 하지만 착각일지도 모른다. 눈앞의 그에게 느끼는 위화감은 그런 게 아니다.

나나쿠사는 정말 살짝 고개를 갸웃거린다.

"너랑 얘기하고 싶어. 괜찮겠어?"

마나베 유우는 끄덕인다.

물론, 상관없다. 그가 나나쿠사라 해도 그렇지 않다 해도.

갑자기 짐작 가는 게 있었다.

"너, 아다치 씨한테 전화를 걸었던?"

그녀의 스마트폰 너머로 들린 목소리와 상당히 비슷하다. 마치 나나쿠사가 아닌 것 같은, 하지만 나나쿠사의 목소리다.

그는 끄덕인다.

"그 부분을 우선 얘기할까?"

그는 따라오라고 말했다. 그 말투만 빼면 평소 그대로의 나나쿠사였다.

그는 복도를 똑바로 걷는다.

마나베는 그의 약간 뒤에서 걸었다.

"얘기란 게 뭐지?"

"잠깐 기다려. 우선 보여줄 게 있어."

"너, 나나쿠사 맞아?"

"물론. 달리 누구로 보이는데?"

그가 발을 멈춘 건 보건실 앞이었다. 노크도 하지 않고 문을 연다.

"어디 아파?"

"아니."

보건실에는 침대가 두 개 있다. 한쪽은 커튼이 쳐져 있지 않고 다른 한쪽은 커튼이 쳐져 있다. 그는 커튼이 쳐진 쪽으로 걸어간다. 천천히 걸으면서 말했다.

"난 분명 나나쿠사지만, 네가 알고 있는 나나쿠사가 아냐. 네가 구별할 거라고는 생각지도 못했기 때문에 좀 놀랐어."

그는 커튼에 손을 뻗어 커튼을 걷는다.

침대가 보였다. 그곳에 누워 있는 건 나나쿠사였다.

자신도 모르게 달려간다.

"나나쿠사."

마나베가 잘 알고 있는 나나쿠사다. 하지만 어째서 보건실 침대에서 자고 있는 거지? 그의 뺨 바로 옆에 손을 짚고 그 얼굴을 들여다본다. 그다지 고통스런 느낌은 없다. 그저 한가하게 낮잠을 자고 있는 것처럼 보인다. 새삼 이렇게 보니 그의 얼굴은 기억보다 어리다. 놀다 지친 어린아이 같았다.

"걱정할 필요는 없어."

라고 또 한 명의 나나쿠사가 말했다.

마나베는 침대에서 손을 떼고 그를 향한다. 나나쿠사가 두 명 있다.

"이건 마법?"

"그래. 마법이야."

"나나쿠사한테 무슨 일이 일어난 거지?"

"좀 쉬고 있을 뿐이야. 곧 깰 거야."

"보건실 선생님은?"

"자리를 피해 달라고 했어. 너와 둘이서만 얘기하고 싶었거든."

마나베는 깊게 숨을 들이마셨다 뱉고는 끄덕인다.

"알았어."

의문은 얼마든지 있다. 둘이서 얘기할 수 있는 건 마침 잘됐다.

나나쿠사와 같은 모습을 한 그는 파이프 의자에 앉았다.

"계단섬에 나나쿠사는 두 명 있어. 나와 네가 잘 알고 있는 그야. 하지만 실은 내가 선배야. 7년이나 이곳에 있었으니까 말이야."

마나베는 그가 말한 사실에 하나씩 수긍한다.

"다시 말해 넌 7년 전, 자기 자신에게 버려져 이곳에 왔어. 나나쿠사는 널 줍지 않은 채 작년 여름에도 또다시 자신을 버려서 계단섬의 나나쿠사는 두 사람이 됐다?"

"맞아. 넌 이해력이 좋아."

마나베는 자신도 모르게 인상을 찌그린다.

"계단섬은 같은 사람이 몇이든 오는 거야?"

"같지는 않아. 이 섬에 인격을 버릴 때마다 분명 다른 인간이 되어 있을 테니까. 게다가 두 사람이 있는 건 우리만이야. 나와 마녀는 친구야. 특별히 내 억지를 들어준 거지."

그럼 아다치가 말하던, 마녀의 친구라는 건 이 나나쿠사였던 건가. 그를 설득하는 게 마녀를 설득하는 걸로 이어진다는 뜻인가.

"그런데 어째서 나나쿠사는 자고 있지?"

"그에게 내 기억을 옮겼어. 대부분 그대로 카피해 붙였어."

기억.

"그래도 괜찮은 거야?"

"아까부터 말했잖아. 걱정할 필요 없다고. 딱히 널 잊은 것도 아냐. 그저 내 몫의 기억이 늘었을 뿐이야."

"괜찮은 건데 어째서 자고 있어?"

"역시 좀 피곤한 거 아닐까? 7년의 기억이니까 말이야."

마나베는 다시 한 번 더 크게 심호흡을 했다. 일단 납득하지 않으면 앞으로 나아갈 수 없다.

지난 7년간, 나나쿠사는 두 사람이었다. 한 사람은 마나베가 잘 알고 있는 나나쿠사다. 작년 여름 계단섬으로 왔다. 또 한 사람은 별로 잘 알지 못한다. 7년 전──초등학교 3학년생. 아직 나나쿠사와 특별히 친했던 시기가 아니다. 그 무렵에 그는 이쪽으로 와 마녀와 친해졌다.

그리고 지금 마나베가 잘 알고 있는 나나쿠사는 또 한 명의 나나쿠사의 기억이 카피되어 자고 있다. 두 사람 몫의 기억을 손에 넣은 나나쿠사는 지금까지와 같은 나나쿠사일까? 모르겠다. 빨리 얘기해 보고 싶지만, 그렇다고 어깨를 잡아흔들어 깨울 수도 없다.

또 한 명의 나나쿠사는 미소를 짓는다.

"너한테 물어보고 싶은 게 있어."

"뭔데?"

"넌 저 나나쿠사를 좋아해?"

"물론."

"그럼 그건 어떤 종류의 좋아함인 거지?"

말문이 막힌다. 감정을 표현하는 건 서툴다.

당황해하고 있는데 그는 말을 계속한다.

"아다치는 계단섬에 와서 여러 가지로 계속 움직였고, 잘 되기도 하고 실패하기도 하는 모양이야. 하지만 그중에서도 제일 생각대로 되지 않았던 게 너일 거야."

"그래? 굳이 말한다면 사이가 좋다고 생각하는데."

"아다치가 왜 나나쿠사한테 고백했는지 알아?"

"좋아해서 아냐?"

"널 자극하고 싶었던 거야. 아마도 아다치가 고백하면 네가 대항할 거라 생각한 거 아닐까? 그건 뭐, 내 입장에서 보면 상당히 곤란한 상황이 되지만 말이야."

"어떻게 곤란한데?"

"저쪽의 그가 날 주울지도 몰라."

나나쿠사는 침대에서 자고 있는 나나쿠사를 가리켰다.

"형태상으로는 난 그에게 버려져 있으니까, 주울 권리는 저쪽이 가지고 있어. 아다치가 노리고 있던 건 그거야. 즉, 마녀인 호리를 선택한 날 지우고 마나베 유우를 선택한 나나쿠사만을 남기는 거지."

"잘 이해가 안 돼."

입 밖으로 꺼내고는 다시 한 번 더 머릿속으로 생각해 보지만 역시 이해가 안 된다.

"어째서 내가 나나쿠사한테 고백하면 네가 사라지는 게 되는 거지?"

"그건 7년 전, 그가 뭘 버렸는지와 관련되어 있어."

"뭘 버렸는데?"

"본인에게 물어봐. 어쨌든 네가 저쪽 나나쿠사에게 고백하지 않은 덕분에 난 살았지만, 왠지 두 사람의 관계가 신경 쓰여."

어려운 이야기다. 마나베는 팔짱을 낀다. 가능하다면 칠판을 사용해, 자신의 생각을 눈에 보이는 형태로 정리하고 싶었지만 보건실에는 칠판이 없다. 어쩔 수 없이 정리하지 못한 채 말로 꺼냈다.

"난 결국 일반적인 의미로 나나쿠사를 좋아한다고 생각해. 같이 있으면 즐겁고, 보고 싶다고 생각한 적도 자주 있어. 가능하면 미움 받고 싶지 않고, 좀 상상하기 힘들긴 하지만 연인이 된다면 분명 정말 기쁠 거야."

"굉장히 이해하기 쉽네."

마나베는 끄덕인다.

"그것뿐이라면 굉장히 이해하기 쉬워. 하지만 나나쿠사에게는 말이야, 제일 지키고 싶은 건 감정이 아냐. 연애를 이유로 뭔가가 정해지는 걸 원치 않아. 가장 순수하길 원해."

눈앞의 나나쿠사는 과장스럽게 인상을 찡그렸다.

"갑자기 모르겠어."

"이 점이 어려워."

"뭔가라니, 그게 뭐지? 뭔가가 정해지는 걸 원치 않다니?"

"다시 말해 나나쿠사의 말이라든가 행동 같은 거. 예를 들면——."

짐작이 가서 마나베는 자신도 모르게 그만 웃고 말았다. 너무나도 있을 수 없는 일이었기에.

"예를 들어 내가 뭔가를 틀렸을 때, 연인이라는 이유로 나나쿠사가 그 잘못을 그냥 못 본 척 넘어가는 일은 있어서는 안 돼. 내가 잘못하면 나나쿠사는 날 혼내 주길 원해. 나나쿠사가 하는 말에 납득하지 못한다면 난 반론하고 싶어. 그때 있어야 할 감정은 연애도 사랑도 아냐."

"그럼 뭐지?"

"말로 하는 게 어려운데. 하지만 가장 비슷한 말은 존경이려나. 그래서 그의 연인이 되는 게 기쁘기는 하지만, 왠지 아쉽기도 해."

다시 말해 우선순위가 다르다.

이전 나나쿠사와——마나베가 잘 알고 있는 쪽의 나나쿠사와 나눈 대화의 반복이다. 이쪽의 목소리가 닿는 곳에 그가 있고 그의 목소리가 닿는 곳에 이쪽이 있다. 그의 본심이 아무리 이쪽과 완전 반대라 해도, 그게 닿는다면 다른 건 필요 없다. 서로의 목소리만 흐려지지 않는다면, 그 사실이 가장 중요하고, 애정은 소중한 거지만, 목소리에 색을 입히는 거라면 그것마저 필요 없다.

지금까지보다 정확하게 마나베 유우는 자각한다.

──역시 난 나나쿠사를 좋아해.

그 호의는 과정이 아니다. 먼저 결과를 원하는 게 아니다.

호의 그 자체가 결과로, 그 이상의 형태는 필요 없다.

"양쪽 모두 손에 넣을 수 있다면 그건 정말 멋지겠지. 서로 사랑하면서, 하지만 필요에 따라 그 사랑을 잊고, 존경만으로 논쟁할 수 있다면 이상적이야. 하지만 아직 그렇게 할 자신은 없어."

"어째서?"

"왜냐면 난 어쩌면 정말 나나쿠사를 좋아하는 것 같으니까."

지금은 존경이 일그러져 버릴 정도로 좋아하니까 아직 조심해야 할 필요가 있다. 그저 겁을 내는 것뿐일지도 모른다. 하지만 그에 관한 것 정도는 겁을 내도 괜찮다는 생각도 든다.

나나쿠사가 갑자기 웃기 시작한다. 눈동자에 눈물까지 맺혀 있었다. 완전히 다른 사람 같은 존재라는 걸 알고 있어도 크게 웃는 나나쿠사는 너무 생소해 마나베는 어안이 벙벙해진다.

눈가를 훔치며 그는 말했다.

"그래, 이제 이해했어. 이게 계단섬이야. 그래서 그는 이곳에 있는 거야. 버려져 이곳에 온 거야."

마나베는 고개를 갸웃거린다.

"무슨 뜻이지?"

"현실의 너희들이라면 포기했을 것을, 너희들은 포기할 수 없었어. 누구에게든 소중하다는 걸 아는 감정보다도 자신들에게 있어 순수한 감정 쪽을 선택할 수 있으니까. 난 현실의 너희들이 싫은 게 아냐. 그들은 여러 가지를 포기하고 변화하고, 만점이 아니지만 행복해져 가는 거라고 생각해. 해피엔딩의 하나의 형태지. 하지만 너희는 어이없게 그 결말을 부정해 버려."

그는 팡팡 박수를 쳤다. 정말 즐거운 듯이, 그런데도 왠지 슬퍼 보였다. 자포자기하는 것 같기도 했다.

이어 불쾌해 보이는 목소리가 들렸다.

"시끄러워."

침대에 누워 있던 나나쿠사가 어느새 눈을 떴다.

"괜찮아?"

마나베는 묻는다.

그는 침대 위에서 몸을 일으키고는 얼굴을 찡그리고 있다.

"전혀 문제없어. 자고 났더니 머리가 개운해졌어. 요즘 수면 부족이었던 걸지도 몰라."

"하지만 왠지 좀 괴로워 보이는데?"

"저 녀석 때문이야. 완전 다른 사람이라면 좋겠어. 하지만 어중간하게 비슷한 만큼 역시 좀 화가 나."

그는 침대 밑에 놓여 있던 운동화에 손을 뻗어 그걸 신었다. 조심스럽게 신발 끈을 묶으면서 말한다.

"호리는 어디 있어?"

또 한 명의 나나쿠사가 대답한다.

"등대."

침대 위의 나나쿠사는 역시 마나베가 잘 알고 있는 나나쿠사였다. 아무것도 다르지 않다. 불쾌해 보이는 표정도, 목소리도. 분노하고, 성내고, 슬퍼하고, 포기하고 나아가는 그다.

"그럼 당장 끝내 버릴게."

나나쿠사는 침대에서 일어난다.

그는 이쪽으로 한 발 걸음을 내밀어, 불과 30센티미터 정도의 거리에서 마주 본다.

똑바로 마나베를 쳐다보며 그는 말했다.

"정말 좋아해."

그가 무슨 소릴 하는 건지, 순간적으로는 이해하지 못했다.

"계속 오랫동안, 지금도 물론, 나에게 있어 가장 소중한 건 너야."

귀가 들리지 않게 되었고, 눈도 보이지 않았다. 착각이 아닌, 정말 순간이었지만 분명 오감이 사라졌다. 하지만 곧바로 가슴이 크게 쿵쾅거리며 원래대로 돌아온다.

그의 눈동자를 지그시 바라봤다.

——그래, 평소 그대로의 나나쿠사야.

그렇게 확신하고 마나베 유우는 웃는다.

4 나나쿠사 같은 날

——이건 개인적인 일이니까.

라고 토키토 씨는 말했다.

——마녀도 마나베도 아다치 씨도 아닌, 어디까지나 나나쿠사 군의 문제라 내가 할 수 있는 말은 없어. 그저 네가 혼자 고민하는 수밖에 없어.

그 말의 의미는 지금이 되니 이제 명확하다. 이건 나나쿠사의 문제다. 나와, 그만의 문제다.

돌이켜 생각해 보면 아다치가 공격했던 건 호리가 아니었다. 그녀는 마나베에게 접근해 크리스마스의 비극을 폭로했다. 그 앞에 있는 건 나와 또 다른 나나쿠사였다.

계단섬의 불행을 증명하는 건 7년 전부터 이 섬에 있던 그다. 마녀에게 있어 유일한 동료라 부를 수 있는 그 하나다. 그리고 그는 이미 부서져 있다. 그 기능을 다하지 못하게 되어 있다. 분명 어느 정도는 마음으로 결정했을 텐데. 난 그 기억을 모두 알고 있는데도. 그는 호리의 이상을 지키는 걸 포기했다.

그가 내가 아니라면 당연하다고 말해 버리는 일도 가능했다. 그의 판단은 아무 감정 없이 역할을 수행하는 것보다 훨씬 바르고 착하고 성실하다고 결정해 버리는 것마저 가능했다. 왜냐면 호리는 이상을 좇아 참을성 있게 이 섬을 운영하며 애정을 담아 지켰다. 하지만 이곳이 낙원이 되는 일은 없기에.

계단섬의 이상은 아무것도 버리지 않는 것이다, 라고 호리는 말했다. 아름다운 이상이다. 강한 이상이다. 이상적인 이상이다. 하지만 그 이상은 전제부터 모순되어 있다. 이곳은 쓰레기통 안이니까. 우리는 처음부터 버려져 있었으니까. 아무것도 버리지 않는 거라면 계단섬 따위 있어서는 안 된다. 그 이상은 섬 밖에서만 성립된다.

다이치도 그렇다. 그는 역시 계단섬에 와서는 안 되었다. 자기 자신에게 버려진 소년 따위 생겨나서는 안 되는 것이다. 모두 그렇게 말한다. 우리도 그렇게 말한다. 계단섬의 이상마저, 그렇게 말한다. 아무것도 버리지 않는 걸 꿈꾼 계단섬은 이 섬 자신을 부정한다.

그래서 계단섬은 처음부터 잘못되어 있다. 처음부터 잘못된 걸 믿고 계속 상처받고 있는 여자애를 보고 있는 건 슬프다. 그 아이를 고통에서 해방시키기 위해 그 아이의 이상을 부정하는 건 당연히 친절하다.

──그만 된 거 아닌가.

라고 한숨을 내쉰 그를 난 알고 있다.

──마법을 아다치에게 빼앗겨도. 계단섬이 실패였다고 해도. 이제부터 좀 더 편안하게, 둘이서 살아가면 되는 거 아닌가.

소녀로서의 호리의 행복을 만들기 위해 마녀로서의 호리의 이상을 부정한다. 그것은 분명 자연스러운 일일 것이다. 바로 옆에서 정말 좋아하는 여자애가 계속 고통스러워한다면 물론 그런 식으로 생각할 것이다. 남의 일이라면 나도 응원할 수 있었다. 그런 행복도 있는 거라며 웃으면서 어른이 됐구나 하며 박수를 보내고, 어린 시절에 꿨던 꿈보다도 눈앞의 행복을 선택하는 걸 긍정적으로 받아들일 수 있었다.

전혀 다른 누군가라면 불만 없다.

하지만. 그것은 나의 이상이 아니다.

그는 나다. 어쩔 수 없이 나다. 군청색의 밤에 피스톨스타를 알고 까닭 모를 감동에 휩싸였던 나다. 우주 건너편인 이쪽을 비추지 않는 빛을 계속 동경해 왔던 나다.

그래서 난 그가 무너졌다는 사실을 용서할 수 없다.

──넌 검정이다.

라고 그는 말했다.

──아다치도 검정. 하지만 완전 반대 검정이야. 넌 제일 나약한 검정이고 아다치는 가장 견고한 검정이다.

검정은 본래 강한 색일 것이다. 그림물감을 팔레트에 나열한다. 모든 색을 섞으면 검정이 된다. 균형이 무너져도, 거기에 뭔가를 더하면 검정으로 돌아온다. 그래서 강한 색이다.

한편 약한 검정도 분명 존재한다. 그것은 공백의 색이다. 아무것도 없는, 빛을 튕겨 내는 것도 없는 검정이다. 뭔가 하나를 놓는 것만으로 무너지는, 약한 검정. 별과 별 사이에 가로놓인 투명한 검정이다.

난 그 검정이고 싶었다. 분명 그도.

밤하늘 멀리 건너편에서 빛나는 아름다운 별 옆에 있을 수 있는 건 쉽게 부서져 버리는 투명한 검정뿐이기에. 의미를 갖지 않는, 하지만 아무것도 막지 않는, 그 검정이 내 역할이라면 그 정도로 자랑스러운 일은 없다.

——그걸 감싸고 있는 공백의 이름이 사랑이다.

라고 100만 번 산 고양이는 말했다.

사랑 같은 건 모르지만 내가 되고 싶은 건 그거다. 피스톨 스타를 무의미하게 감싸는, 바로 곁에 있어도 비춰질 일도 없는, 아무것도 아닌 약한 검정이다.

그런데도 그는 부서져 버렸다. 공백으로 있을 수 없었다. 다른 색을 원해 버렸다. 빛이 닿는 걸 꿈꿔 버렸다.

우리에게 있어 그건 죄다. 완전히 다른 별을, 완전히 다르게 좇고 있었다 해도. 그래도 같은 신앙을 가진 우리에게는 용서받을 수 없는 죄다. 만약 세계의 모든 사람들이, 마나베도 호리도 다른 모든 사람들이 다 신경조차 쓰지 않아도 나와 그만은 용서할 수 없다.

그래서 이건 나와 그의 이야기다. 나만의 이야기다. 달리 그 누구도 들어올 여지 따위 없다. 혼자만의 단죄로 혼자만의 살인이다.

이제부터 난 아주 조금 자살할 것이다. 또 다른 나를 죽일 것이다. 그는 그 자신의 신앙에 의해, 내 손으로 죽임을 당할 것이다.

난 그저 하나, 부서진 검정의 한 조각을 꽉 쥐고는 그걸 그의 가슴에 꽂는다.

정말 좋아해.

*

그것은 용기가 필요한 일이었다.

"정말 좋아해."

라고 난 말한다. 내 행복을 향해 아무렇게나 손을 뻗는다.

거짓말을 할 필요도, 말을 고를 필요도 없다.

"계속 오랫동안, 지금도 물론, 나에게 있어 가장 소중한
건 너야."

마나베의 눈이 동그래진다. 그녀가 표정을 바꾸는 일은
좀처럼 없기 때문에 그걸로 뭔가 이득을 본 기분이 들었다.

하지만 곧바로 그녀는 웃었다. 굉장히 아름다운, 평소 그
대로의 웃음이었다.

"나도 정말 좋아해. 소중한 것에 순서는 정하고 싶지 않지
만, 굳이 정한다면 역시 네가 맨 처음인 것 같아."

마나베 유우는 완벽한 여자아이가 아니다.

종종 착각하고 단락적인 행동도 많이 한다. 타인의 마음
을 배려하는 데 서툴다. 상당히 식탐이 강하고, 냉정해 보여
도 감정을 억누르지 못하는 경우도 자주 있고, 가끔씩은 큰

소리로 운다. 공부는 그럭저럭 하는 편이지만 상황에 따라서는 기가 막힐 정도로 바보다.

그래도 난 마나베 유우의 어떤 점을 신뢰하고 있다.

나에게 있어 가장 소중한 단 하나만은 마음 깊숙한 곳에서 신뢰하고 있다.

마나베 유우는 똑바로 나아간다. 머나먼 우주 건너편의, 슬플 정도로 깨끗한, 무엇보다 고상한 달빛처럼 어디까지고 똑바로 나아간다.

그래서 이건 사랑 고백도 아니고, 연애 고백도 아니다. 이런 걸 그녀는 착각할 수 없다.

"지금까지처럼 정말 좋아해."

라고 그녀는 말했다.

난 내 행복이 여전히 내 손안에 있다는 걸 확인한다. 그것은 내 것이 아니다. 본래는 그녀만이 소유하고 있는 것이다. 하지만 착각이라 해도 지금은 아직 내게 있다.

그 사실이 기뻐서 난 미소 짓는다. 미소 지으며 또 한 명의 날 생각한다.

──넌 부서졌다는 말 따위 해서는 안 됐어.

빛이 닿길 원해 아무것도 없는 검정에서 걸어 나오는 게 너의 행복이었다면 그런 표현을 해서는 안 되는 것이다. 그걸 부정하고, 깨달아서는 안 됐다.

——그래, 넌 역시 나였어.

그는 호리를 사랑하고, 당연하게 그녀를 구해 내고 싶다고 생각하고, 마녀가 아닌 평범한 소녀로서 그 아이를 행복하게 해주고 싶다고 기도하고. 하지만 그런 자신을 받아들일 수 없었다.

그래서 그날 밤 그는 날 등대로 불렀던 것이다. 여전히 검정으로 있는 나에게, 그는 내가 그를 주워 주길 원했던 것이다. 그를 죽인 건 나다. 나에게 죽임을 당한 건 그다. 흉기는 부서진 검정의 절규. 빛을 한 조각도 막지 않고, 그저 가까이에 있고 싶어 했던 시절의 이상. 그 순수하고 예리한 목소리로, 그는 빙 둘러 자살했다.

"어라?"

마나베가 소리친다.

"또 한 명의 너는?"

보건실에는 이미, 나와 마나베 말고는 아무도 없다.

"사라졌어. 내가 주웠어."

"주워?"

"잃어버린 걸 찾았어."

마나베는 멍한 듯 무표정에 가까운 진지한 얼굴로 생각에 잠긴다. 생각에 잠긴다기보다는 다음 말을 할 타이밍을 놓친 걸지도 모른다.

이윽고 그녀는 말했다.

"잃어버린 건 뭐였어?"

작은 목소리로 웃으며 난 대답한다.

"용기이려나."

7년도 더 전에 내가 버린 것. 그게 그를 이 계단섬으로 이끌었고, 머물게 만들었고, 호리에게 웃어 보이며 그녀를 마녀의 저주에서 구해 내라고 시켰다.

간단하게 정리해 버리면 그것은 나의 행복이다. 나 자신의 행복을 향해 난폭하게 손을 뻗는 용기다. 언젠가 짓밟은 그것을 난 주웠다. 이미 너덜너덜하고 누구에게도 아무런 가치가 없는, 재활용 가게에 가져가면 인수비용을 요구당할 것 같은 골동품이지만 내 용기를 되찾았다.

"그런 거, 나나쿠사는 계속 기다렸잖아?"

"그렇지도 않아. 필요 없다고 생각했어."

좀 더 단적으로 요약한다면 난 마나베 유우의 곁을 떠날 수 없다고 정했다.

그와는 정반대의 방법으로. 하지만 역시 같은 방법으로. 그가 호리와 있기 위해 호리의 동료로 계속 있으면서 그녀의 이상에서 그녀를 끌어내려 했던 것처럼, 난 마나베와 있기 위해 그녀의 적이 되어 그녀의 이상에 뛰어들기로 결정했다. 그 빛에 닿을 만큼 바로 가까이에 있기로 겨우 정했다.

그가 없어졌다는 사실에 약간 쓸쓸해졌다. 어떤 형태로든 그는 나에게 있어 소중한 걸 지금까지 지켜주었기에. 꽃을 바치는 것도, 손을 모아 기도하는 일도 없지만 그래도 난 정말 짧은 시간 눈을 감고 숨을 내뱉는다.

안녕, 하고 마음속으로 중얼거린다. 주운 자신에게 보내기에는 어울리지 않는 말이지만. 넌 나보다도 옳았어. 넌 나보다도 착했어. 나보다도 아주 조금 그 아름다운 별을 사랑했어. 용기를 가지고 그 빛으로 손을 뻗었다. 그리고 그만큼 그 별에 직격했고, 그래서 부서져도 여전히 검정인 채였다.

눈을 뜬다.

"난 이제부터 호리를 만나러 갈 거야."

마나베가 대답한다.

"나도 갈래. 얘기를 나누고 싶어."

"마녀와? 아니면 호리와?"

"둘 다."

물론 마나베 유우라면 그렇게 대답한다.

우리는 보건실을 나와서 문을 닫기 직전, 정말 아주 짧은 순간 방 안을 들여다보았다.

형광등의 작은 빛에 비쳐져 부서진 검정의 파편은 이제 없다.

＊

　달리지는 않았다. 하지만 빠른 걸음으로 계단을 내려와 우리는 택시를 탔다.

　그사이, 아주 잠깐 마나베 유우와 나의 관계에 대해 생각해 보았다.

　하지만 역시 적절한 단어는 찾지 못했다.

　물론 연인은 아니고, 동료라는 것과도 좀 다르다. 친구도, 아주 친한 친구도 위화감이 있다. 목적도 수단도, 이상도 가치관도 다르다. 그런데도 분명 서로 같은 걸 원하고 있다. 불과 방금 전까지는 우리가 원하는 건 조금씩 달랐을 것이다. 하지만 그를 주워 같게 된 것이리라. 거의 완전하게.

　저녁놀이 다 사라짐과 동시에 색을 잃은 섬을 택시가 달린다. 앞 유리 너머로 항구가 보여 난 말했다.

　"너도 호리한테 할 말이 있을 거라고 생각해."

　똑바로 앞을 보는 채로 마나베는 끄덕인다.

　"응. 많이 있어. 하고 싶은 말도, 묻고 싶은 말도."

　"그렇겠지. 하지만 우선은 잠자코 우리 얘기를 들어 주지 않을래?"

　"언제까지 잠자코 있으면 되는 건데?"

　"내가 됐다고 말할 때까지."

"그건 약속?"

"아니. 부탁."

"알았어."

마나베는 끄덕인다.

"약속은 할 수 없지만 부탁받은 건 기억할게."

항구에 도착했을 때 이미 해는 져 있었다. 등대 불빛이 밤 공기의 바닥을 스치고는, 정처 없이 어둠을 비추고 있었다. 하얀 문 앞에 한 소녀가 서 있다.

아다치다. 우리가 택시에서 내리자 그녀는 우리 얼굴을 보며 웃는다.

"마침 잘됐네. 호리 씨가 안으로 들여보내 주지 않아서. 설득하는 것 좀 도와줘."

"널 도울 생각은 없어."

아다치의 상황 따위 알 바 아니다.

"하지만 나도 여기 들어가지 않으면 곤란해."

오늘 밤은 굉장히 추워서 의외로 어린아이 같은 그 아이는 분명 침대에 웅크리고 앉아 있을 것이다. 난 그 사실을 이미 알고 있기에 이 문을 열 것이다. 문밖에 아무리 큰 슬픔이 파도친다 해도, 문 안쪽에 아무리 눈물이 많이 쌓였다 해도, 이런 밤은 그 아이 옆에 있는 게 내 역할이고 난 이미 날 주웠기에 이 문을 열 것이다.

가능한 섬세하게, 그 아이가 불안해하지 않는 리듬을 찾아, 그것은 분명 그와 같은 손동작으로 난 문을 노크한다.

"널 만나고 싶어. 이 문 열어."

그 아이의 대답은 언제든 오랜 시간이 걸린다.

하지만 나에게는 불안도 없다. 겁먹고 망설인다 해도, 그녀는 아무것도 버리지 않기에 이 문이 열릴 거라는 건 알고 있다. 그래서 밤의 추위를 견디고 있으면 된다. 곧 작은 찰칵 소리가 들려 잠금쇠가 풀렸다는 걸 알고 난 문을 밀어 연다.

어두운 등대 안에 발을 디디자, 왠지 그리운 냄새가 났다. 그의 기억이 떠올라 있었다. 이것은 원래 산 정상에 있던 탑이다. 하지만 그 산 정상은 너무 외로워서 바닷가로 옮겨 와 등대로 삼았다.

그는——또 한 명의 난 오랫동안 호리와 함께 여기 살았다. 마녀는 남들 앞에 나타나지 않는 게 좋다는 걸 알고 있었기에 숨을 죽이고 살았다. 호리는 자주 요리 연습을 했다. 마법을 사용하면 맛있는 스튜도 쿠키도 마음먹은 대로 만들 수 있는데도 그걸 일부러 직접 손으로 만들었고 실패하고는 우울해했다.

내 기억을, 아다치의 목소리가 난잡하게 가로막는다.

"날, 호리하고 만나게 해도 될까?"

어쩔 수 없이 난 대답한다.

"오랜 친구를 만나는 걸 방해할 이유는 없잖아."

"하지만 이미 충분하게 그 아이의 불행은 증명됐어."

"정말?"

난 어둠 속에서 나선계단에 발을 디딘다. 그 위치는 몸이 기억하고 있다. 7년이나 지났기에 당연하다. 계단의 폭도, 높이도, 아래에서 일곱 번째 끝을 밟을 때 끼익 하는 작은 소리가 나는 것도 알고 있다.

"호리가 불행한지 행복한지 따위, 그녀 말고는 그 누구도 정할 수 없어."

"그거, 진심으로 하는 소리야?"

"물론이지."

우리는 계단을 올라 침실 문을 연다.

불은 켜져 있지 않았다. 분명 램프가 있을 테지만 호리는 불을 켜지 않았다. 난 방으로 들어가 오른쪽 창문 커튼을 연다. 상당히 두껍고 차광성이 좋은 커튼이다. 그것을 여는 건 언제 이후 처음일까? 꽤 오랜만이라는 건 알고 있지만, 정확하게는 기억하지 못한다.

호리는 또 침대에 얼굴을 파묻고 있다. 또 한 명의 내가 몇 번이나 봤던 광경이다. 울고 있는 건지, 이제 막 울음을 그친 얼굴을 보여 주는 게 부끄러운 건지, 과연 어느 쪽일까. 달빛이 그녀의 뒤통수를 비춘다.

따분하다는 듯이 툭 던지는 말투로 아다치가 말한다.

"너보다 내가 더 행복해."

난 주저 없이 그녀의 목소리에 겹치듯이 말했다.

"아니. 아다치보다도 호리 쪽이 행복해. 지금까지처럼."

어느 한쪽의 말에, 호리의 뒤통수가 움찔 튕겨지며 반응한다.

본래 비관적인 나는 눈물에 젖은 여자아이에게 해줄 만한 말 따위 갖고 있지 않다. 하지만 그는 말해야만 한다는 걸 알고 있었고 그래서 난 계속 말한다.

"물론 지금까지 슬픈 일도 많이 있었어. 난 네가 우울해했던 것도, 울었던 것도 알고 있어. 지금도 네가 얼마나 힘들게 고집을 피워 이 섬을 지켜 온 건지 알고 있어. 그리고 우리는 아직 계단섬에 있어. 몇 가지 즐거웠던 추억도 있는 이 장소에 있어."

난 호리에게 다가간다.

그녀의 따뜻한 머리에 손을 올리고는 윤기 있는 가는 머릿결을 어루만진다.

"지금까지의, 이 섬의 모든 게 비극이었다고 말한다면 넌 불행해. 하지만 그럴 리 없잖아? 작년 크리스마스 파티는 굉장히 멋졌다고 너도 말했어. 학교 얘기도 늘 들려줬지. 아주 사소한 것까지 하나하나 다 가르쳐 줬어. 반장도 사사오카도 넌 친구라고 생각하고 있어. 매주 긴 편지를 즐거운 듯이 쓰고 있었어. 우리의 마법은 완벽하지 않았을지 모르지만, 그래도 슬프기만 한 건 아니었어."

호리가 얼굴을 든다.

난 그 머리에서 손을 떼고, 눈물이 맺힌 그녀의 눈동자를 쳐다본다. 7년간 이곳에서 산 나의 미소를 기억해 내, 최대한 그걸 재현한다.

──이건 잔인한 짓이야.

물론 알고 있다.

7년간, 호리와 함께 지낸 나에게는 견딜 수 없었던 일이다. 나야말로 그 모든 기억을 가지고 있기에 슬프다. 하지만 말은 막지 않는다. 마찬가지로 마나베와 보낸 기억도 가지고 있는 난 멈추는 법을 잊어버렸다.

"네가 행복한지 불행한지를 결정하는 건 너야. 하지만 가능하다면 네 행복을, 부정하지 않았으면 해."

이런 건 반칙 같은 것으로.

착한 호리는 수긍할 수밖에 없는, 나쁜 마법 같은 말이다.

호리는 그렇게 하는 것까지 겁먹고 있는 듯 주저하면서 고개를 갸웃거린다.

"넌 어느 쪽 나나쿠사 군이야?"

양쪽 모두다. 하지만 굳이 말한다면 역시 작년 여름에 계단섬에 온 쪽의 나일 것이다. 나에게 있어 가장 아름다운 건 지금도 아직 마나베 유우다.

그래서 난 대답한다.

"난 호리의 이상을 지키고 싶어. 계단섬의 마녀는 너밖에 없고 너이길 원해. 그걸 위해서라면 아무리 힘들어도 할 수 있어."

7년을 호리와 함께 보낸 나에게는 더는 말할 수 없게 돼 버린 말이다. 앞으로도 계속 호리를 괴롭혀도 마녀로서의 그녀를 지키기 위한 말이다. 난 역시 그가 아니기에 마녀의 동료로 있을 수 있다.

호리는 날 지그시 봤다. 젖은 눈동자는 순수하고, 왠지 어려 보인다.

두려운 듯 떨리는 목소리로 그녀는 말했다.

"당신은 계단섬을 좋아하나요?"

난 끄덕인다.

"물론. 네 마법을 정말 좋아해."

채찍질하는 말이다. 호리가 이 섬을 포기하지 않게 하기 위한 말이다.

그런데도 그녀는 눈동자에 눈물이 맺힌 채로 미소 지었

다.

"그렇다면 전 행복해요."

내가 호리에게 그렇게 말하도록 만들었다.

정말 이 섬이 아름답다고 생각하고 있기에. 다정하고 고귀한 장소라고 생각하고 있기에. 7년 전 또 다른 내가 그렇게 느낀 것처럼 호리의 이상은 나에게 있어 그 무엇을 희생해도 지키고 싶은 것이기에. 그리고 마나베 유우라면 괴로워도 상처 입어도 똑바로 나아가는 걸 선택할 테니까. 난 주저해도 결국은 이쪽으로 나아간다.

짝짝 박수 소리가 들린다.

뒤돌아보니 아다치가 박수를 치며 한숨을 내쉬었다.

"상당히 시시하게 됐네."

그녀는 실패한 것이다.

아다치가 바라는 대로 내가 그를 주웠고. 그녀가 노린 대로 그는 사라졌다. 그래도 호리는 여전히 계단섬을 버리지 않고 있다. 지금까지의 방식으로는 아다치는 마법을 빼앗을 수 없다.

그녀는 차가운 눈동자로 날 쳐다본다.

"엄청 싫어. 이딴 건 그저 잔인하기만 한 전개야. 설마 나나쿠사 군이 이렇게까지 악마처럼 행동할 줄이야."

나도 아다치를 쳐다본다.

"이제 그만 포기해 주지 않겠어?"

"글쎄. 분명 귀찮아지긴 했지만, 그래도."

그녀는 한쪽 발을 잡아끌며 등 뒤 마나베에게 시선을 향했다.

"넌 이 섬을 어떻게 생각해?"

이 자리에 마나베가 있다는 사실은 나에게 있어 상당히 불리하다.

아다치보다도 훨씬 두렵다. 만약 계단섬을 부수는 누군가가 있다면 그건 역시 마나베 유우일 것이다. 약간의 악의도 없이 정면에서 호리의 불행을 증명하는 누군가가 있다면 그건 틀림없이 마나베 유우일 것이다.

그녀는 날 쳐다보며 고개를 갸웃거린다.

"이제 말해도 돼?"

"안 돼. 오늘 밤은 안 돼."

"그럼 미안해. 네 부탁을 들어주지 못하는 건 마음 아프지만, 역시 이대로 가만히 있을 수는 없겠어."

당연하다.

이런 상황, 마나베 유우가 그냥 못 본 척 지나칠 리 없다.

"계단섬은 개선되어야만 해."

그녀는 말했다.

감정적이 아닌 목소리로, 마치 수학의 증명처럼 말했다.

"자세한 건 잘 모르겠지만 적어도 호리 씨는 울고 있으니 개선되어야만 해. 괴로워도 계속하는 건 나쁜 게 아냐. 멋지다고 생각해. 하지만 괴로운 채로 계속하는 건 잘못된 것 같아. 지금은 괴로워도 개선될 미래가 보이는 거라면 노력할 만한 가치가 있지. 하지만 언제까지나 변하지 않는 괴로움이라면 그 노력은 잘못되었어."

굉장히 당연하게 마나베는 내 방식을 인정하지 않는다.

아무리 아름다운 말을 고른다 해도 난 결국 호리에게 희생하라고 말하고 있는 거니까. 그녀와 나의 이상을 위해, 살아 있는 호리의 행복 따위 쳐다보지도 말고 계속 앞으로 나아가라고 말하고 있는 거니까.

태도가 돌변해 즐거운 듯이 아다치가 웃는다.

"마나베 씨는 역시 좋아. 분위기에 휩쓸리지 않아. 나나쿠사 군에게조차 휩쓸리지 않아."

그녀는 다시 발 위치를 처음처럼 돌린 뒤 미소를 지은 채로 내 얼굴을 들여다본다.

"나나쿠사 군의 마음은 나도 이해해. 역시 우리는 닮은 것 같아. 마나베 씨의 말에는 일그러짐이 없고 아름다워."

아다치를 닮았다는 말을 듣는 건 몇 번째일까? 잘 모르겠지만 이번만은 약간 화가 난다. 내가 마나베 유우에게 품은 감정을 닮았다는 말로 표현하지 말았으면 한다.

여전히 미소를 지은 채로 아다치가 우리에게——아니, 호리에게 다가간다.

다시 그녀는 말했다.

"너보다도 내가 행복."

더는 망설이지 않고, 크지는 않지만 강한 목소리로 호리는 대답한다.

"아뇨. 제가 행복해요."

이제 호리는 흔들리지 않는다. 하지만.

"어째서?"

깔보는 듯이 아다치는 고개를 갸웃거린다.

"이 섬의 어딘가 일부분이 행복하다고 하는 거라면 그건 인정할 수 있어. 부정하는 것도 귀찮지. 하지만 말이야, 나도 상당히 행복하거든? 너처럼 슬픈 일을 껴안고 있지 않아. 괴로운 일 따위 아무것도 없어. 매일을 자유롭게 즐겁게 살고 있다고. 어째서 나보다도 네 쪽이 더 행복하다고 믿을 수 있는 거지?"

호리는 대답한다.

"당신은 처음부터 포기하고 있으니까."

분명 몇 번이나 반복해 생각해 왔던 말일 것이다. 어쩌면 7년 전부터. 어느 한쪽이 마법을 이어받을지, 싸울 때부터 이 말은 호리 안에 있었을 것이다. 7년간의 오랜 생각을 거

쳤기에 호리는 주저 없이 말했다.

"당신은 처음부터 마법을 부정하고 있기 때문에 마녀로서 행복하지 않아요. 마법의 의미를 믿고 있는 내 쪽이 분명 더 행복해요."

——마녀는 다른 마녀에게 불행을 증명당했을 때 그 마법을 잃는다.

라고 아다치는 말했다.

이 말은 정확하지는 않아. 정답 중 하나이긴 하지만 정답의 모든 것은 아니다.

——상대 마녀보다 자신이 더 행복하다고 증명하면 됩니다.

라고 7년 전의 호리는 말했다.

당신보다도 내가 더 행복하다고 선언해 마녀를 납득시키면 마법을 빼앗을 수 있다. 이 룰을 두 사람은 완전히 반대로 해석했다. 첫 걸음부터 서로 등을 돌리고 있다.

그래서 호리는 지지 않는다. 호리는 자신의 이상을 마법으로 만들어 내려 하고 있지만 아다치는 제대로 마법을 쓰는 걸 포기하고 있다. 그녀는 마녀로서 행복할 수 없다.

이건 치명적인 아다치의 약점이다. 분명 그럴 것이었다.

"그렇군. 확실히 처음부터 난 널 이길 수 없었을지도 몰라."

그녀는 약간 고개를 숙이며 한 손으로 이마를 눌렀다. 하지만 그 입가는 여전히 미소를 그리고 있었다.

"결정했어. 난 내 이상으로 마나베 씨를 선택하겠어."

난 나도 모르게 인상을 찡그렸다.

입을 뗀 건 마나베였다.

"무슨 뜻이지?"

즐거운 듯이 아다치는 대답한다.

"마나베 씨가 이 아이보다도 자신이 더 행복하다는 걸 증명해 봐. 네가 마법을 손에 넣어, 이 섬을 네 이상대로 바꿔 만들면 돼. 난 네 마법이 될게. 그저 옆에 있을 뿐인 마법의 장식물이 되어 줄게."

그런 건 불가능하다. 마녀는 타고나는 것이니까.

그렇게 말해 버리면 된다. 하지만 아마도, 유사적으로 다른 누군가를 마녀로 삼는 건 가능한 모양이다. 자신의 세계에 있어 마녀라는 건 거의 만능이기에. 마나베에게 마법을 대여하는 것도 분명 가능할 것이다.

"내가 마법을 빼앗으면 마나베 씨를 마녀로 만들 거야. 그래서 호리 씨. 네 적은 이제 내가 아냐. 네가 계단섬의 이상에 매달린다면 그 이상이 마나베 씨보다도 올바른 것이라는 걸 증명해 보여 봐."

너무 터무니없어 머리가 아프다.

난 얼굴을 찡그렸다. 이제 겨우 아다치를 조금 이해할 수 있을 것 같았다.

——그녀의 목적은 마법을 빼앗는 것으로, 그다음 따위는 없다.

기분 나쁠 정도로 아무것도 없다. 그래서 그 어떤 것에도 구애받지 않는다. 자신의 이상에도, 자신의 행복에도, 다음 마녀로 자신이 되는 것조차도 구애받지 않는다. 그 어떤 수단이든 써서 강제로 마법을 빼앗는다. 혼색의 검정이다.

그리고 그렇기에 어쩌면.

언젠가 마나베가 말한 대로 아다치는 정말 착한 걸지도 모른다.

"너보다도 마나베 씨 쪽이 행복."

제대로 대답할 수 있을까? 라는 말을 남기고 그녀는 등을 돌렸다.

에필로그

***

아다치가 나간 문을 한참을 쳐다보고 있었다.

그녀에게 마법은 쓸 수 없다.

하지만 그녀의 말은 마법처럼 나의 행동을 지배한다. 마나베를 마녀로 만들겠다는 얘기를 결코 무시할 수 없다.

호리는 불안한 듯이 날 쳐다보고 있었다.

난 그녀에게 미소를 지으며 "내일, 얘기하자."고 말했다. 본인의 눈앞에서 벌어진 일이지만 "마나베를 마녀로 만들 수는 없잖아. 그런 무서운 짓, 난 못 해."라고는 확실하게 말했다.

하지만 오늘은 너무 지쳤다.

게다가 난 오늘 밤 안으로 마나베와 둘이서 얘기해 두고 싶었다. 마녀에 대한 것도 마음에 걸리지만 그것만이 아니다.

우리의 관계 같은 것을 다시 한 번 확실하게 해 두고 싶었다.

*

등대를 나와 마나베와 나란히 걷는다.

밤바람이 차가워 등을 웅크리고 두 손을 주머니에 찔러 넣었다. 그러고 보니 가방을 학교에 두고 온 채다. 장갑도 그 안에 들어 있다.

계단섬에서 몇 개월을 보내며 마나베 옆에서 걷는 게 상당히 익숙해졌다.

이렇게 있으니 오늘 하루 일어난 일들이 거짓말처럼 느껴진다. 또 한 명의 내가 사라지고 호리가 울고 아다치가 불온한 선언을 하고. 그런 건 모두 픽션으로 영화관을 나온 뒤처럼, 가슴에는 아직 흥분이 남아 있긴 하지만 이대로 그냥 우리는 현실로 돌아간다. 그런 기분이 든다.

어쩌면 오늘 일어난 일은 내가 의식하고 있는 정도로 극적인 일이 아니었을지도 모른다. 계단섬은 세계보다 훨씬 좁고, 그래서 현실이 종종 과장된다. 하지만 이곳에 오기 전에도 난 의견이 맞지 않는 내 자신과 언쟁을 하고, 그걸 지우기도 하고 지워지기도 했던 걸지도 모른다. 버리기도 하고 줍기도 했을지도 모른다. 눈물을 흘린 여자아이 같은 건 이 밤 아래에는 얼마든지 있고 어쩌면 그 머리 위를 날아다니는 마녀도 있을지도 모른다.

아니, 역시 마녀는 없으려나. 하지만 갑자기 자기 멋대로의 소원을 이룰 수 있는 권리를 부여받은 여자아이 정도라면 역시 어딘가에는 있을 것이다.

마나베가 말했다.

"마녀란 거, 될 수 있는 거야?"

난 등을 웅크린 채 고개를 기울인다.

"글쎄. 되고 싶어?"

"생각해 본 적도 없어. 하늘은 날아 보고 싶었지만."

하늘을 나는 것 정도라면 호리에게 부탁하면 어떻게든 될 터이다.

논점은 그게 아니다. 검은 고양이와 말하는 것도, 과자 집을 만드는 것도 아니다. 이것은 계단섬의 미래를 결정하는 얘기로, 그건 마나베 또한 알고 있다.

마나베와 난 발소리처럼 띄엄띄엄 말하며 걷는다.

"있잖아, 나나쿠사."

"응?"

"역시 난 이 섬이 싫어."

"응. 알고 있어."

"나나쿠사는 좋아하지?"

"물론."

"그렇다면 많이 얘기해 보자."

뭔가 상황에 맞지 않는 태평한 말이다. 그리고 역시 똑바로인 말이다. 마나베는 지금도 마나베 유우인 채로 있다. 내 옆에 마나베가 있다. 그 사실이 기뻐서 난 웃는다.

"뭘 얘기해?"

"계단섬에 대해서. 이 섬의 어디가 좋고, 어디가 안 되는지, 하나씩 생각해 나가자."

"우린 여러 면에서 분명 의견이 맞지 않을 거야."

"그러니까 좋잖아. 차례대로 맞지 않는 의견을 확인해 가는 거야. 서로 상대의 문제를 찾아내고 차분하게 얘기하다 보면 굉장히 좋은 답을 찾을 수 있을지도 몰라."

과연 어떨까. 나에게는 마나베를 설득할 자신이 없다. 몇 군데 세세한 부분에서 그건 가능할지도 모른다. 나라도 그녀가 납득할 수 있도록 틀린 걸 지적할 수 있을지도 모른다. 하지만 정말 중요한 부분에서 그녀는 절대 의견을 굽히지 않을 것이다. 그리고 이번에 한해 말한다면 내 쪽도 의견을 굽힐 생각은 없다. 마나베가 날 설득할 수 있다고는 생각하지 않는다.

하지만 난 끄덕였다.

"그래. 한 번 제대로 얘기해 보자."

마나베 옆에 있는다는 것은 이런 것이리라.

그렇게 생각했지만 틀렸다.

"한 번이 아냐. 답을 찾을 때까지 몇 번이든이야."

"응, 그래. 몇 번이든 얘기하자."

난 포기하지 않을 것이다. 마나베 유우가 늘 자연스럽게 그렇게 있을 수 있도록 나도 포기하지 말자. 마나베가 나아가는 모습을 아름답다고 믿는 채로 마찬가지로 똑바로 호리의 이상을 지지해주자.

이야기는 계속된다. 발소리와 마찬가지로. 우리가 나란히 서서 걸어가는 한 계속된다.

"계단섬 말고도 얘기하고 싶은 건 굉장히 많아. 우선은 다이치에 대해서."

"그래. 다이치 얘기도 하자."

"그런 다음 호리에 대해서."

"그건 계단섬 얘기와 거의 같은 거 아냐?"

"떼어 낼 수 없을지도 모르지만 역시 별개야. 섬은 섬이고, 호리 씨는 여자아이잖아."

"알았어. 호리 얘기도 하자."

"그리고 아다치 씨에 대해서."

"아다치에 대해 뭘 얘기하자는 거지?"

"모르겠지만. 그래도 아다치 씨도 뭔가 무리하고 있는 것 같아."

"그래?"

"응. 나나쿠사 같아. 자신의 행복을 피하고 있는 것처럼 보여."

난 더는 그렇지 않다. 왜냐면 난 지금 이렇게나 행복하니까. 실은 옛날부터 행복했다. 상당히 오랫동안 그 사실을 인정할 수 없었다. 하지만 이 시간을 행복이라 부르는 것에 지금은 저항감이 없다. 낡아 퇴색했지만, 별 볼일 없이 작지만 용기를 내면 난 내 행복을 인정할 수 있다.

다시 한 번 난 웃었다.

"모두 얘기하자. 하나씩 서로 얘기해 가자. 시간에는 한계가 있으니, 최우선순위를 정할 필요가 있어. 하지만 가능한 많이 얘기하자."

마나베는 끄덕인다.

"응. 지금부터?"

"오늘은 너무 피곤해."

"그럼 내일."

"호리와 약속이 있어."

"셋이라도 괜찮지 않아? 끼워줘."

"넌 아무렇지도 않게 곤란한 말을 해."

누구나가 마나베 유우 같지는 않다.

그녀처럼 아무렇지도 않게, 그 어떤 악의도 공격적인 의사도 없이 눈앞의 의견을 부정할 수 있는 건 아니다. 그렇게 말을 심플하게 취급하지 않는다. 나 또한 마나베처럼은 될 수 없고 되고 싶다는 생각도 없다.

"같이 얘기하자."

라고 마나베는 말한다.

"역시 비밀은 좋지 않잖아. 뭔가를 숨기면 다 같이 생각하는 것도 불가능하다고."

난 고개를 젓는다.

"누군가가 상처 입을 것 같은 말을 일부러 듣게 할 필요는 없어. 소중한 사람을 지키기 위해 필요한 착한 비밀도 있는 거야."

마나베는 미소 짓는다.

"나나쿠사는 바로, 지키려고 해."

난 인상을 찡그린다.

"마나베는 바로, 부수려 해. 상처 주는 걸 두려워하지 않아."

장해를, 문제를. 그 파편이 튀어 누군가가 상처 입는 것도 개의치 않고 아무렇지도 않게 때려 부수려 한다.

"상처는 언젠가 나아."

"하지만 처음부터 아프지 않은 편이 더 좋아."

"물론 좋지. 하지만 필요한 고통도 있어."

"그렇다고 해도 그걸 결정하는 건 네가 아냐."

"그럼 누가 결정하는 건데?"

"각자가 스스로 결정해."

"그건 왠지 좀 교활해."

이번엔 마나베가 얼굴을 찡그린다.

"지키는 거라면 멋대로 결정해도 좋고, 상처 입히는 건 안 된다는 건 교활해."

나와 마나베는 이렇게나 의견이 맞지 않는다. 하지만 우리는 같은 말로 대화하고 있다. 마나베가 그걸 교활하다고 말하는 이유를 난 너무나도 잘 알고 있다.

사람은 앞으로 나아가면 상처 입는 것이리라. 현실과 부딪치면 상처 입는 것이리라. 계단섬은 그 고통을 없앤다. 완벽하게는 불가능하지만 가능한 작게 만든다. 동시에 우리한테서 자유를 빼앗고 있다. 상처받으며 나아갈 자유를.

그래서 멋대로 결정해 버리는 게 문제라면 계단섬도 문제다.

마나베를 부정하고 계단섬을 긍정하는 건 그녀의 시점에

서 보면 교활하다.

마나베는 똑바로 앞을 본다. 어두운 하늘 아래에서 검은 아스팔트 위에서 그녀의 하얀 피부가 빛나 보인다. 아무것도 섞이지 않고 눈도 피하지 않고 그녀는 말했다.

"난 마녀가 될 생각이야."

호리는, 그 착하고 울보인 마녀는 그래도 분명 틀림없는 계단섬의 독재자다. 마나베 유우는 그걸 허락하지 않는다. 그녀도 충분히 독재자 같은데도, 그런데도 정체를 숨기고 얘기를 할 기회도 주지 않았던 마녀를 허락하지 않는다.

알고 있었다. 그래서 나도 주저 없이 대답한다.

"그렇다면 난 너의 적이 될 거야."

농담 같지만 정말로 난 마나베의 적이 될 것이다. 필요하다면 그녀를 괴롭히고 그녀에게 고통을 주고 슬픔을 느끼게 하는, 우리는 서로에게 자기 멋대로가 될 것이다.

마나베는 끄덕인다.

"응. 언제까지든 그렇다면 기뻐. 내가 제대로 마녀가 됐다 해도, 네가 내 문제를 반복해 가르쳐 준다면 기쁘겠어."

왠지 우스꽝스러워 우리는 같이 웃었다. 난 하늘을 올려다보고 그녀는 역시 앞을 보고 있다. 밤하늘이 상당히 낮게 느껴졌다. 손을 뻗으면 닿을 수 있는 곳에 별들이 흩어져 있는 것 같았다. 난 어릴 적에 올려봤던 하늘을 떠올린다. 7년

전, 또 한 명의 내가 호리와 함께 날았던 하늘을 떠올린다. 그런 다음 지금 마나베 옆에서 올려다보고 있는 하늘을 잊지 않겠다고 결심한다.

언젠가 마나베가 정말 괴롭고 슬퍼서 혹시라도 눈물을 흘린다면 나도 역시 상처 입을 것이다. 마나베의 이상이 아니라 마나베 자신을 지키고 싶다고 조금은 생각할 것이다. 그렇다고 해도 난 그녀의 눈물을 닦아 주지 않을 것이다. 그 눈물까지 아름답다고 믿고 있다.

그렇다면 망설임은 없다. 마나베 유우의 적이 되는 걸 주저할 필요 따위 없다.

아무리 상처 입어도 마나베 유우는 똑바로 나아갈 것이다. 그 모습만이 아름답고, 아름다운 그녀를 볼 수 있다면 마나베가 아무리 완패를 당한다 해도 아무렇지 않다. 마나베가 변하지 않고 있어 준다면 그 상대가 나라도 상관없다. 결코 날 비추지 않아도 고귀한 별은 내 하늘에서 빛나고 있을 것이다. 그저 그것만을 믿을 수 있다면 달리 원하는 건 아무것도 없다.

난 나약한 검정으로 있자. 투명한 검정으로 있자. 그녀의 고독한 이상을 껴안고 그 빛을 막지 않은 채, 나야말로 고독한 검정으로 있자.

애정도 아니고 사랑도 아닌.

아직 이름도 없는 것 같은 이 감정과 함께, 난 그녀 곁에
서 도망치지 말고 있자.

–계단섬 시리즈 4–

흉기는 부서진 검정의 절규

2019년 5월 13일 1판 1쇄 인쇄
2019년 5월 23일 1판 1쇄 발행

원　　　작	코노 유타카
일 러 스 트	코시지마 하구
옮 긴 이	정호욱
발 행 인	유재옥
본 부 장	조병권
편 집 1 팀	정영길 김민지 이성호 조찬희
편 집 2 팀	김다솜
편 집 3 팀	박상섭 김효연
디 자 인	강혜린 박은정
라 이 츠	박선희 오유진
디 지 털	최민성 박지혜
발 행 처	(주)소미미디어
등　　　록	제2015-000008호
주　　　소	서울시 마포구 토정로 222, 403호(신수동, 한국출판콘텐츠센터)
판　　　매	(주)소미미디어
제 작 처	코리아피앤피
마 케 팅	한민지 한주원
물　　　류	허석용 최태욱 김희민
전　　　화	편집부 (070)4164-3962, 3963 기획실 (02)567-3388
	판매 및 마케팅 (070)4165-6888, Fax (02)322-7665

ISBN 979-11-6389-712-5 04830
ISBN 979-11-5710-426-0 (세트)